KB272682

레 쥬 메 ,   셰 프 의   자 격

레쥬메, 셰프의 자격

코리안 셰프 인 뉴욕

KOREAN CHEF in NEW YORK

누구에게나 '그날 밤'이 있을 것이다.
꿈을 향해 할 수 있는 일이라곤
두 다리로 달리는 것밖에 없어서
숨이 턱에 차도록 달리고 달렸던 밤이.
내게도 그런 밤이 있었다.
뉴욕 마천루의 불빛보다 눈부신 꿈을 안고
캄캄한 밤을 전력으로 달려 통과했던 밤이.

누구라도 '그런 아침'을 꿈꿀 것이다.

자신의 꿈을 이룬 아침에 눈을 뜨는 풍경을.

나는 미쉐린 스타 셰프가 되고 싶었고,

뉴욕 맨해튼에 내 식당을 열고 싶었다.

그리고 20년이 지난 후 내 꿈을 이루었다.

때로 우리 안의 열정은 직선으로 움직인다.

직선에는 힘이 있다.

어떤 재료도 꼬치에 꿰인 순간 가지런해진다.

거친 숨을 깊은 호흡으로 고르듯

날카로운 눈빛을 순한 눈길로 고르듯

나란히 꼬치에 꿰인 채 조화를 이룬다.

자신의 꿈을 삶의 정중앙에 꽂아본 사람은 알 것이다.
한눈팔지 않고, 옆길로 새지 않고
오직 단 하나의 목표를 향해 활을 당기는 무사처럼,
온몸의 신경이 팽팽해지도록 신경을 곤두세운다.
그리고 그때 비로소 알게 된다.
내가 하는 일을
있는 힘껏 사랑하면
그 일이 내 삶을
뜨겁게 만든다는 것을.

직선으로 뻗는 열정을 곡선으로 안아야 할 때가 있다.
하나의 재료를 또 다른 재료로 감싸면서
나는 감정을 부드럽게 다루는 법을 배웠다.
가슴 깊은 곳에서 끓어오르던 분노, 슬픔, 외로움도
요리를 만들면 내 손끝에서 사르르 말려들어가
분노는 뜨거운 삶의 역동으로
슬픔은 가진 것에 대한 감사로
외로움은 성숙한 고독으로 승화되었다.
누군가를 좋아하지 않아도
이해하려고 노력은 할 수 있고
그의 생각에 공감하지 못해도
존중할 수는 있다.

세상의 어떤 재료라도
무언가에 감싸이면 말이가 된다。
바삭한 튀김에 따뜻한 수프를 붓고
말랑한 알을 탄탄한 부각으로 잡아주듯
안과 밖, 속과 겉은 모순되지만
조 화 를   이 룬 다 。
우리가 맺고 있는
관계처럼。

내가 이루고 싶은 꿈을 말할 때
어떤 사람은 "Never!"라고 말할 것이다.
그러나 내 심장이 "Yes!"라고 말한다면
그것이야말로 진실한 신호이다.
나는 그들의 말보다 내 심장의 북소리를 따랐고
그것이 내 운명의 갈림길을 만들었다.

이 글은 밤에서 아침에 이르는 이야기이고
한숨과 눈물과 좌절과 절망을 품은
사랑과 용기, 희망과 도전에 대한 이야기이다.
당신에게도 묻고 싶다.
"지금, 어떤 꿈을 꾸고 있는가?"
그것이 무엇이든 자신의 북소리를 따라가길 바란다.

심성철 셰프의 이야기는 한국에서 시작되어 20년이 넘는 시간 동안 뉴욕에서 이어져 왔습니다. 그것은 직선적인 여정이 아니라, 그를 계속해서 만들어가는 순간과 선택, 그리고 성찰의 축적이었습니다.

『레쥬메, 셰프의 자격The Making of a Chef』은 전통적인 의미의 요리책이 아닙니다. 이 책은 개인적인 기록이며—회고이자 사색으로서, 음식은 주방에서 살아온 삶을 기억하고, 질문하며, 이해하는 하나의 방식이 됩니다.

미국에 도착해 2006년 Culinary Institute of America를 졸업한 이후, 그는 파인다이닝의 엄격한 세계에 들어섰습니다. 각 스테이션을 집중과 몰입으로 거쳐 가며 결국 Per Se에서 chef de partie로 일하게 되었습니다. 그러나 그에게 남은 것은 직함이나 시간의 흐름이 아니라, 규율과 희생, 반복, 그리고 정제에 대한 끊임없는 추구였습니다.

이 책에서 그는 그 과정이 자신을 어떻게 만들어왔는지를 돌아봅니다. 긴 하루와 사소한 디테일들, 희생과 성장, 그리고 주방에서의 삶을 규정짓는 보이지 않는 순간들에 대해 이야기합니다. 또한 그는 자신의 커리어 속 'dead plates'—실패와 의심, 좌절의 순간들—을 다시 마주합니다. 그것들은 쉽게 사라지지 않지만, 결국 요리사로서, 그리고 한 사람으로서 그를 형성하는 데 영향을 미칩니다.

그 안에는 한국에서의 기억과 가족의 식탁, 맛과 감정이 함께 스며 있습니다. 그것들은 그의 요리 속에서 계속해서 되살아납니다. 심 셰프에게 음식은 정체성과 분리된 것이 아니라, 기억을 이어가는 방식입니다. 이 기록은 그러한 기억들이 현대적인 요리의 언어와 만나는 공간이 되며, 그 뿌리를 잃지 않은 채 이어집니다.

이제 다섯 개의 레스토랑을 이끄는 셰프로서, 그는 가르치기 위해서가 아니라 돌아보기 위해 글을 씁니다. 이 기록들은 사진과 함께, 서비스와 집요함, 그리고 감사로 쌓아온 삶의 단면을 담고 있습니다.

이 책은 레시피에 관한 책이 아닙니다. 시간의 흐름에 대한 기록이며, 가치가 형성되어 가는 과정, 그리고 계속해서 '되어가는' 여정에 대한 이야기입니다.

그 중심에는 하나의 질문이 있습니다.

"당신은 지금, 당신의 시간을 무엇으로 채우고 있는가?"

그리고 그 답은 직접적으로 제시되지 않습니다. 대신, 규율과 기억, 가족, 그리고 매일의 과정 속에서 한 페이지씩 드러납니다.

토마스 켈러

미쉐린 3스타 레스토랑 'The French Laundry, Per Se' 오너 셰프,
토머스 켈러 레스토랑 그룹 대표

"Chef Sungchul Shim's story begins in Korea and unfolds over more than twenty years in New York City—not as a straight path, but as a series of moments, decisions, and reflections that continue to shape him. The Making of a Chef is not a traditional cookbook. It is a personal journal—part memoir, part meditation— where food becomes a way of remembering, questioning, and understanding a life lived in kitchens. After arriving in the United States and graduating from The Culinary Institute of America in 2006, Chef Shim entered the demanding world of fine dining. He moved through each station with intensity and focus, eventually becoming chef de partie at Per Se. But more than titles or timelines, what stayed with him were the lessons about discipline, sacrifice, repetition, and the pursuit of refinement. In these pages, he reflects on what the work made of him. He writes about long days and small details, about sacrifice and growth, and about the unseen moments that define a life in the kitchen. He also returns to what he calls the "dead plates" of a career—the failures, doubts, and disappointments that linger, but ultimately inform and influence both the cook and the person. Woven throughout are memories of Korea, family meals, flavors, and emotions that continue to surface in his cooking. For Chef Shim, food is not separate from identity; it is how memory is carried forward. This journal becomes a space where those memories meet a modern culinary voice, evolving without letting go of their roots.

Now, as the chef behind five restaurants, he writes not to instruct, but to reflect. These entries, paired with photographs, capture fragments of a life built by service, rigor, and gratitude. This is not a book about recipes. It is a record of time passing, of values taking form, and of the ongoing process of becoming.

At its heart is a question: What are you truly filling your time with? And here, the answer is not stated outright, but revealed, page by page, through discipline, memory, family, and the daily work of becoming who you are."

Thomas Keller

Chef / Owner,
The French Laundry and Per Se
Thomas Keller Restaurant Group

레쥬메는 종이 위가 아니라   시.간. 속에   쓴다。

레쥬메에 나와 있지 않은 것

주방은 겉으로 보면 기술이 모든 것을 결정하는 세계처럼
보인다. 칼질이 얼마나 빠른지, 불을 얼마나 정확하게 다루는지,
플레이팅이 얼마나 세련됐는지. 하지만 주방에서 오래 일하다
보면 자연스럽게 알게 된다. 기술은 출발선일 뿐이고, 사람을
끝까지 남게 만드는 힘은 다른 데 있다는 사실을 말이다.
칼을 잘 쓰는 사람은 많다. 그러나 주방에서 진짜로 필요한
사람은 칼끝만큼이나 생각과 태도가 단단한 사람이다.
그래서 나는 사람을 볼 때 레쥬메만 들여다보지 않는다.
유명 레스토랑에서 일했다는 경력은 참고할 수는 있지만,
그것만으로는 그 사람을 다 알 수 없다. 오히려 내가 더
궁금한 것은 레쥬메에 적히지 않은 이야기, 혹은 일부러 비워
둔 공백이다. 그 공백 속에는 대개 어떤 시간이 들어 있다.
실패했거나, 좌절했거나, 다시 자신을 세워야 했던 순간들
말이다. 나는 그 시간 동안 무엇을 배웠는지가 듣고 싶다.
그 이야기가 레스토랑 이름보다 훨씬 많은 것을 말해주기
때문이다.
한번은 유명 요리학교를 졸업하고 미쉐린 스타 레스토랑에서
근무했다는 지원자가 면접을 본 적이 있다. 이력만 놓고 보면

더할 나위 없이 훌륭했다. 하지만 이야기를 나눌수록 마음
한구석이 조금씩 걸렸다. 그는 모든 과정이 순조로웠고,
큰 실수도, 뼈아픈 실패도 없었다고 말했다. 그 순간 문득 이런
생각이 들었다.

'이 사람은 위기 앞에서 얼마나 버틸 수 있을까.'

요리는 실패와 함께 가는 일이다.

소금 간이 조금만 어긋나도 요리는 망가지고, 새로운 메뉴를
만들다 보면 실패는 필연적으로 따라온다. 한 번도 망가져본
적이 없는 사람은, 막상 큰 문제가 생겼을 때 쉽게 무너진다.
반대로 실패를 겪고도 다시 일어선 사람은 위기 앞에서
태도가 다르다. 이런 이유로 나는 완벽한 사람보다
'망가져 본 적 있는 사람'을 더 믿는다.

그래서 면접 때 종종 이렇게 묻는다.

"가장 크게 실패했던 순간은 언제였나요?"

이 질문에 눈을 피하거나 준비된 말로 답하는 사람과,
그날의 상황과 감정을 조심스럽게 꺼내는 사람은 분명 다르다.
실패를 인정하고, 거기서 무엇을 배웠는지를 말할 수 있는
사람은 이미 한 번 단단해진 사람이다.

주방에서 기술은 가르칠 수 있다. 반복과 훈련으로 얼마든지
늘릴 수 있다. 하지만 태도는 다르다. 문제가 생겼을 때 어떻게

반응하는지, 사람과 어떤 방식으로 소통하는지, 일이 뜻대로
풀리지 않을 때 어떤 표정을 짓는지가 그 사람의 태도를
드러낸다. 바쁜 주방에서 무심코 새어 나오는 작은 한숨
하나에도 그 사람의 기본값은 고스란히 묻어난다.

한번은 초보 셰프가 접시를 떨어뜨려 요리를 모두 망친 적이
있다. 접시는 깨지고, 음식은 바닥에 쏟아졌다. 그는 한동안
그 자리에 멈춰 서 있었다. 나는 일부러 아무 말도 하지 않고
기다렸다. 잠시 후, 그가 조용히 말했다.

"다시 만들겠습니다."

그 한마디면 충분했다. 변명하지 않고, 남 탓으로 돌리지 않는
태도. 좋은 셰프의 자질은 이런 순간에 드러난다. 겸손도
마찬가지다. 배움은 자신이 아직 완벽하지 않다는 사실을
받아들일 때 비로소 시작된다.

프리즘을 통과한 빛처럼

한국에서 설거지로 요리를 시작한 사람이 뉴욕 한복판에
식당을 열고 미쉐린 스타를 받았다고 하면, 대개는 놀란다.
그것도 한식 꼬치라는, 아주 익숙한 음식의 형태로 말이다.

하지만 나는 그 놀라움이 '기적'에서 비롯된 것이라고는 생각하지 않는다. 오히려 하나의 음식이 어떤 시간을 통과해 왔는지, 그 시간이 얼마나 단단했는지를 충분히 알지 못하기 때문일 것이다.

나는 전라남도 광주에서 태어났다. 대소사가 잦고 상을 자주 차리는 대가족 집안에서 자랐고, 자연스럽게 어머니 곁에서 손을 보태며 자랐다. 어머니는 수십 명의 음식을 준비하는 일을 일상처럼 해내시던 분이었다. 그때 나는 '맛있는 음식'을 만드는 법보다 먼저, '음식이 사람을 모으는 방식'을 배웠다. 사람들이 둘러앉아 음식을 나누는 장면, 그 자리의 온도와 리듬. 한국식으로 말하자면 '정'이라는 단어가 가장 가까울 것이다. 훗날 뉴욕에서 이 감각은 다른 이름으로 돌아왔다. 이곳의 손님들은 그것을 '진정성'이라고 불렀다. 내가 의도적으로 연출한 것이 아니라, 오랫동안 몸에 밴 방식이 그렇게 읽힌 셈이었다.

한국과 미국의 주방은 겉으로는 비슷해 보이지만, 안으로 들어가면 분명한 차이가 있었다. 한국의 주방은 규율과 위계가 강했고, 때로는 군대처럼 느껴질 만큼 엄격했다. 반면 미국의 주방은 개인의 성향을 존중하면서도 레스토랑의 수준에 맞춰 사람을 체계적으로 키우는 구조가 자리 잡혀 있었다. 레시피와

조리법을 공유하고 표준화하는 문화가 강했고, 무엇보다
"음식을 잘하려면 먼저 사람을 잘 교육해야 한다"는 인식이
분명했다. 나는 그 차이가 결국 접시 위의 '맛'으로 이어진다고
믿게 됐다. 좋은 음식은 어느 날 갑자기 완성되지 않는다.
주방의 기준과 교육이 차곡차곡 쌓여 만들어진다.
처음 뉴욕의 주방에서 일할 때는 인종차별도 겪었다.
'치노chino'라는 말을 들었을 때, 처음에는 그 의미를 몰라 친근한
표현으로 오해하기도 했다. 나중에 다른 직원이 그 말은 써서는
안 되는 표현이라고 알려주었고, 그제야 상황을 제대로
이해했다. 그때 내가 내린 결론은 단순했다. 이곳에서
살아남으려면, 결국 실력으로 증명하는 수밖에 없다는
사실이었다. 그래서 더 공부했고, 더 훈련했고, 더 치열해졌다.
그 시절에는 지금처럼 인터넷이 발달하지 않았다. 좋은
레스토랑을 찾는 방법도, 연락을 취하는 방식도 단순했다.
이력서를 들고 직접 찾아가 문 앞에서 기다리는 것이 전부였다.
몇 시간씩 기다리고도 인터뷰조차 보지 못한 채 돌아선 날이
적지 않았다. 그래도 기다렸다. 그때 나는 '기회'라는 것이
능력만으로 찾아오는 게 아니라, 능력과 함께 문 앞에서 오래
서 있을 수 있는 사람에게 온다는 사실을 배웠다.
차비가 없어 걸어 다니던 시간이 지나, 나는 지금 뉴욕에서

여섯 개의 식당을 운영하며 120여 명의 직원들과 함께 일하는
오너 셰프가 되었다. 하지만 예전이나 지금이나 내가 할 수 있는
일은 크게 다르지 않다. 매일 같은 기준으로, 내가 생각하는
최선을 손님에게 내놓는 일이다. 맛은 물론 중요하지만, 그보다
더 중요하게 여기는 것은 우리 가게를 찾은 손님이 '환대'를
느끼는지다. 내가 손님으로 식당을 찾았을 때를 떠올려 보면,
아무리 맛있게 먹었어도 서비스가 부족하면 다시 가고 싶은
마음이 생기지 않았다. 반대로 음식이 조금 아쉬워도 서비스가
좋으면, 다시 가보고 싶어졌다. 그런 경험들이 쌓여 지금의
나만의 기준이 되었다.

뉴욕에서 시작한 나의 첫 번째 가게인 '코치'로 미쉐린 1스타를
처음 받았을 때는 너무나 감사한 마음뿐이었다.

하지만 두 번째 가게인 '마리'로 미쉐린 1스타를 또 받았을 때는
감정이 조금 달랐다. '내가 해냈다'기보다는 '우리가 여기까지
왔다'라는 마음에 가까웠다. 20년 넘게 주방에서 함께 흘린
땀과 시간을 조금이나마 인정받은 것처럼 느꼈기 때문이다.

그때 나는 다시금 깨달았다. 주방은 결코 혼자만의 세계가
아니라는 것을. 좋은 레스토랑은 한 사람의 재능이 아니라,
같은 기준을 공유하는 사람들이 함께 만들어낸 총합의
결과물인 것이다.

누군가는 내 요리를 '전통과 혁신의 균형'이라고 표현한다.
나는 그 말을 전통을 무작정 고집하거나 모두 버리지도 않으며
살릴 것은 살리고 바꿀 것은 과감히 바꾸며 그 사이에서
균형점을 찾는 과정이라고 해석한다. 마치 빛이 프리즘을
통과해 무지개로 펼쳐지듯, 한국의 정서가 뉴욕이라는
프리즘을 지나며 새로운 색으로 드러난 것일지도 모른다.
나는 한국 셰프로서 한국 음식과 K-컬처의 색채를 더 또렷하게,
더 널리 전하고 싶다. 동시에 파인 다이닝 셰프로서 내가
생각하는 요리의 기준과 색깔을 더 많은 사람에게 정직하게
보여주고 싶다. 이것은 단순한 욕심이라기보다 요리 하나에
인생을 걸고 살아온 내게 자연스럽게 주어진 책임에 가깝다.

나만의 레쥬메를 쓰기 위해 필요한 것

인생에서 자신만의 레쥬메를 만들려면 무엇이 필요할까.
평생 좋아하는 일을 치열하게 하면서도, 그 과정 자체를 즐기며
살아가고 싶다면 나는 이 세 가지를 꼭 마음에 새겨두라고
말하고 싶다.
첫째, 시작은 아주 작고 평범해도 괜찮다.

오히려 꿈이 클수록 출발선은 낮게 잡는 편이 좋다.

직접 해보면서 '어라, 이게 되네?', '이렇게 해도 괜찮구나'라는 감각을 몸으로 익히는 일이 중요하다. 그 작고 사소한 성공들이 차곡차곡 쌓이며 다음 단계를 열어준다. 처음부터 완벽하려 들면 시작은 늘 늦어지고, 망설임만 길어진다.

둘째, 기본을 닦는 데 시간을 아끼지 말아야 한다. 기본은 아무리 강조해도 지나치지 않다. 처음에는 단순한 기본보다 화려한 기술에 눈이 가기 마련이다. 약간의 재주만으로도 사람들의 감탄을 끌어낼 수 있을지 모른다. 하지만 감탄이 감동으로 바뀌는 순간은 언제나 기본에서 나온다. 오래 가는 사람과 금세 사라지는 사람의 차이는 결국 이 지점에서 갈린다. 자신이 몸담고 싶은 분야에서 진짜 실력을 갖추고 싶다면, 기본기를 충분히 다지는 시간을 반드시 거쳐야 한다.

셋째, 자신만의 정체성을 찾아야 한다. 정체성은 단순한 개성이 아니라, 한 사람이 어떤 선택을 하며 살아왔는지를 보여주는 철학에 가깝다. 남의 것을 흉내 내면 잠깐은 빛날 수 있어도 오래 빛나기는 어렵다. 내가 처음 문을 연 코치 역시 출발은 일본식 콘셉트였다. 그러나 고민 끝에 내 뿌리인 한식으로 방향을 바꿨다. 만약 그때 이미 들어간 비용이 아깝다는 이유로 그대로 밀고 갔다면, 미쉐린 스타는 없었을지도 모른다.

정체성은 결국 손해를 감수하고서라도 지켜야 할 선택의
순간에서 드러난다.

정체성은 거창한 선언이 아니다. 내가 누구인지, 무엇을
잘하는지, 어떤 순간에 가장 나다워지는지를 차분히
들여다보는 일이다. 우리말에 "요리는 손맛"이라는 표현이 있다.
같은 재료를 써도 누가 만들었느냐에 따라 맛이 달라진다. 그
손맛이 바로 정체성일 것이다. 결이 비슷할 수는 있어도 완전히
같은 정체성을 가진 사람은 없다. 쌍둥이조차 각자의 얼굴과
표정을 갖듯, 정체성은 대체 불가능하다.

요리는 종종 비교의 대상이 된다. 대결을 벌이기도 하고,
서바이벌 프로그램에서는 승자와 패자가 나뉜다. 하지만 나는
요리는 본질적으로 비교하기 어려운 영역이라고 생각한다.
한식과 일식 중 무엇이 더 낫다고 말할 수 있을까.
빵과 떡 중 어느 쪽이 더 좋은 음식이라고 단정할 수 있을까.
자신만의 정체성을 찾을수록, 오직 그 사람만이 할 수 있는
일이 생긴다. 그러니 세상에 하나밖에 없는 당신을 함부로
깎아내리지 않았으면 한다.

당신이 쌓아온 감각과 경험, 그리고 고유한 개성을 믿고 세상에
내놓기를 바란다. 그것이 결국, 누구도 대신 써줄 수 없는
당 신 만 의   레 . 쥬 . 메 . 가   될   것 이 다 .

Resume 3

**상상을
현실로
만드는 시간**

Resume 4

**뉴욕에서
함께 일할
셰프를
찾습니다**

Resume 1

무모한

열정

뉴욕은 세계에서 물가가 비싸기로 악명 높은 도시다.
버티는 것 자체가 전쟁이었다.
내 한 몸 누일 공간을 구하는 것은 사치에 가까웠고,
하루 식비와 교통비만 해도 아찔했다.
그러나 이 모든 어려움 속에서
뉴욕에 남아 있다는 사실만으로도 나는 버틸 수 있었다.
내 꿈은 비싼 값이었지만,
그 대가는 충분히 치를 만한 가치가 있었다.

처음으로
내 심장이 뛰는 소리를 들었다.

나는

미국 CIA 출신입니다

;

나는 미국 CIA 출신이다. 'CIA 출신'이라고 하면 눈을 동그랗게
뜨는 사람들이 있다. 그들의 반응은 늘 비슷하다.
말하지 않아도 표정이 이렇게 말하는 것 같다.
"CIA? 그 CIA요? 그런데 왜 요리를 하고 계세요?"
왜들 그리 놀라는지 안다. 대부분은 영화나 드라마에서 보던
미국중앙정보국Central Intelligence Agency을 떠올린다.
미국중앙정보국 출신의 요리사라니, 마치 비밀 임무라도
수행하다가 요리로 전향한 것처럼 상상하는 것이다.
하지만 내가 다닌 CIA는 'The Culinary Institute of America'다.

요리계의 하버드라 불리는 명문대학이다. 본교는 뉴욕에 있고,
텍사스와 캘리포니아에도 캠퍼스가 있다. 자부하건대,
수많은 요리학교 중에서도 최고라 할 수 있다.
어릴 적엔 요리사가 될 거란 생각조차 해본 적 없었다.
대학에서 요리를 전공할 것이라는 건 더더욱 상상 밖의 일이었다.
그런데 나는 심지어 CIA로 유학을 떠났고, 뉴욕의 미쉐린 3스타
레스토랑에서 셰프로 일했다. 지금은 뉴욕 맨해튼에 여섯 개의
식당을 운영하고 있고, 두 곳에서 미쉐린 1스타를 받았다.
내 인생에 무슨 일이 일어났던 걸까? 그저 행운만으로 이뤄진
것은 아닐 것이다. 물론, 행운과 우연이 따라준 것도 사실이다.
하지만 그 기회를 놓치지 않고 내 것으로 만든 건 나의 용기였다.
일찍 군대를 다녀오고 학교를 졸업한 후 하얏트 호텔에서
인턴십을 하던 때였다. 낮에는 정신없이 바빴다.
하지만 밤이 되면 눌러뒀던 불안이 기어 나오듯 되살아났다.
고향을 떠나 타지에서 요리를 배우며 좋은 셰프가 되겠다는
꿈을 품고 있었지만, 현실은 달랐다. 일에 지쳐버린 나의 일상은
물렁해진 토마토가 짓이겨져 즙으로 변해버리는 것 같았다.
현장에서 배운 것도 많았다. 하지만 좌절감이 더 컸다.
공부를 하면 할수록 성장한다는 느낌은커녕, 그저 몸으로 때우고
있다는 생각이 머리를 떠나지 않았다. 죽을힘을 다해 달리는데도

매일 뒤로 밀려나는 기분이었다.

어느 날, 무심결에 혼잣말이 새어 나왔다.

"이렇게 살아도 되나? 요리가 정말 내 길이 맞나?"

그 순간, 뒤통수를 한 대 얻어맞은 기분이었다. 이 길만을
바라보고 달려왔기에 돌아갈 길이 없다는 막막함이 온몸을
짓눌렀다. 내가 하고 싶었던 것은 세프가 되기 위한 공부였다.
그런데 현실은 막노동꾼처럼 취급당하며 노동력만 소모되고
있었다. 요리를 시작한 이후 처음으로 마주한 큰 위기였다.

그때 처음 알았다. 눈에 보이지도 않는 마음이 폭우에 무너진
흙더미처럼 순식간에 와르르 무너질 수 있다는 것을.

'나이가 아직 어리니까 진로를 바꿔도 되지 않을까.'

진지하게 고민했다. 나를 믿어주는 부모님을 생각해서라도
쉽게 포기하면 안 된다고 스스로를 다독였지만, 한 번 풀려버린
맥을 다시 잡는 일은 쉽지 않았다. 그런 내 모습을 지켜보던 한
선배가 걱정스러운 눈길과 함께 진심 어린 조언을 해주었다.

"호텔에서 제대로 일하려면 영어는 필수야.
미국으로 어학연수를 다녀오는 게 어때?"

"어학연수요?"

예상치 못한 말이었다. 귀가 번쩍 뜨였다. 유학을 다녀온들
당장 뭐가 달라질까 싶기도 했지만, 한편으로는 새로운 도전이

필요하다는 마음이 고개를 들었다. 그래서 한 번도 가보지
않은 길을 가보자고 결심했다. 현실에서 도망치려는 게 아니라
진짜로 필요한 것을 배울 시간을 가지겠다고 마음먹었다.
이 결정은 셰프가 단순히 요리만 잘하면 된다고 생각했던
나의 고정관념을 깨는 전환점이 되었다. 그렇게 처음으로
비행기를 타고 태평양을 건너 미국 유타주 프로보에 있는
BYU^{Brigham Young University}(브리검영대학교)로 떠났다.
3개월 일정의 어학연수였다.

만약 세상에 신이 있다면
당신의 룸메이트일지도 모른다

;

어학연수 동안 또래 친구들과 자주 어울렸다. 한국에 있어도,
미국에 있어도 요리에 대한 사랑은 변하지 않아서 닭발, 카레,
닭갈비 등을 집에서 만들어 친구들과 함께 먹기도 했다.
다들 성격이 순하고 좋은 사람들이라 마음이 잘 통했다.
친구들 덕분에 낯선 미국에서 즐거운 추억을 많이 만들며
즐겁게 보낼 수 있었다.
그중에서도 룸메이트였던 일본인 친구 신지와는 허물없이

지내는 사이였다. 같이 운동도 하고, 밥도 먹고, 대화도 많이
나누었다. 신지는 내가 잘되기를 바라며 기도까지 해주었다.
어학연수가 끝날 무렵 귀국 준비를 하며 이런저런 이야기를
나누던 중이었다. 신지가 진지한 표정으로 이렇게 말했다.
"성철, CIA에 한번 도전해보지 않을래?"
"CIA? 그게 뭐야?"
"뉴욕에 있는 세계 최고의 요리학교야."
뉴욕에 있는 요리학교라니! 그것도 세계 최고라니! 그런 곳에
내가 다닐 수 있다고 믿는 신지가 오히려 더 신기해 보였다.
"내가 합격할 수 있다고 생각해?"
"물론. 내가 사람 보는 눈 하나는 정확해. 넌 합격하고도 남아."
"하지만 난 영어도 못 하는데."
"그건 다른 문제야. 해보면 못 할 것도 아니고. 뭐든 하다 보면
늘게 되어 있어. 그리고 넌 요리를 정말 좋아하고 잘하잖아.
네가 해준 건 다 맛있는걸. 지원서 쓰는 건 내가 도와줄게."
CIA가 뭐 하는 곳인지, 무슨 학교인지, 존재하는지도 몰랐다.
그런데 그 말을 듣는 순간, 가슴이 미친 듯이 뛰기 시작했다.
평소 감정 기복이 크지 않고 매사에 담담한 편인 나였지만,
그때는 심장마비가 올 만큼 격렬했다. 온몸에 소름이 돋았다.
살아오면서 그런 감각은 처음이었다.

'이걸 놓치면 내 평생 땅을 치고 후회할 거다!'

학비, 생활비 같은 현실적인 문제는 눈앞에서 싹 사라졌다.

CIA에 가고 싶다는 생각뿐이었다. 지금 돌이켜보면 그때의

열정이 얼마나 무모했는지 웃음이 나기도 한다.

하지만 그 열정을 무모하다고 치부하고 계산부터 했다면?

결과는 너무 뻔했을 것이다.

"말도 안 되는 일이야."

그게 바로 나에게 돌아왔을 답이었다. 요리 공부를 하겠다며

호텔조리학과에 진학한다고 했을 때도 그랬다.

"말도 안 되는 일이야."

고향인 전라도에서 경기도로 대학을 가는 것만으로도 그런

반응이 돌아왔다. 그런데 미국 유학? 남들이 어떻게 반응할지

안 봐도 뻔했다. 이유 불문, 절대 반대! 하지만 나는 내 심장의

박동 소리를 믿었다. 만약 그 박동을 외면했다면? 미국에 오지

않았다면? 신지를 만나지 않았다면? 우리의 대화에 CIA가

나오지 않았다면? 내 삶은 지금과 완전히 다른 모습일 것이다.

지금까지 많은 고마운 인연을 만났다. 하지만 신지는 특별하다.

특별한 종교를 갖고 있지는 않지만, 가끔 이런 생각이 든다.

'만약 신이 있다면 룸메이트로 변장해서

인간 세상에 존재하는 게 아닐까?'

서울 말고
뉴욕에서 일하자。

한국 말고도
일할 곳은 많다

;

인생은 목표에 따라 달라지고, 목표는 어떻게 살고 싶으냐에
따라 바뀐다. 누구나 이렇게 말한다.

"큰 틀에서 생각하고, 먼 미래를 고민하라."

맞는 말이다. 하지만 그 말을 구호처럼 되뇌기만 하면 공허한
메아리에 불과하다. 처음부터 목표가 뚜렷할 필요는 없다.
하나의 목표에 목숨을 걸었다가 그게 무너지면 허탈감에 빠질
위험이 크다. 결국 우리에게 남는 건 '오늘의 경험'이다.

목표가 선명하지 않아도 괜찮다.

오늘을 살고, 또 내일을 살아가며 쌓아 올린 경험들이 언젠가

모여 희미했던 목표를 눈앞에 선명하게 끌어낸다.

미국에서 일하는 게 내 목표였던 적은 한 번도 없었다.

더군다나 '뉴욕'이라니! 입으로 말해본 적도 없는 단어였다.

아예 내 인생 계획의 테두리 바깥에 있었다.

나의 꿈은 단순했다. 대학을 졸업하고 우리나라의 유명 호텔에서

세프로 일하는 것. 어학연수조차도 호텔 근무를 염두에 두고

선택한 거였다. 하지만 고작 3개월. 그 짧은 시간 동안

내 생각은 완전히 뒤집혔다.

가장 큰 변화는 한국에서 일하지 않아도 된다는 사실이었다.

어쩌면 누군가는 별거 아니라고 넘길지도 모른다.

하지만 그 생각은 내 안에 폭풍을 몰고 왔다.

태어나고, 공부하고, 취직하고, 결혼하고, 아이 낳고, 그렇게

살아가는 게 당연하다고 믿었다. 한 번도 그 흐름에 의문을

품어본 적이 없었다. 다르게 살 수 있다는 가능성 따위는

내 머릿속에 비집고 들어올 틈도 없었다. 그런데 이 모든 걸

깨닫게 한 한마디가 나를 흔들어 깨웠다.

"한국만 있는 게 아니야. 서울 말고도 일할 곳은 많아!"

생전 처음 느껴보는 희열이 내 안에서 막 낚아 올린 생선처럼

펄떡펄떡 뛰었다. 단단히 얼어붙은 강물을 도끼로 깨고 맑은 물

한 바가지를 떠 마신 듯 상쾌했다. 아니, 통쾌했다. 내 세상의

전부라고 믿었던 한국이 순식간에 작고 답답하게 느껴졌다.
눈앞에 더 넓은 세상이 펼쳐졌고, 그곳에서 완전히 다른 인생을
살아갈 수 있다는 가능성이 나를 휘감았다.
그럼에도, 그 모든 가능성 속에서 단단히 뿌리내리고 있던
하나의 기둥이 있었다. 내가 좋아하는 요리를 원 없이 하면서
살고 싶다는 것. 내가 어디에서 살든, 어느 나라에서 일하든
나는 결국 '요리사'로 살아갈 터였다.
결정을 내리자, 마음이 한결 가벼워졌다. 뉴욕이든 파리든
어디든 상관없었다. 세상에는 요리사가 필요한 식당이
넘쳐났고, 내가 요리를 할 수 있는 한 굶어 죽을 걱정은 없을
거라는 묘한 자신감이 생겼다. 슬며시 웃음이 흘렀다.
숨통이 트인 데는 다른 이유도 있었다.
당시 답답했던 도제식 교육이 나를 짓누르고 있었기 때문이다.
그런데 그 순간 새로운 문이 활짝 열린 것이다!
'한국이 아니라 미국의 중심, 뉴욕에서 요리를 맘껏 배워보자!'
어학연수에서 돌아오자마자 CIA 입학 준비에 돌입했다. 영어
회화, 토플, 그리고 현장 실습 경험이 입학 조건이었다. 현장
실습은 걱정할 필요 없었다. 이미 6개월 넘게 현장에서 경험을
쌓아둬 준비할 게 없었다. 문제는 영어 회화와 토플이었다.
솔직히 말하자면, 미국에 산 지 20년이 지난 지금도 내 영어

실력은 좋다고 자신할 수 없다. 오죽하면 스스로 '언어 재능은
꽝'이라고 생각할 정도다. 그런데 그 당시의 영어 실력이야 말해
무엇 하랴. 처음으로 심장이 벌렁거릴 정도로 이루고 싶은
목표가 생겼는데, 영어 회화와 토플이 한여름 엿가락처럼 늘어져
내 발목을 잡고 있었다. 그러나 도망가고 싶지 않았다.
도망칠 수도 없었다.

목이 마르면 우물을 파고, 배가 고프면 숭늉이라도 끓여 먹는
법이다. 그때부터 거의 1년 동안 다른 건 다 제쳐두고 오직 영어
공부에 매달렸다. 다른 일은 할 겨를도, 눈에 들어오지도 않았다.
고3 때도 그렇게 공부하지는 않았을 것이다.

하루 종일 책상에 엎드려 목이 뻣뻣해질 정도로, 머리에 피가
쏠릴 정도로 미친 듯이 영어에 매달렸다. 오직 CIA에 가고 싶다는
일념뿐이었다. 너무나 간절했다. 그만큼 절대적인 목표였다.

가족의 반대를 막아준
CIA 입학 허가서

;

노력이 통한 건지, 운이 따랐는지 모르겠지만 결국 CIA 입학
허가서가 내 손에 들어왔다. '하늘에 닿을 만큼 기쁘다'라는

말로는 부족했다. 우주까지 날아가서 달도 따고 별도 따올 수
있을 것 같았다. 세상을 다 가진 것 같았다. 그 순간만큼은
불가능이란 말이 존재하지 않았다.

하지만 현실은 냉정했다. 입학 허가서를 받았다고 해서 모든
문제가 해결된 것은 아니었다. '미국'이라는 두 글자조차
가족 앞에서 입 밖에 꺼낼 수가 없었다. 요리로 대학에 간
것도 아버지의 극심한 반대를 뚫고 겨우 얻어낸 기적 같은
일이었는데, 뉴욕으로 요리 유학이라니? 이건 그보다 훨씬 큰
벽이었다. '산 넘어 산'이 아니라 '산 넘어 태산'이었다.

그렇다고 언제까지 꿀 먹은 벙어리처럼 침묵할 수는 없었다.
시간이 점점 다가오고 있었다. 결단의 순간이었다. 두 눈 딱
감고 부모님을 찾아갔다. 그리고 단도직입적으로 말했다.
"미국에 요리 공부하러 가고 싶습니다. 학비만 보태주세요.
나머지는 제가 벌겠습니다."

겨우 입 밖으로 말을 꺼냈다. 이 말에 모든 것이 걸려 있었다.
심장이 터질 듯 뛰었지만, 물러설 곳은 없었다. 하지만 부모님은
물론 형님들까지 미동조차 하지 않았다. 마치 아무 말도 듣지
않은 사람들처럼 그저 묵묵히 나를 바라보기만 했다. 그 순간,
공기가 이렇게도 무거울 수 있다는 걸 뼈저리게 느꼈다.
어깨가 저릿할 정도로 방 안의 공기가 가라앉았다.

그럴 수밖에 없었다. 안산공대 호텔조리학과에 가겠다고
했을 때와는 차원이 다른 일이었으니까. 그땐 그래도 안산은
대한민국 안에 있었다. 그런데 지금은 미국에 보내 달라니!
'우리 막둥이, 머릿속이 어떻게 된 거 아니냐?'
가족 모두의 눈빛이 말하고 있었다. 아무도 입 밖으로 그 말을
꺼내지 않았지만, 다들 같은 생각을 하고 있었을 것이다.
'어학연수야 호텔 셰프가 되려면 필수라 생각해서 다녀왔다
치자. 그런데 미국 유학? 외국 바람을 콧구멍에 한 번 쐬더니
바람이 들어도 단단히 들었구나. 이놈이 미치지 않고서야 이런
소리를 할 리가 있나.'
부모님이 뒷목 잡고 쓰러지지 않은 게 천만다행이었다.
졸업도 했겠다, 군대도 다녀왔겠다, 번듯한 호텔에서 일도
했겠다, 나이도 스물여섯. 이제 어학연수만 다녀오면 취직해서
제 앞가림하며 살 거라 내심 기대하고 계셨을 것이다.
그런데 취직은커녕 유학을 보내 달라고? 부모님 얼굴에 이렇게
외치는 것과 다를 바 없었다.
"앞으로 막 살겠습니다!"
당연히 분위기는 냉랭했다. 무조건 가겠노라는 나와 절대
안 된다는 가족의 대립은 말 그대로 창과 방패의 싸움이었다.
하지만 내겐 히든카드가 있었다. 바로 CIA 입학 허가서였다.

그것을 꺼내 보이는 순간, 정적이 깨졌다. 부모님은 한참
동안 아무 말도 하지 않았지만, 내가 진심이라는 걸 그제야
받아들이셨다. 마침내 허락하신 것이다.

당시엔 내가 이겼다고 생각했다. 하지만 지금 돌이켜보면,
부모님이 져주신 싸움이었다. 부모님도 이미 알고 계셨을
것이다. 더 큰 세상으로 나가고자 하는 내 의지가 하루아침에
생긴 게 아니라는 것을. 어떤 고생이 닥쳐도 물러서지
않으리라는 것도 말이다.

나도 부모가 되고 보니 그 마음이 조금은 이해된다.

만약 내 아이들이 커서 하고 싶은 일을 하겠다고 나섰을 때,
그리고 내가 그걸 반대할 수밖에 없다면, 나는 어떤 선택을
하게 될까? 우리 부모님처럼 아이들을 넓고 크게 보며 품어줄
수 있을까? 아니면 말도 안 되는 소리 하지 말라고 호되게
혼쭐을 낼까?

야단은 칠지 몰라도 끝까지 반대하지는 못할 것 같다.

내가 이미 전례를 만들어버렸으니까. 부모님이 나에게 진심
어린 응원으로 져주셨던 것처럼, 나도 결국 아이들의 등을
밀어줄 것 같다.

스물여섯,

뉴욕 가기 딱 좋은 나이

;

2005년 1월, 스물여섯. 나는 미국의 심장이라 불리는 뉴욕으로
떠났다. 부모님께 기숙사비를 포함한 학비만 지원받고,
생활비는 알아서 충당하는 조건이었다. 그것만으로도
감사했다. 비싼 학비가 해결된 것만 해도 큰 부담을 덜었으니,
한국에서처럼 뉴욕에서도 아르바이트로 생활비 정도는 충분히
벌 수 있다고 생각했다.
'물가가 아무리 비싸도 사람 사는 게 다 거기서 거기지.'
그렇게 생각했다. 하지만 현실은 달랐다. 뉴욕은 뉴욕이었다.
아르바이트로 생활비 정도는 감당할 수 있을 거라는 생각은
단 하루 만에 산산조각이 났다.
1월 3일, 뉴욕에 도착했다. 학교 입학까지 이틀 정도 시간이
비어 있었는데, 그 이틀은 마치 2주처럼 길게 느껴졌다.
교통비, 식비, 하다못해 단 이틀 머물러야 할 숙박비까지.
뉴욕의 물가는 상상을 초월했다!
'사람 사는 게 다 거기서 거기지'라는 생각은 뉴욕의 미친 물가
앞에서 속절없이 무너졌다. 눈앞에 보이는 모든 것이 비쌌다.
겨우겨우 부모님을 설득해서 학교에 입학은 했지만,

과연 학교를 끝까지 다닐 수 있을지 암담했다.

처음으로 '포기'라는 말이 떠올랐다.

당시 학비와 기숙사비만 1년에 약 34,000달러가 필요했다.

그나마 소정의 장학금을 받아서 30,000달러까진 낮췄는데,

여전히 큰돈이었다. 다행히 8번으로 나눠 낼 수 있는

프로그램이 있어서 할부로 낼 수 있었다.

부모님이 보내주신 돈으로 학비와 기숙사비를 내고 나면

매달 내 주머니엔 겨우 50~80달러 정도가 남았다.

최대한 아껴서 써도 돈은 마치 손가락 사이로 흘러내리는

모래처럼 사라졌다. 숨만 쉬어도 돈이 빠져나가는 기분이었다.

뉴욕은 나에게 낭만과 희망의 도시였다. 하지만 막상 와서

살아보니 가만히 있어도 돈이 나가는 현실의 도시였다.

낭만 대신 생존이 최우선이 된 도시였고, 그 낯선 현실이

나를 바꿔놓기 시작했다.

다행히 CIA 내에는 학생들을 위한 다양한 행사와 이벤트가

많았다. 그중에는 셰프들의 수업 준비를 돕는 아르바이트도

있었다. 덕분에 학교 안에서도 조금씩이나마 돈을 벌 수

있었다. 수업이 없는 주말에는 주로 웨딩 뷔페 아르바이트를

했다. 일당이 70~80달러 정도 되는 고수익 아르바이트였으니

마다할 이유가 없었다.

학교생활은 무척 즐거웠다. 모든 수업이 새롭고 흥미진진했다. 배움은 그야말로 신선한 충격이었다. CIA는 단순히 요리 기술만 가르치는 곳이 아니라 진짜 사회 경험을 할 수 있게 도와주는 곳이었다. 다행히 CIA는 현장 경험을 학점으로 인정하는 시스템을 갖추고 있었다. 학교 선생님이 되려면 교생 실습을 해야 하는 것처럼, 요리사도 레스토랑에서 일하는 익스턴십externship 과정을 거쳐야 졸업 조건이 충족됐다. 단순히 일만 해서는 안 되었다. 정당한 보수를 받고 일한 곳이어야만 인정되었다.

내게는 오히려 반가운 조건이었다. 학비 외의 모든 생활비를 스스로 벌어야 하는데, 인턴십도 하면서 돈까지 벌 수 있다니! 그야말로 일석이조가 아닌가. 당연히 유명한 레스토랑에서 일하고 싶었다. 그렇게 하면 실력도 쌓고, 더 많은 것을 배울 수 있을 테니까. 뉴욕에서 셰프로 성장하려면 미쉐린 스타 레스토랑에서의 경험이 중요하다는 점도 커다란 동기부여가 되었다.

나의 원픽은 프렌치 레스토랑 '르 버나딘Le Bernardin'이었다. 오랜 세월 미쉐린 3스타를 자랑하는 이곳은 세계 최고 1,000개의 레스토랑을 선정하는 '라 리스트La Liste'에서 No.1으로 뽑힌 적도 있었다. 르 버나딘의 요리는 겉보기엔 심플했다. 하지만 자세히 들여다보면 결코 단순하지 않았다.

그 속에는 무언가 복잡하고 치밀한 매력이 숨겨져 있었다.

그게 무엇인지 알지 못해 궁금했다. 그래서 더 알고 싶었다.

무조건 배우고 싶었다.

르 버나딘을 목표로 열 번도 넘게 레쥬메를 보냈다.

매주 일요일이 되면 레쥬메를 들고 면접장을 두드렸다.

"두드리면 열린다!"

지치지 않고 꾸준히 두드린 끝에 마침내 인턴으로 들어갈

기회를 얻었다. 그 순간, 평소 감정 표현이 적은 나조차

마음속 깊이 "아싸!"를 외쳤다. 눈앞에 거대하게만 보이던 산을

넘은 기분이 바로 이런 걸까 싶었다.

간절하게 바라던 르 버나딘에서 드디어 경험을 쌓게 된 것이다.

그 일이 내 인생을 송두리째 바꿔 놓을

신의 한 수가 될 줄은 상.상.조.차. 못 한 채 말이다.

손끝 발끝으로 꾹꾹 눌러쓴
나의 레쥬메 。

르 버나딘에서의

인턴십

;

르 버나딘에서 일하는 동안, 수시로 한국에서의 인턴
시절이 떠올랐다. 이유는 간단했다. 너무도 다른 주방 풍경
때문이었다. 2000년대 초반, 한국 호텔 주방은 말 그대로
도제식 교육 현장이었다. 군대식 상명하복 관계가 팽배했고,
주방에서는 늘 위계질서가 지배했다. 일을 하다가 궁금한 것이
생겨 물어보면 돌아오는 대답은 늘 똑같았다.

"넌 아직 그 단계 아니야."

"지금은 몰라도 돼."

"그게 왜 궁금한데?"

"대체 왜 알고 싶은 거야?"

현장에는 '묻지 말고 시키는 일이나 하라'는 문화가 만연해 있었다. 궁금한 것도 많고 호기심도 컸던 나는 발전의 기회를 막는 이 같은 문화가 도무지 이해되지 않았다. 하지만 반기를 들 수도 없었다. 속으로는 이미 체념하고 있었던 것 같다.

'이런 곳에서 무슨 발전을 기대할 수 있겠어.'

그렇게 답답함만 가득했던 경험을 짊어지고 르 버나딘에 들어온 나에게, 이곳은 완전히 다른 세상이었다. 화성과 토성이 더 비슷할 정도로 이질적이었다. 이곳의 셰프들은 요리 기술은 물론, '내가 가진 모든 것을 가르쳐주겠다'라는 열린 마인드를 갖고 있었다.

"뭐가 궁금해? 알려줄게."

"이 기술을 알고 싶어? 조금만 기다려, 보여줄게."

"여기 레시피 전부 가져가."

말 그대로 놀라움과 혼돈의 연속이었다. 발전의 기회를 차단당하며 체념을 배워온 나에게, 르 버나딘의 주방은 배움과 가능성으로 넘쳐나는 천국 같았다. 아주 작은 것이라도 질문하면 그들은 자세히 알려주었다. 이 말은 질문하지 않으면 배우는 것도 없다는 뜻이었다. 이때부터 같이 일하는 셰프들에게 물어보는 습관이 생겼고, 이 습관은 지금도 여전하다.

그들이 모든 걸 아낌없이 공유하는 이유는 단 하나였다.

르 버나딘이 쌓아온 명성과 퀄리티를 유지하기 위해서였다.

그 기준을 지키고, 나아가 더 높이 끌어올리기 위해서는 모든 셰프가 같은 수준의 지식을 갖추는 것이 필수였다. 선배 동료 셰프들은 어떻게 하면 효율적으로 일할 수 있는지 자세하게 설명해주었다. 어떤 질문을 하느냐에 따라 답의 내용도 달라졌고, 얼마나 연습하느냐에 따라 실력도 달라졌다. 이해할 때까지 질문하고, 익숙해질 때까지 연습하며 정말 열심히 공부할 수밖에 없었다. 토씨 하나라도 놓치지 않으려고 귀를 쫑긋 세우고 눈을 부릅뜨고 받아 적었다.

그렇게 정리한 수십 권의 노트는 지금도 나의 보물 1호다.

그 안에는 르 버나딘에서 얻은 지식과 배움의 흔적이 고스란히 담겨 있다. 이때의 경험은 단순히 요리 실력만 키운 게 아니었다. 이후 내가 직접 운영하는 식당들의 기초가 되었고, 나 또한 같은 주방에서 일하는 사람들과 모든 것을 공유하는 마인드를 갖게 된 초석이 되었다. 새로운 맛, 새로운 경험으로 가득했던 르 버나딘에서의 시간은 나에게 단순한 인턴십 그 이상이었다. 꿈을 현실로 만든 사건이자, 뉴욕에서 내가 쌓아 올린 레쥬메의 맨 윗줄에 올려둘 영광스러운 이력이었다.

배움이 즐거웠던 한편, 나에게 작은 변화가 일어나기 시작했다.
초반에는 그 변화가 정확히 무엇인지 몰랐다. 조급해지기도
했고, 우울해지기도 했고, 뭔지 모르게 혼란스럽기도 했다.
그냥 빨리 셰프가 되고 싶어서 그런 줄 알았다.
하지만 르 버나딘에서 4개월을 보내고 난 후, 그 변화의 정체를
확실히 깨달았다.
'더 배우고 싶다. 더 경험하고 싶다.'
내 안에서 이런 욕망이 불타오르고 있었다. 뉴욕에 남아
정식으로 셰프가 되어 일하고 싶었다. 끝없는 배움의 가능성을
열어준 이 도시에 더 머물 방법을 어떻게 해서든 찾아내야 했다.

가진 것은
가난과 패기뿐

;

당장이라도 뭔가를 할 수 있을 것 같았다. 머릿속에는 계획이
가득했고, 심장은 계속 뛰었다. 하지만 현실은 달랐다. 시간이
내 편이 아니었다. 그 무렵 내 손에 남은 건 학생비자와 졸업
후 1년짜리 취업 비자OPT가 전부였다. 그 1년이 끝나면 비자는
만료되고, 결국 한국으로 돌아갈 수밖에 없는 상황이었다.

정식 취업 비자가 그 어느 때보다 절실했다. 내 힘만으로는
이 어려운 문제를 해결할 수 없을 것 같았다. 아는 사람들을
총동원하다시피 찾아다니며 SOS를 보냈다. 뉴욕이라는 거대한
도시에서 나 하나 도와줄 사람이 나타나길 바라는 마음으로.
간절함이 운명처럼 통했을까. 당시 미국의 유명 호텔 & 레스토랑
그룹인 '찰리 파머Charlie Farmer'에 있던 김세경 셰프(현재 '세스타Cesta'의
오너 셰프)의 도움을 받을 수 있었다. CIA 선배이기도 했던 그의
소개로 '오레올Aureole'에서 면접 볼 기회를 얻었고, 감사하게도
정식으로 일할 기회를 잡았다. 오레올에서 취업 비자에 필요한
서류에 사인만 해준다면 더 이상 근심할 필요가 없었다.
뉴욕에 머물 수 있는 데다 아메리칸 퀴진의 대표 주자인 미쉐린
1스타 레스토랑에서 귀중한 경험을 쌓는다니, 이보다 더 좋은
조건이 있을까.
하지만 생활은 크게 달라지지 않았다. 뉴욕은 세계에서 물가가
비싸기로 악명 높은 도시다. 버티는 것 자체가 전쟁이었다.
내 한 몸 누일 공간을 구하는 것은 사치에 가까웠고,
하루 식비와 교통비만 해도 아찔했다. 그러나 이 모든 어려움
속에서 뉴욕에 남아 있다는 사실만으로도 나는 버틸 수 있었다.
내 꿈은 비싼 값이었지만, 그 대가는 충분히 치를 만한 가치가
있었다.

뉴욕의 높은 물가 중에서도 특히 집세는 살인적이다.
지금도 많은 이들이 한집에서 여러 명이 함께 생활하는
셰어 하우스에서 지내고 있을 것이다. 나 또한 그랬다.
셰어 하우스라고 해도 방의 크기에 따라 내는 돈이 달랐다.
화장실까지 딸린 큰방은 엄두도 내지 못했다. 방값을 내는
게 아까워 거실 한쪽에서 생활했다. 한 푼이라도 아끼기
위해서였다. 작은 소파가 내 침대였고, 캐리어가 내 옷장이었다.
그럼에도 한 달에 700달러를 내야 했다. 뉴욕에서는 이 정도도
운이 좋은 편이었다.

오레올에서 일주일 동안 일하는 시간은 겨우 45~50시간.
주급은 350~400달러 정도였다. 뉴욕에서 이 정도 소득으로
정상적인 생활을 꿈꾼다는 것은 사치였다.

모든 것이 비싼 이곳에서 살아남으려면 팍팍한 하루하루를
묵묵히 버틸 수밖에 없었다.

이전에도 여러 고비를 넘겼다. 한국에서 인턴십을 할 때는
이보다 힘든 일은 세상에 없다고 생각했다. CIA에 입학하기
위해 영어 공부를 할 때는 세상에서 가장 힘든 게 영어
공부라고 생각했다. 미국 유학을 허락받으려고 부모님을
설득하러 고향으로 내려갈 때는 부모님 허락을 받는 일이
인생에서 가장 어려운 문제라고 여겼다. 그 모든 것을 견디면

유학 생활은 무조건 감사하며 해낼 수 있을 거라 믿었다.
하지만 생각은 생각일 뿐, 뉴욕의 현실은 훨씬 더 처절했다.
기본적인 의식주를 해결하는 데에도 아르바이트 두세 개는
필수였다. 몸은 늘 녹초가 되었고, 자고 나면 근육통이
따라왔다. 그래도 부모님께 도와달라는 소리는 절대 할 수
없었다. 혹시라도 약해져서 그 말을 꺼낼까 봐 매일 이를
악물었다.
나는 유학을 떠나기 전, 부모님께 학비만 지원해달라고
약속했었다. 그 약속은 나에게 마치 계약서의 조항 같은
것이었고, 그 조건을 지키는 것은 너무나 당연하다고 생각했다.
부모님의 도움 없이도 해낼 수 있다는 것을 증명하고 싶었다.
죽을 만큼 가난했지만, 패기 하나로 버텨냈다. 솔직히 말하면,
패기라고 하기에도 부족했다. 그건 마지막 오기에 가까웠다.
부서질 것 같은 몸과 마음을 억지로 붙들고 버티던 시간이었다.
지금 생각하면 그 시간을 견뎌낸 나 자신이 기특하기도 하지만,
나와 같은 길을 걷는 수많은 청년이 떠오른다.
뉴욕 어딘가에서, 혹은 이 세상의 어딘가에서, 꿈을 위해
고군분투하며 하루하루를 치열하게 살아가는 청년들.
그들에게 이렇게 말해주고 싶다.
조금만 더 힘내라고.

힘낼 힘조차 없다면, 그냥 조금만 버텨보라고.
반드시 길이 보일 것이라고, 지금의 이 시간이 언젠가 분명히
의미를 가질 거라고.

**졸업 후에도
레쥬메는 계속된다**
;

오레올에서 근무가 끝난 후에는 밤 11시부터 새벽 3시까지
한인타운에 있는 한식당 우촌^{WooChon}에서 서버로 근무했다.
지금은 해운대에 있는 우촌은 1981년부터 뉴욕을 지켜온 한식
1세대로 유명한 곳이었다. 우촌에서 서버로 일한 이유는 단순히
돈을 벌기 위해서만은 아니었다. 주방뿐만 아니라 서버 경험을
쌓는 것 또한 내가 하려는 일의 연장선이라고 생각해서였다.
그리고 실제 이때의 경험은 내 가게를 창업했을 때 큰 도움이
되었다.
저녁에는 오레올에서, 밤 11부터 새벽 3까지 우촌에서, 1주일에
4번 오전 7시부터 오후 1시까지 일식당 모리모토^{Morimoto}에서
근무했다. 오레올에서 일할 때는 물론, 그 이후로도 몇 년
동안 하루 2~3개 이상 파트타임으로 일하는 건 자연스러운

일상이었다.

일이 어렵다고 느낀 적은 없었다. 오래전부터 아르바이트는 몸에 달라붙은 피부와 같았다. 고교 시절, 학원비를 벌기 위해 시작했던 아르바이트, 대학생 때 대형마트에서 온갖 궂은일을 하던 기억, 온종일 설거지로 손이 퉁퉁 불었던 웨딩홀 뷔페까지. 아르바이트는 내 삶의 일부였다. 따지고 보면, 한국에서 일했던 아르바이트 시간이 본업보다 더 길었을 정도였다.

그래서 뉴욕에서도 마음을 다잡았다.

'그까짓 거, 하면 되지. 늘 하던 일이잖아.'

한국에서처럼 하면 뉴욕에서도 문제없다고 생각했다.

설거지든, 재료를 다듬는 일이든, 청소든 무슨 일을 맡든 성실하게 해내고, 돈을 벌면 된다고 믿었다. 몸은 힘들어도, 내 손으로 해낸다는 자부심이 있었다. 잠깐 고생하면 금세 자리를 잡을 수 있다고 생각했다. 그러나 잠깐일 줄 알았던 고생은 생각보다 길었고, 많았고, 늦게까지 계속됐다.

CIA를 졸업한 후 4~5년 동안, 2주를 기준으로 하루를 온전히 쉰 적이 없었다. 가끔 한나절 정도 쉬면 하루를 다 쉰 것 같은 착각이 들 정도였다. 그 짧은 시간이 나에게는 정말 소중했다.

하지만 그보다 더 귀한 것은 따로 있었다.

꿈을 좇는 시간이었다. 그 꿈은 나 혼자만의 것이 아니었다.

막내아들을 믿고 유학을 허락하신 부모님과 가족들.

그들이 있었기에 1분 1초라도 허투루 쓸 수 없었다. 조금이라도

빈둥거리면 큰 불효자라도 된 듯 몸이 움츠러들었다.

나에게 있어 최선의 효도란 단순했다.

열심히 일하는 것.

가난해도 내 생활을 꾸리는 것.

그리고 돈과 시간을 아껴 쓰는 것.

그렇게 몸에 밴 절약과 성실함은 유학 생활 내내 나의 습관이

되었다. 오늘 한 걸음 더 가면, 내일은 두 걸음 더 가까워진다고

생각했다. 다양한 곳에서 경험을 쌓으며 내 요리를 완성할 날이

올 것이라고 믿었다. 그 꿈이야말로 내가 뉴욕의 한복판에서

쓰러지지 않도록 붙잡아주는 중심이었다. 새벽 3시, 찬바람을

맞으며 집까지 두 시간씩 걸어갈 때도, 설거지로 손이 불어

터질 때도, 하루 식사를 간단히 때울 때도. 꿈은 내가 넘어지지

않도록 지탱해주었다.

몇 년 동안 착실하게 일한 덕분에 통장 잔고도 조금씩 쌓이기

시작했다. 부모님께 손을 벌리지 않고 독립할 생각을 하면

기운이 났다.

힘든 건 잠깐이었지만, 내 손으로 만들어가는 성취감은

훨씬 더 크고 오래갔다.

누구도 날 대신해
싸워주지 않는다。

;

미국 유학생들에게 세상에서 가장 무서운 것이 있다.

바로 취업 비자다. 나도 그 공포에서 하루도 자유롭지 못했다.

취업 비자가 해결되지 않으면, 한국으로 돌아가야 했다.

설령 좋은 곳에서 자리가 나더라도 비자 문제를 해결해주는

곳이 아니라면 미련 없이 떠나야만 했다.

'아메리칸 드림.'

이 말은 이제 보통명사처럼 쓰이지만, 실제의 미국은 다르다.

이민자들에게 관대한 나라로 알려져 있지만, 비자를 해결하지

못하면 가차 없이 쫓겨난다. 어떤 이해도, 인정도, 사정도 없다.

취업 비자란 취업을 목적으로 입국하려는 외국인에게 출입국 허가를 증명하는 사증이다. 특히 뉴욕에서의 취업 비자 연장은 악명 높을 정도로 어렵고 까다로웠다. 그 벽을 넘지 못해 공부하다 말고 귀국하거나, 중도에 꿈이 꺾이는 사람들을 많이 봐왔다.

그건 남의 이야기가 아니었다. 나 역시 그 벼랑 끝에 서 있었다. 오레올에서 취업 비자 조건으로 일한 지 5~6개월이 지났지만, 여전히 비자 문제는 해결되지 않았다. 해결되지 않으면 내 선택지는 하나뿐이었다. 한국으로 강제 귀국. 뉴욕에서 쌓아온 모든 것들이 순식간에 무너질 위기였다.

새삼 무섭게 깨달았다. 여기서는 누구도 날 대신해서 싸워주지 않는다. 비자를 해결하지 못하면 이 도시는 나를 가차 없이 밀어낼 것이고, 나는 영원히 이곳에서 실패한 사람으로 남을 터였다. 그럴 순 없었다. 여기서 끝낼 수는 없었다.

나는 그날부터 날카롭고 정교하게 다듬어진 칼처럼 살기 시작했다. 시간을 허투루 낭비하지 않았다. 비자 문제를 해결할 길이 있다면 반드시 찾아내겠다고 다짐했다. 다른 사람들의 실패를 내 실패로 반복할 생각은 없었다. 취업 비자 만료까지 남은 시간은 6개월. 시간은 무자비하게 흘러가고 있었다.

어떻게든 비자를 받아야만 했다. 오레올을 나와 파크 애비뉴에 있는 '왈도프 아스토리아Waldorf Astoria' 호텔 주방에서 일을 시작했다. 이름만 들어도 알 만한 명성에 책정된 페이도 나쁘지 않았다.

하지만 문제는 역시 비자였다. 여기서도 비자 문제는 해결되지 않았다. 아쉬웠지만 미련 없이 그만두고 나와야 했다.

비자 만료까지 남은 기간은 3개월. 내가 합법적으로 뉴욕에 머물 수 있는 시간이 단 3개월뿐이라는 뜻이었다.

하루하루가 지옥이었다. 밤에는 악몽을 꾸기 일쑤였다. 초조함은 살갗을 파고들었고, 불안감은 머릿속에 뿌리를 내렸다. 그때만큼 절실하게 무언가를 원했던 적이 있었을까? 절박함 속에서 구원의 동아줄이 찾아왔다. 컨템포러리 프렌치 레스토랑으로 당시 전성기를 달리던 '블레이Bouley'에서 일할 기회를 얻게 된 것이다. 지인의 소개로 얻은 이 기회는 비자 문제도 해결할 수 있고, 실력까지 쌓을 수 있는 완벽한 돌파구였다.

주 80시간. 주 6.5일. 거의 하루도 쉬지 않고 주방에서 살다시피 했다. 늘 해오던 아르바이트조차 할 수 없을 정도로 바빴지만 그만두지 않았다. 비자만 해결할 수 있다면, 그리고 그 과정에서 조금이라도 더 성장할 수 있다면, 이 모든 고통은 견딜 수 있었다.

하지만 바쁠수록 집중해야 했다. 비자를 받으려면 필요한 모든
서류를 꼼꼼하게 준비해야 했고, 한순간의 실수도 허용되지
않았다. 눈코 뜰 새 없는 주방에서 일하면서도 틈틈이 서류를
검토하고, 차근차근 수속을 진행했다. 이 순간의 집중력이
나의 미래를 결정지을 수도 있었다. 단 하나의 서류도 놓칠 수
없었고, 단 하나의 기회도 흘려보낼 수 없었다. 이건 단순히
비자를 받는 문제가 아니었다. 내가 뉴욕에서 쌓아온 모든 것을
지키는 싸움이었다.

그렇게 2개월이 지난 어느 날, 예상치 못한 일에 휘말렸다.
닭 뼈로 우려낸 국물을 요리 베이스로 사용하고 있었는데,
함께 일하던 동료가 시비를 걸었다.

"왜 내 허락도 없이 닭 뼈를 썼어?"

평소 쌓인 게 많았던 동료였던지라 작은 불씨가 삽시간에
큰불로 번졌다. 주방은 순식간에 전장으로 변했다.

서로 치고받으며 격렬하게 맞붙었다. 주먹이 오가고, 욕설이
터지고, 머릿속은 뜨겁게 끓어올랐다. 그런데 진짜 폭풍은 다음
날 찾아왔다. 레스토랑 오너가 나를 사무실로 불렀다.

그는 냉정하고 차가운 목소리로 나를 쳐다보며 말했다.

"변호사한테 연락해서 네 취업 비자를 취소했어. 네 비자가
한 달 좀 넘게 남았으니 그동안 여기서 일하고 싶으면 일해."

그 순간, 하늘이 무너졌다. 비자를 받기 위해 견뎠던 모든
순간이 주마등처럼 스쳐 지나갔다. 밤늦게까지 주 80시간씩
일하고, 손이 부르트고 녹초가 된 몸을 끌고 집으로 돌아오던
모든 날, 모든 순간, 모든 노력이 무의미해지는 순간이었다.
속에서 험한 말이 치밀어 올랐다. 하지만 이를 악물고 한마디도
하지 않았다. 나의 분노는 말이 필요 없었다. 조용히 자리에서
일어나 주방으로 갔다. 칼을 천으로 대충 감싸 쥔 채,
뒤도 돌아보지 않고 걸었다. 쾅! 소리가 날 정도로 있는 힘껏
문을 열어젖혔다.
살면서 그렇게 순수한 분노를 느낀 적이 없었다. 몸은 활활
타오르는 불덩이 같았고, 손끝에서 발끝까지 분노가 흐르며
날 지배했다. 살면서 처음 겪는 모멸감이었다. 단순한 배신이
아니었다. 나의 꿈과 노력, 그리고 모든 자존심이 짓밟힌
일이었다. 남은 미련은 한 오라기도 없었다. 앞으로 무엇이든
내 손으로 개척할 것이라고 다짐했다. 더는 이곳에서,
누구에게도 기대지 않을 터였다.
집에 도착한 후 곧장 책상 앞에 앉았다. 뱃속 깊은 곳에선
용암처럼 분노가 끓어오르는데, 머리는 이상하리만치
차가웠다. 가슴에는 불덩이를 안고, 머리에는 얼음덩이를 품고
있는 듯했다. 분노가 나를 삼켜버릴 것 같았지만,

나는 이를 악물고 냉정하게 상황을 받아들였다.

'됐다. 이걸로 끝이다.'

한숨을 깊게 내쉬며 결단을 내렸다. 눈앞에 펼쳐진 이 현실은
배신감으로 얼룩져 있었지만, 나는 그것을 새로운 시작으로
바꾸기로 결심했다.

'처음부터 다시 시작하자.'

마치 뉴욕에 생전 처음 첫발을 내디딘 사람처럼, 바닥부터 다시
쌓아가기로 마음을 다잡았다. 손에 힘을 꽉 주고 한 장의
종이를 꺼냈다. 심장이 거칠게 뛰었지만, 손은 정교하게
움직였다. 한 글자 한 글자, 한 줄 한 줄. 내가 쏟아온 시간과
경험, 꿈의 무게가 담긴 레쥬메를 정성을 다해 써 내려갔다.
종이 위에 적혀가는 글씨는 내가 포기하지 않았다는 증거였다.
그 순간만큼은 누구의 방해도, 어떤 실패도
나를 막지 못할 것 같았다.

'끝이 아니야. 내가 끝이라고 말하기 전까진 절대 끝이 아니다.'

내 인생, 새로운 챕터의 시작이었다.

고든 램지,
벼랑 끝에서 탈출하다

;

취업 비자 만료까지 남은 시간은 5주. 피가 마르는 기분이었다.
5주 안에 비자를 해결하지 못하면 모든 것이 끝이었다.
뉴욕에서 쌓아온 시간도, 꿈도, 노력도 한순간에 사라질
위기였다. 지금도 그때를 떠올리면 온몸의 피가 말라가는
기분을 고스란히 느낀다.

다음 날 아침, 나는 정장을 말끔히 갖춰 입고 뉴욕의
레스토랑들을 찾아 나섰다. 문을 두드리고 또 두드렸다.
일분일초가 아까웠다. 절박했다. 주저앉아 한탄할 시간마저
사치였다. 오직 한 가지만 결심했다.

'취업 비자만 해결되는 곳이라면 어디든 간다. 무조건 간다.'
그날도 여느 날과 다름없었다. 핫한 레스토랑 중 하나인
'고든 램지Gordon Ramsay.' 내게 남은 마지막 동아줄이 될지도
모른다고 생각하며 그곳으로 향했다. 한 시간을 기다린 끝에
셰프를 만날 수 있었다. 셰프는 이력서를 검토하더니 잠시
기다리라고 하고 사라졌다. 나는 불안하지 않았다.
지금 시간이면 주방이 어떤 상황인지 알기에, 기다리는
시간마저 익숙했다.

한 시간이 지나고, 드디어 제대로 된 면접이 시작됐다.

5분 정도였을까. 내가 가진 모든 것을 걸고 말하는 그 짧은 순간, 벼랑 끝에 선 결기가 그들에게 전달된 것 같았다.

셰프가 스케줄표를 가져와 물었다.

"취업 비자가 필요하군요. 언제부터 출근할 수 있나요?"

"지금 당장이라도 가능합니다."

"그럼 내일부터 시작하죠. 일주일에 몇 번 출근할 수 있나요?"

"매일 가능합니다."

"내일부터 출근하세요. 대신 취업 비자 여부는 한 달 후에 알려줄게요."

그 순간, 속으로 크게 소리쳤다.

'됐다!!!!!!!!!'

하지만 겉으로는 최대한 침착하게 인사하고 나왔다. 우연이라면 우연일 수 있지만, '고든 램지'에서의 생활은 내 인생의 두 번째 터닝 포인트가 되었다. 주 40~45시간 일하는 동안 내가 할 수 있는 모든 것을 쏟아부었다. 누구보다 일찍 출근했다.

출근 체크를 하기 전, 내 할 일을 완벽하게 준비하고 시작했다. 모든 준비가 끝난 뒤에야 출근 체크를 했다. 다른 사람들에게 부담을 주지 않기 위해서였다. 이곳에서 실패란 없었다.

이건 단순히 비자 문제가 아니었다. 내가 뉴욕에서 살아남을

수 있는지를 증명하는 마지막 시험이었다. 이 시험에서는 절대
실패할 수 없었다.

하루가 끝날 때까지, 단 하나의 실수도 없도록 모든 일에
완벽하게 임했다. 칼을 잡을 때마다, 냄비를 올릴 때마다,
접시에 음식을 담을 때마다, 매 순간 최선을 다했다. 그 한 달이
내 인생을 바꿀 수 있는 마지막 기회였기 때문이다.

약속한 한 달이 지났을 때, 드디어 내가 그토록 갈망했던
취업 비자 스폰을 해준다는 승낙을 받았다. 그리고 무사히
취업 비자를 받고 2년 반 동안 일하게 되었다.

지금도 취업 비자를 받았을 때의 감각이 생생하다.
그것은 노력의 증거이자, 생존의 증명서였다.

내 인생이 한 권의 책이라면, 고든 램지에서의 경험은 절대
생략할 수 없는 중요한 챕터다. 단순히 취업 비자를 해결했다는
이유 때문만은 아니다. 이곳에서 보낸 2년 반 동안의 시간은
오너 셰프로 가는 첫 번째 디딤돌이 되었다. 주방의 질서,
효율적인 동선 관리, 그리고 사람들과의 소통에 이르기까지
많은 것을 배웠다. 단지 요리를 만드는 법을 배운 것이 아니라
'주방을 이끄는 법'을 배운 것이다. 그리고 그때 배운 것들이
훗날 내가 직접 운영하는 모든 식당의 기본 원칙이 되었다.

고든 램지에서의 경험은 나에게 성공의 힌트가 아니라 성공의

설계도를 선사한 셈이었다.

하지만 그것으로 멈출 수 없었다. 고든 램지에서 일하는 동안에도 나는 여전히 우촌에서 디너 서버로 일했고 모리모토와의 끈 또한 놓지 않았다. 내가 꿈꾸는 오너 셰프의 길에 필요한 모든 기초를 쌓고 싶었다. 다양한 주방, 다양한 스타일의 요리를 몸으로 익혀야 진정한 나만의 색깔을 만들 수 있다고 믿었기 때문이다.

당시 뉴욕에서 가장 핫한 음식은 일식이었다.

현재 K-푸드가 세계적으로 각광받는 것처럼, 그 시절 뉴욕의 중심에는 일식이 있었다. 그리고 그 중심에는 일본인 셰프 마사하루 모리모토가 있었다. 〈아이언 셰프〉에 출연하며 세계적인 스타 셰프로 자리 잡은 그에 대한 열광은 단순히 인기에 그치지 않았다. 지금도 여전히 셰프들 사이에서 존경받는 대가다. 나는 그의 주방에서 일식의 정교함과 요리의 섬세함을 배워가며, 훗날 나만의 스타일에 그 정수를 녹여낼 준비를 하고 있었다.

셰프라는 직업에
점점 더 깊이 빠져들다

;

꿈을 향해 단계별 목표를 하나씩 달성해 나갈 때의 성취감과
짜릿함은 말로 다 표현할 수 없다. 꿈이란 실현 방법에 따라
그 결과물도 다르게 빛난다. 그리고 나는 그것을 비자 문제를
해결하고 고든 램지에서 일하면서 다시 깨달았다. 비자가
해결되고, 안정적으로 일할 수 있게 되자 더 큰 욕심이 생겼다.
단순히 주어진 환경에 만족하는 것과는 거리가 멀었다.
뉴욕 최고의 레스토랑에서 일해보고 싶다는 욕망이 내 안에서
꿈틀거렸다.

고든 램지는 훌륭한 곳이었다. 누구나 여기서 일하는
것만으로도 자부심을 느낄 수 있었다. 하지만 나는 그곳에
안주하고 싶지 않았다. 정통 파인 다이닝 레스토랑이
궁금해졌다. 과연 그곳은 어떤 곳일까? 어떤 시스템으로
돌아가고, 어떤 사람들과 함께 일할까? 거기서 만드는 음식은
어떤 철학을 가지고 있을까?

호기심이라는 장작에 성장이라는 욕망의 기름을 붓자,
마음은 거센 불길처럼 피어올랐다. 이 불길은 단순한 궁금증이
아니었다. 다음 단계를 향한 신호였다. 한 발 나아갈 때가

온 것이다. 그곳의 주방 문화, 시스템, 사람들, 모든 것을 경험하고 싶다는 마음이 강하게 솟구쳤다.

목표는 이미 정해져 있었다. '퍼 세(Per Se)'에서 일하는 것. 프렌치 레스토랑 퍼 세는 단순한 레스토랑이 아니었다. 예약하기가 하늘의 별을 따는 것보다 더 어렵다고 알려진 곳이었다. 세계에서 내로라하는 셰프들이 모여든 뉴욕 최고의 미쉐린 3스타 레스토랑, 퍼 세에서 일하고 싶었다. 아니, 인생에 단 한 번은 반드시 그곳에서 일해 봐야 한다고 생각했다. 심지어 돈을 받지 못한다고 해도 상관없을 정도로 간절했다.

10대 때는 빳빳하게 잘 다린 흰색 조리복이 멋있어 보인다는 이유만으로 셰프를 꿈꿨다. 단순했다. 멋져 보였으니까. 그러나 시간이 지날수록 셰프라는 직업은 단순한 '멋' 이상의 것이었다. 대학에서 호텔 조리학을 전공하고, 호텔 주방에서 인턴으로 일하며 경험을 쌓았다. 뉴욕의 CIA에 입학할 때는 호텔 셰프가 되겠다는 꿈을 가슴에 품었다. 뉴욕에서의 생활은 녹록하지 않았지만, 셰프의 꿈을 포기하지 않았다. 그 이유는 분명했다. 어릴 때 막연히 알던 셰프의 모습과, 뉴욕에서 경험한 셰프의 현실은 완전히 달랐다. 내가 뉴욕에서의 배움과 경험을 통해 가장 감사하게 여기는 것은 바로 이 점이었다. 셰프라는 직업의 깊이, 명확한 콘셉트, 풍부하고 깊은 풍미, 시각적인 비주얼,

가성비 체크, 고객들이 다시 돌아오게 만드는 요리를 창조해야
하는 무거운 책임감. 셰프는 그 모든 것을 책임져야 했다.
무엇보다 중요한 것은 끝없는 학구열이다. 훌륭한 셰프들은
단순히 요리를 만드는 데서 멈추지 않는다.
더 나은 맛, 더 나은 방법을 위해 쉼 없이 배우고 연구한다.
그 과정은 상상을 초월할 정도로 뜨겁다. 셰프란 단지 주방에서
요리만 하는 사람이 아니다. 맛과 멋을 대중에게 전달하는
아티스트와 같다. 그들은 음식이라는 캔버스에 창의성을
담아내고, 단순히 먹는 것을 넘어 예술적 경험을
선사하는 존재다.
시간이 지날수록 나는 요리라는 세계에, 셰프라는 직업에 점점
더 깊이 빠져들었다. 내가 갈망하는 것은 단순히 요리를 잘하는
것이 아니었다.
음 식 을 통 해 사 람 들 의 기 억 에 남 고 ,
다 시 돌 아 오 고 싶 게 만 드 는 셰 프 가 되 는 것 이 었 다.
점점 선명해지는 목표를 따라 내 인생의 다음 단계가
다가오고 있었다.

열정과
냉정 사이 。

미쉐린 3스타 파인 다이닝에서
일한다는 것

;

어디에서 일하든, 내 마음가짐은 언제나 같았다.

뉴욕의 어떤 레스토랑에서 일을 하더라도 나는 단 한 번도

페이를 물어본 적이 없었다.

페이도, 스케줄도 전부 레스토랑에 맞췄다.

돈은 중요하지 않았다. 진짜 중요한 것은 실력을 쌓는 것이었다.

돈은 아르바이트를 하면 언제든 벌 수 있었지만,

경험은 아무 곳에서나 얻을 수 있는 것이 아니었다.

경험은 내가 목표한 셰프의 길에 반드시 필요한 무기였고,

그 무기를 얻기 위해서라면 배우는 자세로 모든 것을

받아들였다.

고든 램지에서 일한 지 2년쯤 되었을 때부터,
나는 퍼 세에 지속적으로 이력서를 보냈다.
닫힌 문이라면 세차게 두드려서라도 열어야 했다.
포기란 나에게 선택지가 아니었다.
"왜 퍼 세인가?"
퍼 세는 그 질문이 필요 없는 곳이었다. 명실공히 뉴욕 최고의
레스토랑이었으니까. 기회가 온다면 무조건 도전하고 싶었다.
단지 퍼 세가 가진 화려한 명성이나 높은 연봉 때문만은
아니었다. 내가 경험하고 배우고 싶은 마음을 억누를 수 없을
만큼, 퍼 세는 거대한 배움의 원천과도 같은 곳이었다.
뉴욕이라는 미식의 격전지에서 나는 항상 목말라 있었다.
더 나은 것을 보고, 듣고, 만지고, 느끼며 끊임없이 경험을
쌓고 싶었다. 퍼 세는 그 모든 갈증을 해소할 수 있는 최적의
환경이었다. 여기서는 단지 요리 기술만 배우는 게 아니라,
철학을 배우고, 주방의 질서를 익히고, 미식의 정수를 몸에
새길 수 있었다. 이곳에서의 경험은 단순한 경력을 넘어 나를
한 단계 끌어올릴 수 있는 발판이었다.
지금도 "셰프로 성장하기 위해 가장 필요한 것이 무엇인가요?"
라는 질문을 받으면 단호하게 대답한다.

"경험입니다."

비싼 돈을 들여 다른 식당에 가서 맛을 보고 분위기를 느끼는
이유도 결국 경험 때문이다. 안 되는 곳은 안 되는 이유가 있고,
잘되는 곳은 잘되는 이유가 있다. 그 차이를 직접 경험으로
깨닫지 않으면 절대 알 수 없다. 나는 좋은 것은 배우고,
나쁜 것은 철저히 반면교사로 삼는다. 배우지 못하는 셰프는
결국 남의 주방에만 머물고, 자신의 요리를 만들지 못한다.
인생도 마찬가지다. 좋은 경험이든, 아픈 경험이든,
특별한 경험이든, 실패한 경험이든, 모든 경험은 결국 남는다.
그것들은 허투루 버릴 것이 아니라 나만의 무기로 만들어야
한다. 경험은 셰프에게 있어 곧 자신감이고,
그 무엇과도 비교할 수 없는 재산이다.

경험이 있는 셰프는 기술을 넘어서 요리에 철학을 담는다.
2006년부터 꾸준히 미쉐린 3스타 타이틀을 유지해온 퍼 세는
그 모든 경험의 정점에 있는 곳이었다.
퍼 세를 그저 '파인 다이닝의 끝판왕'이라고 부르는 것으로는
부족하다. 뉴욕에는 평생 꼭 한 번은 가볼 가치가 있는 놀랍고
훌륭한 레스토랑들이 많지만, 정통 클래식을 경험하고 싶다면
반드시 퍼 세를 추천하고 싶다.
이곳에서의 경험은 단지 맛있고 비싼 음식을 먹는 것이 아니라,

미식의 본질을 이해하는 시간이다.

셰프에게 있어 퍼 세는 단순히 경력이 아니라, 철저히 자신을
새롭게 만드는 경험이다. 나도 그곳에서 내가 배워야 할
모든 것을 전부 집어삼켰다.

**세계 최고의 파인 다이닝
'퍼 세'에서 일하다**

．
，

배우들이 브로드웨이를 꿈꾼다면, 셰프들은 퍼 세를 꿈꾸지
않을까. 하루에도 백 개 이상의 레쥬메가 쏟아질 만큼 경쟁이
치열한 곳이었기에 퍼 세의 문을 여는 것은 하늘의 별 따기와
같았다. 그러나 나는 멈추지 않았다. 지속적으로 레쥬메를
보내며 기회를 찾았다.

쉬지 않고 문을 두드린 지 석 달. 기다리던 소식이 왔다.
스테이지 인터뷰Stage Interview와 트레일 인터뷰Trail Interview를
하게 된 것이다.

레스토랑이나 호텔, 특히 미쉐린급 키친에서 셰프를 채용할 때 진행하는 실무 평가
과정. 부록 ❶ 참조

무급으로 하루 동안 다양한 일을 하면서 셰프의 지시를 어떻게
받아들이고 직원들과 소통은 어떻게 하는지, 기본적인 요리
경험을 측정하는 절차였다.

한 달에 한 번씩 석 달 동안 총 3번의 인터뷰를 거친 후
헤드 셰프로부터 정식으로 근무하라는 전화가 왔다.
내가 꿈꾸던 무대에서 일할 기회를 얻게 된 것이다.
퍼 세의 대표이자 총괄 셰프는 토마스 켈러Thomas Keller였다.
그는 미식이라는 왕국을 세운 전설 같은 존재였다.
'미국에서 가장 많은 미쉐린 스타를 보유한 남자', '별들의 별',
'셰프들의 셰프'. 셰프라는 직업에 몸을 담고 있는 사람이라면
그의 이름을 모르는 이가 없을 것이다.
요리를 업으로 삼고자 하는 사람, 미식을 사랑하는 사람,
이 업계에 발을 담근 사람이라면 그를 경외했다.
솔직히 말해서, 토마스 켈러가 운영하는 곳이라면 내 돈을
내고서라도 일할 수 있다고 생각했다. 그런 꿈의 주방에서
경험을 쌓을 기회가 왔다. 커리어의 새로운 시작임을 직감했다.
퍼 세의 주방은 내가 상상했던 것보다 더 치열하고 완벽했지만,
나는 그 치열함 속으로 기꺼이 뛰어들 준비가 되어 있었다.
놀랍게도 그런 퍼 세에 바로 파트장으로 채용된 것이다!
세 번째로 높은 섹션인 생선 파트였다. 이것은 단순한 취업이

아니었다. 퍼 세의 역사에도 전례가 없을 만큼 파격적인
일이었다고 한다. 일반 기업으로 치면 짧은 경력을 가진
중고 신입사원이 입사하자마자 팀장으로 발탁된 것과 같은
상황이었다.

주방은 작은 규모든 큰 규모든 피라미드 구조의 위계질서가
뚜렷한 곳이다. 모든 셰프가 자신의 역할에 충실하고,
한 치의 오차도 허용되지 않는 조직이다. 군대식 계급처럼
조직화된 주방 시스템을 브리가드^{Brigade}라고 한다.
가장 아래부터 시작하는 사람들은 '꼬미^{Commis}'라고 불린다.
이들은 재료를 다듬고, 준비하고, 셰프를 보조하는 기본적인
역할을 맡는다. 대개 셰프는 이 꼬미부터 시작해, 맡은 일을
묵묵히 해내며 조금씩 승진해 스테이션 파트장이 된다.
스테이션은 디저트, 가니쉬, 생선, 고기, 소스 등으로
나뉘어 있으며, 스테이션마다 그 분야를 책임지는
라인 셰프^{Chef de Partie}인 파트장들이 있다.
그 위에는 수 셰프^{Sous Chef}가 있고, 주방의 모든 것을 관장하는
헤드 셰프^{Chef de Cuisine}가 있다.

| 부록 ❷ 참조

그리고 여러 개의 레스토랑을 관리할 경우 가장 꼭대기에
총괄 셰프Executive Chef가 있다.

스테이션에도 위계가 있다. 여러 스테이션 중에서도 가장 높은
곳은 고기와 소스를 담당하는 셰프들이다.

퍼 세의 주방은 군기가 빡세기로 유명했다. 그런 층층시하의
조직에서, 생선 파트의 장으로 발탁된 내가 누군가에게는
굴러들어 온 돌처럼 보였을 것이다. 몇 년씩 묵묵히
일하며 승진의 기회를 기다리던 사람들에게, 나는 얼마나
'눈엣가시'였을 것인가.

처음에는 시기 어린 질투도 받았다. 하는 일마다 사사건건
트집이 잡혔다.

"이건 왜 이렇게 했어?"

"여기 또 실수했네."

심지어 뒤에서 험담하는 이들도 있었다. 주방의 긴장감은 늘
나를 향해 있었다. 날 밀어내고 싶어 하는 시선들이 내 등 뒤에
칼처럼 꽂혔다. 하지만 나는 흔들리지 않았다. 가야 할 길이
있었고, 하고 싶은 일이 너무 많았다. 작은 소음에 발목을 잡힐
시간이 없었다. 내 머릿속엔 오직 하나의 생각만 가득했다.

'내가 이곳에서 배울 수 있는 모든 것을 쓸어 담자.'

오히려 더 열심히 일했다. 더 완벽하게 준비했고, 더 빠르게

움직였고, 더 책임감 있게 행동했다. 나는 최선을 다했다.
최선이 시간이 지나면 모든 것을 증명해줄 것임을 알았기
때문이다. 퍼 세에서의 경험은 모든 어려움에도 불구하고 내가
셰프로 성장하는 데 없어서는 안 될 밑거름이 되었다.
압박 속에서 무너지지 않는 법, 방해 속에서도 내 길을 지키는
법을 배웠다. 그들의 시선? 질투? 욕설? 그 모든 것은 내게
오히려 연료가 됐다.
나 또한 운이나 우연으로 그 자리에 간 것이 아니었다.
퍼 세는 결과로 증명하는 곳이었고, 나는 그 결과를 만들어낼
준비가 되어 있었다. 어떤 시선이 날 겨누든 상관없었다.
나는 증명할 각오가 되어 있었다. 내가 이곳에서 자리를
지킬 자격이 있다는 것을.

새벽 2시, 뉴욕 거리를
숨이 차도록 달려도 행복했다

;

퍼 세는 모든 면에서 완벽한 시스템과 데이터를 갖춘 곳이었다.
맛은 물론이고, 고객 응대부터 서비스까지 모든 것이 마치
물 흐르듯 자연스럽게 이루어졌다. 그 자체로 웅장하고도

아름다운 교향곡을 연주하는 오케스트라 같았다.
주방은 연주자들이 악보에 따라 정확히 연주하는 것처럼,
한 치의 오차도 없이 정확하게 움직였다. 모든 팀이 각자의
역할을 완벽히 소화하면서 하나의 거대한 예술 작품을
만들어내고 있었다.

퍼 세에서 너무나 많은 것을 배웠다. 그러나 그중에서도
가장 큰 깨달음은, 좋은 식당이란 주방 팀만으로 이루어지지
않는다는 점이었다. 홀을 담당하는 매니저들의 역할은
주방만큼이나 중요했다. 그들은 요리와 고객 사이를 이어주는
다리였고, 그들의 세심한 서비스는 요리를 예술로 완성시켰다.
또 한 가지, 퍼 세만의 특별한 점은 매일 메뉴가 바뀐다는
것이다. 주방의 모든 일이 끝나고, 청소가 마무리되는 밤 12시.
셰프들은 메뉴 미팅을 위해 모였다. 파트별로 어떤 메뉴를 낼지
치열한 논의가 시작됐다. 재료가 중복되어서는 안 됐다.
예를 들어, 고기 파트에서 당근을 사용하면 생선 파트에서는
당근을 쓸 수 없었다. 첫 번째 코스에 사용된 재료는 다음
코스에 다시 나올 수 없었고, 동시에 모든 메뉴는 각각의
독창성과 연결성을 유지해야 했다.
이 미팅은 단순한 토론이 아니었다. 그날의 모든 요리는
퍼 세의 명성을 걸고 만들어지는 하나의 작품이었다.

미팅이 끝났다고 일도 끝나는 게 아니었다.

나의 메뉴뿐만 아니라 다른 셰프들의 메뉴까지 완벽히 숙지해야 실수가 없었다.

매일 밤, 엄청난 양의 정보를 머릿속에 집어넣는 공부가 필요했다. 퍼 세의 하루하루가 학교였고, 전쟁터였으며, 연습실이었다. 나는 그 모든 것을 몸으로, 머리로, 그리고 마음으로 받아들였다. 그곳에서의 배움은 내 커리어에 지워지지 않는 흔적이 되어 남았다.

셰프들끼리 메뉴와 재료를 조율하는 데 두 시간 이상 걸리는 일도 흔했다. 회의가 끝나고 나면 어느새 새벽 1~2시였다.

뉴욕 지하철은 24시간 운영했지만, 새벽엔 20~30분 기다려야 했고 언제 도착한다는 알림 서비스도 없었다.

당시 나는 퀸즈의 아스토리아 지역*에 살고 있었는데, 한 달에 두세 번은 내려야 하는 역의 한두 구간 전에서 지하철이 끊기기도 했다.

택시를 탈 생각은 애초에 하지 않았다.

택시비가 눈이 튀어나올 만큼 비쌌기 때문이다.

　뉴욕 퀸즈 북서부에 위치한 지역. 그리스·이탈리아계 이민자 마을로 시작해 최근에는 예술가와 요식업계 창업자들이 다시 찾는 트렌디한 동네로 변모했다.

남은 방법은 단 하나. 두 다리로 뛰는 일이었다. 매일 새벽, 나는
한밤중의 뉴욕을 가로지르며 뛰었다. 새벽 공기를 들이마시며
숨이 턱에 차도록 달렸다. 피로에 물든 다리는 무거웠지만,
마음은 가벼웠다. 주머니는 텅 비어 있었지만, 마음은 열정과
희망으로 가득 채워져 있었다.
돈이 없다고 해서 꿈도 없는 건 아니었다.
오히려 현실이 어려웠기에 꿈은 나를 더 단단히 붙들었다.
뉴욕의 밤 풍경이 휙휙 지나갔다. 빛나는 마천루와 초고층
빌딩들이 거대한 스냅 사진처럼 내 시야에 박혔다.
그 빛은 마치 영원히 꺼지지 않는 횃불처럼 도시의 어둠을
환하게 밝히고 있었다.
그때마다 되새겼다. 비록 지금은 두 다리로 뛰고 있지만,
언젠가 이 도시에서 나의 이름이 환하게 빛날 날이 올 거라고.
매일 녹초가 되도록 일을 하고, 집까지 걸어오는 게 일상이었다.
하지만 열에 들뜬 사람처럼 하루하루를 살았다.
"도대체 어떻게 이렇게까지 할 수 있나요?"
누가 묻는다면, 내 대답은 칼날처럼 명쾌했다.
"가장 좋아하는 일이니까요. 제일 하고 싶은 일이니까요."
내가 평생 하고 싶은 일은 요리, 딱 하나였다. 내가 가장
사랑하는 일도 요리, 딱 하나였다. 돈도 없고 백도 없었지만,

요리에 대한 열정만큼은 펄펄 끓어 넘쳤다.

그놈의 요리가 뭔지, 그 요리를 배우겠다고 전라도에서

태평양을 건너 뉴욕까지 왔다.

내가 요리를 배우러 온 것인지, 요리가 내 멱살을 잡고 여기까지

끌고 온 것인지는 몰랐다. 뉴욕이 어디에 있는지도 몰랐던 내가

이제는 뉴욕 최고의 레스토랑에서 일하고 있었다.

"내 인생에 이런 일이 일어나다니!"

내 두 다리로 뉴욕의 거리를 질주하며, 뉴욕의 공기를

마시면서도 이게 현실인지 꿈인지 믿기 어려울 때가 있었다.

힘들지 않아서 버틴 게 아니었다. 힘든 것을 몰라서도 아니었다.

힘들어도 그 시간이 가치 있다고 믿었기 때문이다. 현재의

어려움은 지나가는 짧은 순간에 불과했다. 하지만 내 가슴에서

타오르는 불길은 더 길고, 더 먼 미래를 향해 뻗어 있었다.

그 불길은 멈추지 않았다. 내가 넘어질 때마다 다시 일어서게

했고, 포기하고 싶을 때마다 앞으로 나아가게 했다.

뉴욕의 밤거리에서, 녹초가 된 몸과 함께 펄펄 끓는 가슴으로

나는 매일 꿈을 되새겼다. 이건 내 운명이었다. 절대 꺼트리지

않을 불꽃이었다.

레쥬메
한 줄을 만들기 위해

●
,

삶에서 단 한 번이라도 자기 인생의 항로를 바꿔본 경험이 있는
사람은 "그건 절대 안 돼!"라는 말을 쉽게 믿지 않는다.
그들은 안다. 불가능이란 벽은 깨뜨리기 전까지 영원히 거기에
있을 뿐이라는 것을. 자신이 하고자 하는 일을 진심으로
사랑하고, 이루고 싶은 꿈이 있는 사람은 "해보자!"라는
믿음으로 움직인다.
그 믿음은 단순한 낙관이 아니다. 그들은 실패, 좌절, 불안,
두려움, 무모함, 그 모든 것을 껴안을 준비가 되어 있다.
왜냐하면 그 안에 그 모든 것을 이겨낼 커다란 용기가 있다는
것을 스스로 알기 때문이다.
"열정만으로 살아가는 건 너무 무모한 일이야."
누군가에겐 맞는 말일 수도 있다. 그러나 모두가 따라야 하는
말은 아니다. 적어도 나에게는 맞지 않았다. 그때 내가 무모한
열정을 따르지 않고, 현실의 벽에 쓰여 있는 "안 돼"라는 말만
보고 들었다면 어땠을까? 매번 현실의 벽 앞에서 주저하며
새로운 선택을 하지 못했을 것이다. 두려움에 발이 묶여, 꿈은
꿈으로만 남았을 것이다.

그러나 나는 다른 길을 선택했다. 그 무모해 보이는 열정을
믿었다. 다행스럽게도, 그때의 나를 믿은 덕분에 지금의 내가
있다. 그 무모한 열정이 나를 여기까지 끌고 왔다.
열정은 때로 무모할 수 있다. 그러나 무모함은 나를 실패로 이끈
적이 없었다. 오히려, 그 무모함은 나를 도약하게 했다.
지금도 나는 그 열정을 안고 앞으로 나아간다.
모든 벽은 깨지기 전까지 그저 벽일 뿐이다.
그러나 이런 생각과 이런 마음은 냉정한 현실 앞에서 낭만에
불과할 수도 있었다. 내가 어떤 노력을 했고,
어떤 과정을 겪었느냐는 때로는 중요하지 않을 수 있었다.
말 그대로 현실은 현실이었다.
현실적으로 생각해보면, 아무 연고도 없이 뉴욕에서
셰프의 길을 가겠다고 결심한 나에게는 어느 식당에서 어떤
포지션에서 일했는지 적힌 레쥬메 한 줄이 모든 것을 좌우했다.
그 한 줄이 내 다음 스태프를 결정짓는 통행권과도 같았다.
어디에서 면접을 보든, 나에게는 절박함과 절실함이 압도적으로
클 수밖에 없었다.
나는 요리에 대한 열망으로 가득 차 있었지만,
일을 할 때만큼은 냉정하고 현실적으로 접근했다.
극도의 효율을 추구했고, 언제나 더 나은 방법을 찾으려 했다.

손에 칼을 쥐면 머리는 차갑게 식었다. 조금이라도 다른 생각을
하면 다칠 수 있는 일이기 때문이기도 했지만, 이것은 아마도
내 성향과도 연관이 있는 것 같다.
내 안에는 두 가지가 공존했다. 펄펄 끓는 물처럼 뜨거운 요리에
대한 열정과, 현실을 냉철하게 바라보는 얼음 같은 시선.
어린 시절엔 열정이란 소란스럽고 뜨거운 것이라고만 생각했다.
그러나 현장에서 경험을 쌓아가면서 깨달았다.
열정은 반드시 불꽃처럼 타오를 필요는 없다는 것을.
때로는 고요하고 차가운 열정도 있었다. 그것은 겉으로
드러내지 않아도, 속에서 은은히 타오르며 끝없이 나를 앞으로
밀어붙이는 힘이었다. 마치 소주만 마시던 애송이가 위스키의
깊은 맛을 알게 되는 것처럼, 나는 요리라는 세계의 깊이를
알게 되었고, 그 깊이 속에서 끓는 열정과 얼음 같은 차가움을
동시에 품을 줄 알게 되었다.
경력을 쌓아나가는 동안 바로 이 두 가지가 나를 지탱해주었다.
뜨거울 땐 차갑게, 차가울 땐 뜨겁게. 그 균형이 깨지지 않도록
나는 매 순간 나를 조율했다.

새로운 시작의

서막

;

2012년 말, 토마스 켈러가 나에게 승진을 제안했다.

그러나 그 제안에는 한 가지 조건이 붙어 있었다.

"당신이 더 높은 위치에 오르려면 커뮤니케이션이 중요해요.

세프들뿐만 아니라 함께 일하는 사람들과 원활하게 소통할 수

있어야 하니까요. 지금보다 영어 실력을 더 쌓아야 합니다."

누구였든 그 말을 들으면 "네, 알겠습니다."라고 대답하고

어학원에 등록했을 것이다. 하지만 나는 그럴 수 없었다.

그 순간 내 안의 청개구리 기질이 발동했는지도 몰랐다.

솔직히 자존심이 무척 상했다. 내 머릿속에서는 이런 생각들이

빠르게 교차했다.

'영어를 잘한다고 요리를 잘하는 건 아니잖아. 내가 부족한 건

언어지, 요리 실력이 아니야.'

영어는 부족했지만, 실력만큼은 누구보다 자신 있었다. 그래서

더욱 요리로 증명하고 싶었다. 미국에 온 지 8년이 지났는데도

영어가 이렇게 늘지 않다니! 나는 스스로 자조하며 생각했다.

'내 언어 감각은 심각할 정도로 바닥인가? 아니면, 내가 가질

언어 재능이 모두 요리에 몰빵된 건가?'

하지만 한 가지는 분명했다. 나는 영어가 아니라 요리로
이 자리에 온 사람이라는 확신이 있었다. 그 확신이 나를
움츠러들지 않게 했다. 나는 요리로 내 존재를 증명할 것이었고,
내가 할 수 있는 모든 걸 주방에서 쏟아낼 준비가 되어 있었다.
영어는 아직 나의 약점일 수 있었지만, 내가 만든 요리는 누구도
쉽게 흉내 낼 수 없는 나만의 강점이었다. 언젠가 그들도
내 영어가 아닌 요리로 나를 기억할 것이라는 확신이 들었다.
'과연 영어 공부에 매달린들 이보다 얼마나 더 잘하게 될까?'
솔직히 네이티브처럼 유창하게 말할 수는 없을 터였다.
얼마나 나아질 수 있을지 가늠조차 되지 않았다.
오히려, 내가 잘할 수 있는 것에 집중하는 게 낫다고 생각했다.
영어 실력을 늘리기 위해 시간을 쓰기보다는 내 요리 실력을
한 단계 더 끌어올리는 데 집중하는 것이 옳아 보였다.
퍼 세에서의 경험은 나를 한 단계 크게 성장시킨 값진
시간이었다. 지금의 나를 설계한 탄탄한 토대를 그곳에서 갈고
닦았다. 멋진 동료들과 함께 주방에서 땀을 흘리며 배우고,
때로는 웃으며, 때로는 치열하게 부딪혔던 날들은 행복
그 자체였다. 토마스 켈러의 제안은 개인적으로도 셰프로서도
큰 영광이었다. 그가 내게 더 높은 위치를 제안한 것은
내 노력을 인정해준 증거였고, 그 제안 자체만으로도 너무나

감사하고 소중한 순간이었다.

그러나 나는 고민 끝에 제안을 정중히 거절했다.

내 안에서 또 다른 갈망이 자라나고 있었기 때문이다.

오너 셰프가 되어 내 가게를 오픈하고 싶다는 마음이었다.

그토록 사랑했던 퍼 세에서의 마지막 날, 뉴욕의 밤거리는

이상하게도 낯설었다. 불확실한 미래가 나를 기다리고 있었지만,

그럼에도 한 가지 확실한 것이 있었다.

그동안 내가 쌓아온 모든 경험과 노하우가 나의 새로운 무기가

될 것이라는 믿음이었다.

내 안의 믿음을 안고 나는 미지의 길을 향해 _____

무모한
열정

_______ 뚜.벅.뚜.벅. 걸어나갔다.

Resume 2

셰프에서
오너 셰프로

수없이 많은 시간을 불 앞에서 보냈지만, 이제는 안다.
내가 진짜로 다루고 싶은 것은 불이 아니라
사람의 마음이라는 것을.
음식은 불 위에서 익지만, 그 맛은 마음 위에서 완성된다.
아무리 완벽한 기술과 재료로 만들어도,
그 음식이 누군가의 마음을 따뜻하게 하지 못한다면
여전히   그것은   미완성이   아닐까.

주방을 벗어난 후에야
알게 된 것。

한국에서의
경험

;

퍼 세를 그만두고 맨해튼 첼시 지역에 있는 '이벤티 호텔Eventi Hotel'
의 수 셰프Sous Chef로 자리를 옮겼다. 퍼 세처럼 화려한 곳은
아니었지만, 오히려 좋은 기회라고 생각했다. 내 이름을 건
가게를 열기 전, 시간을 갖고 천천히 준비하고 싶었기 때문이다.
더 늦기 전에 시작해야 한다는 조급함도 생겼지만, 화려하다면
화려한 경력에 취해 덜컥 창업부터 했다가 망한 경우를 많이
봤기에 되도록 신중하게 접근하자고 마음먹었다.
그러던 차에 지인의 소개로 한국에서 컨설팅 셰프 제안이
들어왔다. 어느 정도 규모가 있는 레스토랑을 오픈하는 데

함께해보지 않겠냐는 제안이었다. 좋은 기회였다.

내 가게를 본격적으로 오픈하기 전, 배울 것이 많을 것 같아서 오케이 사인을 했다.

2013년 봄, 본격적인 오픈 준비에 앞서 한국으로 나가 마케팅, 브랜딩, 회계 등 다양한 분야의 사람을 만났다.

대부분 대기업에서 레스토랑 오프닝만 전문으로 해온, 20년 이상의 커리어를 쌓은 엄청난 분들이었다.

그전까지 내가 만난 사람들은 요리와 관련된 사람들이 전부였는데, 요리 외 분야의 새로운 사람들을 만나서 일을 해보니 배울 점이 한두 개가 아니었다. 날마다 새로운 업무를 배웠고, 날마다 놀라운 경험을 했다. 내가 사는 세상이 바다인 줄 알았는데 좁은 개울에 불과하다는 걸 깨달았다. '주방'이라는 좁은 세상에 머물러 있었다는 것을 실감하는 시간이었다.

그러나 시작부터 순조로웠던 것은 아니었다.

레스토랑 오프닝을 위해 한국으로 온 날은 어린이날을 앞둔 5월이었다. 막상 한국에 들어오니 레스토랑을 어디서 오픈할지 자리조차 정해지지 않았다는 걸 알았다.

'아니 이게 뭐지? 지금 이 상태로 레스토랑 오픈이 가능할까?'

내심 이런 근본적인 의문이 생겼다. 하지만 이것 또한 요리밖에 모르던 나의 기우에 불과했다. 장소가 결정되자마자 바로 리노베이션에 들어갔다. 그리고 각자 맡은 전문 분야의 일을 빠르게 해나가기 시작했다. 내가 맡은 역할은 테스트 키친을 맡아 메뉴를 개발하는 일이었다. 각 분야의 전문가들이 팀을 이루니 일은 일사천리로 진행되었다. 나만 잘하면 레스토랑 오픈에는 아무런 문제가 없었다.

준비는 착실하게 진행되어 드디어 레스토랑을 오픈하는 날이 다가왔다. 한 달 남짓한 기간에 이걸 전부 해내다니 너무나 놀라웠고, 엄청난 충격이었다!

그 레스토랑은 바로 '에이 컷 스테이크A Cut Steak'다.

당시엔 분당에 1호점이 오픈해 있었고 내가 컨설팅을 맡은 곳은 올림픽공원 주변에 새로 여는 2호점이었다. 에이 컷 스테이크는 지금도 가성비 좋은 스테이크 전문점으로 손꼽히고 있다.

칼보다 날카로운
엑셀 파일

레스토랑 오픈까지의 모든 과정을 실제로 참여해서 보고 들을 수 있었던 건 내 인생에 정말 값진 경험이었다. 돈 주고도 배울

수 없는 경험을 오히려 돈을 받으면서 배웠으니 말이다. 하지만 이보다 더 귀한 배움은 바로 레스토랑 회계와 관련된 것이었다. 요리 외에는 문외한이었던 내게 PNL^{Profit and Loss(손익금)}, ROE^{Reture on Equity(투자금 대비 수익률)}라는 단어는 아무리 들어도 귀에 감기지 않았고, 코스트는 어떻게 내는지 전혀 알 수가 없었다. 뒤통수를 한 대 심하게 얻어맞은 기분이었다. 직접 레스토랑을 운영하겠다는 사람이 이런 기초 지식조차 없다니!

그러나 모르는 건 죄가 아니다! 초심으로 돌아가 필요한 것을 확실하게 배우자! 용기를 내어 레스토랑 오프닝을 위해 함께 일했던 여러 전문가에게 정중히 부탁을 드렸다.

"뉴욕에 돌아가면 제 레스토랑을 오픈하려고 합니다. 운영과 회계 등 요리 외에 내가 알아야 할 게 무엇일까요? 궁금한 점들이 너무 많은데, 가르쳐줄 수 있으실까요?"

감사하게도 그분들은 흔쾌히 내 손을 잡아주었다. 정해진 일과가 끝나면 밤늦게까지 공부에 몰두했다. 한국 최고의 전문가들에게 개인 과외를 받는 것과 같았다. 빡세고 힘들 거라고 예상했지만 신기하게도 일이 더 재미있어졌다. 주방에서 요리만 하는 셰프에 안주하지 말고 본격적으로 레스토랑 비즈니스를 하겠다는 꿈이 단단하게 영글어가는 것을 피부로 느껴서였는지도 모른다.

뉴욕의 미쉐린 스타 식당 셰프로 일하면서 나는 요리를
잘한다고 생각했다. 그동안 수많은 손님이 나에게 엄지를
치켜세웠고, 셰프로서의 자존감도 단단했다. 그런데 레스토랑
오프닝에 참가하면서 칼보다 엑셀 파일이 무섭다는 걸
처음으로 깨달았다.
'지금까지 남이 준비한 무대 위에서 잘난 척을 해왔구나.'
오너 셰프가 된다는 건 주방 밖의 세계까지 책임지는 일이었다.
그런데 나는 놀랍도록 무지했다. 그동안 식재료 원가는 대충
감으로 계산했고, 인건비는 그냥 시급 곱해서 넣으면 끝인 줄
알았다. 월세? 세금? 포스기 수수료? 마케팅 비용? 그 모든 게
하나의 음식 가격 안에 다 들어 있다는 건 생각하지 않았다.
가상의 메뉴를 선정하고 내 나름대로 필요한 경비를
산정해가며 회계 파일을 만들어보았다. 처음엔 내 눈을
의심했다. 엑셀 파일 속의 숫자를 보면서도 믿을 수가 없었다.
정성 들여 만든 요리를 팔아도 손에 남는 건 1인분당 몇백 센트.
이게 말이 되나 싶었다.
레스토랑 운영은 음식을 만드는 일만으로 끝나는 게 아니었다.
나는 요리를 해왔을 뿐 사업을 해온 것은 아니었다.
음식 하나에 얼마를 붙여야 적자가 나지 않는지, 어떤 시간대가
진짜 수익을 만들어주는지, 요일마다 손님의 흐름이 어떻게

바뀌는지. 엑셀 파일 안에는 내가 모르는 것이 숫자로 펼쳐져
있었다.

'이건 내가 아끼는 요리니까 싸게 해야 해.'

'이건 원가가 높으니까 비싸게 팔아야겠지.'

이런 어설픈 생각은 운영이라는 냉정한 세계에서 바로 깨질
수밖에 없었다. 한눈팔다가 불판 위에서 태워 먹는 고기처럼,
망하는 건 진짜 한순간이었다. 이날부터 하루에 한 번은
엑셀을 열었다. 엑셀 파일의 숫자들은, 칼보다 날카롭게 현실을
보여주었다. 요리를 하는 '손'과 경영을 보는 '눈', 이 두 가지가
동시에 작동하지 않으면 오너 셰프는 오래 못 간다는 걸 몸으로
배울 수 있었다.

요리는 예술일 수 있다. 하지만 운영은 생존이다.

한 접시의 진짜 가격은 식재료가 아니라, 책임의 무게로
계산된다. 오너 셰프가 된다는 건, 접시를 닦는 일만큼 숫자를
닦는 일이기도 했다. 겉멋만 잔뜩 든 채로 퍼 세를 그만두고
바로 내 가게를 오픈했다면 어떻게 됐을까? 요리만 잘하면
된다는 자신감 하나로 버티다가 홀라당 말아먹지 않았을까?
생각만 해도 아찔하다.

내 것처럼 해야
내 것이 된다

;

뉴욕으로 돌아오자마자 가게 오픈을 위한 준비를 시작했다.
가장 중요한 건 자금 문제였다. 통장에는 7천 달러가 남아
있었다. 내가 가진 전 재산이었다. 통장에 찍힌 숫자를
보자마자 현실의 벽에 부딪혔다. 가게는커녕 집을 얻기에도
부족한 금액이었다. 도대체 무슨 마음으로 가게를 오픈할
생각을 했는지 용기가 가상할 따름이었다.

결과적으로 내 가게를 오픈하지는 못했다. 솔직히 말하자면
시작조차 하지 못했다고 말하는 게 맞다. 인생이 생각하고
계획한 대로만 흘러가면 지구상에 행복하지 않을 사람이 어디
있겠는가. 그렇지 않은 게 인생이니 좋은 경험이라 생각하고
마음을 접었다.

만약 한국이었다면 어떻게든 은행 대출부터 받았을 것이다.
하지만 미국에서 대출이라니, 당시엔 엄두도 내지 못했던
일이다. 8년 동안 미국에 있었지만, 정식 취업 비자를 받고
일한 기간이 불과 5년이 채 되지 않았다. 은행에서 원하는 신용
수준에 미치지 못했고, 담보가 될 만한 집도 없었다.
나 같은 외국인에게 은행에서 뭘 믿고 대출을 해주겠는가.

하지만 다행스럽게도 아내가 미국 시민권자였다.

신용 점수도 좋아서 은행에서 7만 달러를 빌릴 수 있었다.

아내는 대출금으로 가게를 시작하라고 권유했지만, 선뜻

그럴 수가 없었다. 첫 아이를 임신 중인 아내를 생각해서라도

가게보다 가족을 위한 시급한 문제부터 해결하는 게 맞다는

판단이 섰다.

'차라리 이 돈을 발판 삼아 우리 가족이 편히 지낼 수 있는 작은

집을 장만하자. 가게는 투자자를 찾아서 오픈하는 게 맞다.'

마음의 결정을 내리자 거침없이 행동으로 옮길 수 있었다.

할 수 있다는 마음으로 투자자들을 찾기 시작했다. 그러나

마음처럼 쉽지 않았다. 힘들게 투자자를 찾던 중 다른 기회가

찾아왔다. 일식 레스토랑으로 유명한 '네타Neta'에 컨설턴트

셰프로 오지 않겠냐는 요청을 받은 것이다.

네타는 가이세키와 스시가 섞인 퓨전 일식 오마카세

레스토랑이었다. 오픈 준비를 시작하게 되는 시점까지만

도와주기로 대답은 했지만 고민도 생겼다. 서양식 요리만 하던

내가 일식 요리를 잘할 수 있을지 확신하기 어려웠다.

하지만 어디를 가든 주방에서 하는 일은 비슷할 터였다.

새로운 도전이라고 생각하며 용기를 냈다.

네타에서의 경험은 무척이나 신선하고 흥미로웠다.

메뉴 개발부터 플레이팅, 서비스 등 레스토랑 운영에 대한
전반적인 컨설팅을 맡으며 새로운 경험도 쌓았다.
그러다 네타의 헤드 셰프로 정착하게 되었다.
당시 네타의 헤드 셰프는 공석이었는데 컨설팅을 맡은 지
두 달쯤 되었을 때, 네타의 오너가 직접 가게를 맡아서 운영하지
않겠냐는 제안을 해온 것이다. 아직은 돈을 더 모아야겠다는
마음에 바로 수락했다.
네타에서 열심히 일하면서도 내 가게를 창업하기 위해 꾸준히
투자자를 찾았다. 하지만 좀처럼 생각이 일치하는 사람을
만나기가 어려웠다. 가고자 하는 방향이 다르거나 메뉴에서
의견 차이를 보일 때도 있었고 계약 조건이 맞지 않기도 했다.
성급하게 생각하지 말고 천천히 준비하자고 마음을 잡았다.
네타에서 일했던 4년 동안 남의 가게라고 생각한 적은
단 한 번도 없었다. 메뉴를 연구하고, 서비스에 신경을 쓰고,
가게 콘셉트를 잡는 등 모든 부분을 세심하게 신경 쓰면서
내 가게를 운영하는 마음으로 일했다. 한 달에 한두 번 쉬는
날을 빼고 거의 가게에서 살다시피 했다.
'내 것처럼 해야 내 것이 될 수 있다.'
당시 내가 가장 자주 하던 생각이었다.
한국에서 에이 컷 스테이크 레스토랑 오픈 경험은 나를

셰프에서
오너 셰프로

한 뼘 더 성장시켰다. 네타에서 일하면서 운영에 대한 자신감도 한층 커졌다.

조급한 마음이 들 때마다 오늘 하루 할 일에 몰두했다.

그렇게 4년이라는 시간이 지났다.

착 실 하 게　한　발　한　발,

오너 셰프가 되겠다는 목표에 성큼 다가서고 있었다.

잘 알고 있는 것,
잘하는 것을 하자。

**꿈을
현실로 만드는 힘**

;

고등학생 때부터 품기 시작한 나의 꿈은 변한 적이 없었다.
훌륭한 요리사가 되는 것. 그것을 위해 달려왔고, 뉴욕에
온 지 2년 만에 그 꿈을 이뤘다. 조리복을 입은 말단 직원에
불과했지만, 타국에서, 그것도 세계의 중심 뉴욕에서 조리복을
입게 될 거라 상상도 하지 못했기에 그 기쁨은 말로는 다
표현하기 어려웠다. 뉴욕 생활 10년 차에 오너 셰프가 되리라는
새로운 꿈이 생겼다.

투자자 미팅을 다니던 때, 나는 15개가 넘는 비즈니스 플랜을
갖고 있었다. 어떤 투자자를 만나게 될지 모르니 A, B, C

그 이상을 준비할 필요성도 있었지만 내가 하고 싶은 레스토랑 콘셉트가 많았기 때문이기도 했다. 비즈니스 플랜이 하루아침에 만들어진 건 아니었다. 어릴 때부터 메모하는 습관 덕분이었다. 재료를 준비하다가도, 외식을 하다가도, 길을 걷다 갑자기 생각나는 게 있으면 바로 노트를 꺼내 적었다. 그건 지금도 마찬가지다.

그러고 보면 꿈이라는 요리는 어느 한 가지만으로 만들어지는 건 아닌 듯하다. 재능이나 노력도 중요하지만, 어릴 때부터 꾸준히 길러온 습관도 도움이 된다. 때로는 생각하지도 못했던 사람의 도움을 받기도 하고, 가족의 응원과 지지도 큰 힘이 된다. 나의 의지가 강하게 들어가더라도, 행운도 한 스푼 필요하다. 물론 돈도.

내 가게를 오픈할 때 현실적으로 가장 큰 문제는 역시 돈이었다. 시드 머니가 없다 보니 투자자만이 정답이라고 생각했다. 투자자만 찾으면 오너 셰프가 될 거라고 믿었다. 하지만 나의 비즈니스 실력이 엉망이었던 걸까. 투자자를 만나는 족족 실패했고, 그만큼 받는 스트레스도 컸다. 좌절이 계속될수록 마음만 조급해졌다. 그런 나를 묵묵히 지켜보던 아내가 어느 날 슬며시 말을 건넸다.

"자기야, 플랜도 많고, 콘셉트도 있고, 실력도 있잖아. 능력도 되는데 그렇게 스트레스만 받지 말고 그냥 직접 해보는 건 어때?
투자자만 찾다가 오히려 시간만 낭비할 것 같아."
아내의 그 말이 큰 힘과 용기가 되었다. 더 이상 투자자를 찾는
데 시간과 노력을 허비하지 않았다. 내 힘으로 가게를 열자고
노선을 바꿨다. 어떻게 하면 좋을지 다시금 계획을 짰다.
'종잣돈이 없으니, 일단 돈부터 만들자!'
나만의 비즈니스 플랜을 들고 은행 문을 두드리기 시작했다.
4년 전에 비해 신용 점수도 올랐고, 담보가 가능한 집도 있었다.
이번에는 될 거라는 마음으로 숱하게 은행을 드나들었다.
그러나 돌아오는 대답은 'NO!' 현재 우리 집으로는 대출이
불가능하다고 했다. 하지만 여기서 그만둘 수는 없었다. 새로운
사업 계획서를 가지고 은행을 다시 찾았다.
지속적인 어필 끝에 스몰 비즈니스론을 받을 수 있었다.
1년이라는 시간 동안 포기하지 않고 계속해서 문을 두드린
끝에 작은 틈새를 비집고 들어오는 빛을 볼 수 있게 된 것이다.
아내와 내가 각각 모은 돈과 은행에서 빌린 30만 달러를 합치니
작은 가게를 열 수 있을 정도의 금액이 마련되었다.
네타를 나왔다. 예전처럼 일하면서 오픈 준비를 하기는
어렵다고 생각해서였다. 대신 일을 완전히 놓지는 않았다.
컨설턴트 셰프라는 직함으로 고급 라면집, 포케집, 일본식

편의점 등 여러 곳의 창업 메뉴 컨설팅과 개발을 진행했다.
다행히 일은 끊이지 않았다.

일을 하면서 고민하고, 고민하면서 움직였다. 행동이 따르는 고민은 고민으로 끝나지 않고 생각으로 발전한다. 지금도 어떤 것을 생각하다가 막히면 몸부터 움직인다. 메뉴를 개발할 때도 마찬가지이다. 충분히 시뮬레이션을 하면서 머리로 그려보지만 결국 손을 직접 움직여야 최종적으로 답을 찾는다. 긴 시간 일해 온 경험이 고되지 않느냐고 묻는 사람들도 있지만 나에게 일은 행동이고 생각이고 창의성을 계발하는 계기였다.

당신이 가장 잘 알고, 잘하는 것을 해

;

나의 첫 비즈니스 모델은 네타의 영향이 컸다. 네타를 운영하면서 외국인들이 일식을 굉장히 친근하게 대한다는 것도 알게 됐다. 자연스럽게 '일식을 베이스로 하는 일본식 꼬치구이'라는 콘셉트가 떠올랐다. 메뉴부터 인테리어까지 모든 계획을 끝내고 본격적인 오픈 준비에 들어갔다. 종잣돈이 마련되었으니 아무 문제도 없을 줄 알았다. 하지만

얼마나 큰 착각이었던가. 은행에서는 나의 비즈니스 플랜을
보고 돈을 빌려줬다. 하지만 가게 오픈은 돈만 있다고 되는
게 아니었다. 장소를 구하는 것부터 난관에 부딪혔다. 내가
원한다고 해서 이곳저곳 아무 데나 레스토랑을 오픈할 수 있는
게 아니었다. 게다가 은행의 허락 없이는 계약 자체를 할 수
없었다. 이 자리는 이래서 안 되고, 저 자리는 저래서 안 된다니!
아마도 이 부분이 한국과의 큰 차이점이 아닌가 싶다.
한국에서는 은행 대출을 받으면 죽이 되든 밥이 되든 창업주가
알아서 할 일이다. 하지만 미국의 은행은 철저하다. 비즈니스
플랜을 보고 돈을 빌려줘도 그 돈을 돌려받으려면 절대로
창업주가 망해서는 안 된다. 그렇기에 가게 자리 선정까지도
은행에서 철저하게 살피는 것이다. 몇 차례 옥신각신한 끝에
겨우 은행 허락이 떨어졌다. 서둘러 가게를 계약하고 인테리어
작업을 시작했다.
공사는 순조로웠다. 그런데 이상하게도 뭔가 찜찜했다.
메뉴 개발도 끝났고, 콘셉트도 잡혔고, 스태프들도 스탠바이
중이었다. 그럼에도 마음 안에 희미한 안개 같은 게
끼어 있었다.
'처음 시작하는 일이라서 그런가? 불안한 것도 당연한 거겠지.
괜찮아. 오픈만 하면 문제없어. 더 열심히 하자.'

알 수 없는 찜찜함은 결정해야 할 일이 많아서 생기는 스트레스 때문이라고 생각했다.

그러던 어느 날 저녁, 아내와 대화를 나누었다.

이런저런 이야기를 듣던 아내가 진지하게 물었다.

"그런데 왜 일식을 하려고 해? 그건 당신 메인이 아니잖아. 물론 경험을 쌓았으니 잘하겠지만, 뭔가 아까워. 당신이 가장 잘 알고, 잘하는 것을 하면 어때?"

"내가 잘 알고, 잘하는 것?"

네타에서의 경험이 있었고 성과도 좋았기에 일식은 당연히 내가 잘 알고 잘하는 것이라고 생각했다. 그런데 아내의 말은 그런 뜻이 아니었다. 좀 더 본질적인 것, 내 요리의 '오리지널리티'를 건드렸기 때문이다. 아내의 말은 내가 왜 오너 셰프가 되려고 했는지 원점으로 돌아가게 했다.

'가게 오픈에만 매여서 시선이 좁아져 있었던 것일까? 아니면 리스크를 최대로 줄이는 것에만 신경을 쓰고 있었던 것일까?'

아내와 대화를 끝낸 후에도 나는 오래 깨어 있었다. 잠이 오지 않았다. 몇 번을 뒤척이다가 결국 밤을 꼬박 새우고야 말았다.

새벽 무렵, 정직하게 자신에게 물었다.

'나는 일식을 왜 하려고 하지?'

일식을 하면 적어도 망하진 않을 것 같았다. 하지만 '적어도

망하지 않는 일'이 내가 오너 셰프를 꿈꾸던 이유였나? 그건
아니었다. 다시 질문을 던졌다. 아까는 아내의 질문이었지만
지금은 나의 질문이었다.

'내가 가장 잘 알고, 잘할 수 있는 건 뭐지?'

일식이 아니면 당연히 프렌치라고 생각했다. 그러나
내 안에서는 의외의 대답이 나왔다. 내가 가장 잘 알고, 가장
잘할 수 있는 것. 어린 시절부터 나와 함께해온 '한식'이었다.
한식을 생각하면 가장 먼저 생각나는 사람은 어머니였다.
어머니는 손맛이 좋았다. 몇 가지 안 되는 재료로도 금세
근사한 음식을 만들어내셨다. 들어가는 양념이라야 소금이나
간장, 설탕처럼 어느 집에나 있는 것이었는데 어머니의 손을
거치면 눈이 번쩍 떠지는 감칠맛이 났다. 특히 어머니의
간장게장은 타의 추종을 불허할 만큼 끝내줬다. 나에게 한식은
어머니의 음식이었고, 미각의 방향이 정해진 결정적 요리였다.
내 요리의 정체성은 한식에 있었다. 고단한 타국 생활 중에
매일 만들어 먹던 것도 한식이었다. 이렇게 중요한 것을 놓치고
있었다니! 멍하기도 하고 어이가 없기도 하고 이제라도 진짜
중요한 것을 깨달아서 천만다행이라는 생각도 들었다.
머릿속의 안개가 말끔하게 걷혔다.
가게 인테리어가 이미 한 달 이상 진행된 상태였다. 그러나

과감하게 모든 걸 뒤집었다. '꼬치'라는 메뉴 콘셉트는 그대로
가져가되, 한식으로 풀어야겠다고 생각했다. 내부 인테리어
수정부터 메뉴 개발까지 처음부터 다시 시작했다. 물론 쉬운
결정은 아니었다. 비용도 두 배는 더 들었다. 하지만 지금
후회하지 않으려고 마지막에 후회할 수는 없었다. 바로 잡는 건
아무리 늦어도 '지금'이 가장 빠른 순간이니까. 그리고 이 일은
내 인생을 역전시키는 가장 중요한 결정이 되었다.

**오너 셰프로서의
첫걸음**

;

2019년 9월, 요리 공부를 위해 뉴욕 땅에 발을 디딘 지
14년 만이었다. 드디어 나는 꿈을 이뤘다. 미국 뉴욕 맨해튼
서쪽, 헬스 키친 지역에 나의 첫 식당을 열었다.
하루 일당 3만 5천 원을 받던 스물여섯 살의 내가, 14년이 지난
후 뉴욕 맨해튼에 내 가게를 연 것이다.
식당의 이름은 '코치Kochi'였다. 새로운 형태의 한식 꼬치 요리를
콘셉트로 잡았다. 한국 궁중 음식인 화양적, 일식의 전통
꼬치구이, 한국 재래시장에서 볼 수 있는 떡꼬치 등

여러 메뉴를 떠올리며 재료를 선별하고 식감을 고민했다.
요리 하나하나가 맛있으면서도 코스 전체가 조화를 이루어야
했다. 단언컨대, 뉴욕 어디에도 이런 요리는 없다고 자부할 수
있었다.

오픈 준비가 끝난 가게, 주방 안에 서 있으니, 그동안의 감회가
밀물처럼 밀려들었다. 14년. 짧지 않은 시간이었다.

그 긴 시간을 오롯이 주방 안에서 살았다. 하루하루 버티는 데
집중했던 날들이었다. 하루가 지나고 해가 바뀌고, 계절이 수십
번 바뀌는 사이에도 나는 여전히 주방에 서 있었다.

처음엔 그저 살아남는 게 목표였다. 언어도 문화도 익숙하지
않은 도시에서 실수 하나에 해고될 수도 있다는 긴장 속에
일했다. 때로는 칼날 위를 걷는 것 같았다. 그래도 매일 칼을
들었고, 불 앞에 섰다. 내가 만든 요리를 먹는 사람들의 행복한
미소를 보면 세상 부러울 게 없었다. 그러나 그 한 장면을 위해
뒤에서 흘리는 땀은 누구에게도 말할 수 없었다. 수많은 식당,
수없이 갈아엎은 메뉴, 수백 번의 서비스. 욕도 먹고, 다치고,
울기도 했다. 그리고 드디어 내 가게의 주인이 되었다.

'이게 진짠가? 꿈인가?'

14년을 견디고, 버티고, 미치도록 달렸다. 결국 해냈다는 말로는
모자랐다. 나는 원래 말주변도 없고, 뭔가를 꾸며 말하는

스타일도 아니다. 그저 칼을 들고, 불 앞에 서 있는 시간이
제일 편했다. 제일 먼저 출근해서 마지막까지 남아 있었다.
눈에 띄지 않아도, 조용히 자기 자리를 지키는 사람이 되려고
애썼다. 그렇게 보내온 시간의 결과가 '코치'라는 이름으로
내 앞에 있었다.

그러나 감상에 빠지는 건 잠깐일 뿐, 다음 날부터 진짜 전쟁이
시작됐다. 레스토랑의 격전지인 뉴욕에서 살아남아야 했다.

이제 더 이상 핑계 댈 곳도 물러설 곳도 없었다.

이건 철저하게 내 싸움이었다.

그리고 나는 기꺼이 싸울 준비가 되어 있었다.

코치의 직선,
마리의 곡선 。

**기본은 단단하게,
경험은 유연하게**

;

코치Koch는 한국어로 '꼬치'이다. 영어식 표기도 한국어 발음을
닮았다. 나는 이 이름이 마음에 쏙 들었다. 한 번 들으면 입에
착 감기는 데다 이름 자체가 콘셉트이자 메뉴였기에 의미도
분명했기 때문이다. 그러나 꼬치를 주제로 식당을 열겠다고
했을 때, 많은 이들이 고개를 갸웃했다.
"꼬치를 파인 다이닝으로 낸다고?"
"그냥 술안주 아니야?"
이런 질문에 나는 간단히 답할 수 없었다. 오히려 그 질문이
이 식당의 시작이자 존재 이유였다. 왜 사람들은 꼬치를 편의점

음식처럼 여기고, 왜 꼬치 요리에는 '코스'라는 단어가 어울리지 않는다고 생각할까? 나는 그 고정관념을 바꾸고 싶었다.

아니, '꼬치'라는 형식을 빌려 내 요리 철학의 시작을 직선 위에 정리하고 싶었다.

꼬치의 본질은 직선이다. 고기든 채소든, 그것이 꿰어진 순간부터 재료는 정렬되고 중심을 잡는다. 곡선이 풍성한 여백을 가진 것이라면, 직선은 불필요한 것을 덜어낸 본질만 남긴 형상이다.

꼬치는 그 자체로 미니멀하고, 정직하고, 복잡함을 거부한다. 나는 그 형식이 좋았다. 한식의 깊이를 직선 위에 정렬하는 일, 그 자체로도 흥미로웠고 아이디어가 무궁무진하게 솟구쳤다.

직선은 숨을 곳이 없다. 재료의 상태, 양념의 조화, 굽는 시간, 불의 강도가 낱낱이 드러난다. 오히려 그래서 더 기본에 충실해야 한다. 기교는 직선 위에서 미끄러진다. 꼬치에는 화려한 플레이팅도 없고, 감탄을 유도하는 기술적 장치도 없다. 정직한 요리가 전부일 뿐이다. 내가 말하고 싶은 건 이런 '기본의 힘'이었다. 오픈 전에 내가 자주 하던 생각은 '무엇을 덧붙일까?'가 아니라 '무엇을 덜어낼까?'였다.

아무리 좋아하는 소스를 만들어도, 한 꼬치 위에 두 가지 이상을 얹는 건 망설여졌다.

"이 조합이 재밌긴 한데, 너무 많은 얘기를 하려는 것 아닐까?"
나는 셰프인 동시에 편집자였다. 맛을 구상하고, 걸러내고, 남기고, 다시 빼고, 그렇게 남은 단 한 줄의 요리가 내가 말하고 싶은 것의 전부였다.

한식은 본래 풍성한 음식이다. 반찬이 많고, 맛이 겹겹이 쌓여 있다. 하지만 뉴욕이라는 도시에서, 한식을 조금 다른 방식으로 이야기하고 싶었다. 그것은 나의 한국적 미각을 낯선 도시의 감각으로 번역하는 일이기도 했다. 기본은 단단하게 잡되 경험은 유연하게 할 수 있도록 말이다. 코치의 요리는 더하기보다 빼기에 집중했다. 메뉴를 개발할 때마다 자신에게 물었다.

"이건 진짜 필요한가? 코치의 철학과 연결되는가?"
그 질문은 때로는 오랜 습관을 도려내는 고통이기도 했다. 그러나 결국, 그 과정을 통해 남은 것은 더 심플했다. 그래서 풍요로웠다. 누군가는 코치를 한식 퓨전 파인 다이닝으로 기억하겠지만, 내게는 요리의 단단한 골격과 정직한 출발점을 탐구한 실험실이었다. 그리고 나는 이 실험의 첫 번째 결과물을, 직선처럼 반듯한 꼬치 한 줄에 담아 매일 꺼내 보였다.
꼬치에 꽂았던 건 내 고민과 고집, 그리고 기본에 대한 집착이었는지도 모른다. 덕분에 코치는 예약 없이는 자리를 잡을 수 없는 명소로 입소문이 나게 되었다.

부드럽게
품어주는 마음
;

코치가 성공적으로 자리를 잡아갈 무렵, 새로운 식당을 하나 더
해보고 싶은 마음이 생겼다. 자신도 있었다.
내 노트에는 수많은 콘셉트와 메뉴가 빼곡하게 적혀 있었다.
모든 것을 잃어도 그 노트가 있다면 언제든 다시 시작할 수
있을 정도로 내 요리 인생이 전부 담겨 있는 노트였다.
몇 달을 고민한 끝에 두 번째 가게 콘셉트를 정했다.
코치와는 전혀 다른 메뉴가 될 터였다.
가게를 하나 열었으면 당분간은 운영에 집중해야 정상일 텐데,
나는 반대로 점점 더 말하지 못한 맛들이 머릿속에서 쌓여가는
느낌을 받았다. 뚜렷한 형식 안에서 덜어내고, 줄이고,
직선 위에 정리하는 코치의 방식은 분명 내 철학을 담기에
완벽한 시작이었다. 하지만 그 직선 위에 담지 못하는 감정,
곡선처럼 흐르고 넘치는 표현들이 자꾸만 주방 너머로
흘러나오고 있었다.

컨설턴트 셰프를 할 때였다. 편의점에서 테이크아웃 메뉴와
덮밥 등을 배우면서 스트리트 푸드에 대한 공부를 많이 했다.
그러다 문득 한국의 대중적 테이크아웃 메뉴인
김밥이 떠올랐다.

'김밥이 고급스럽다면 어떤 느낌일까? 꼬치를 고급화시켰으니
김밥도 가능하지 않을까?'

스시 오마카세의 테크닉을 김밥과 결합해서 새롭게 콘셉트를
잡아본다면, 충분히 승산이 있다는 생각이 들었다.

그것이 바로 '마리Mari'의 시작이었다.

코치가 '꼬치'에서 온 것처럼, 마리라는 이름은 '말이'에서 왔다.
우리가 김밥이라고 부르는 '김에 밥을 말다'의 그 말이다.
한 장의 김 위에 밥을 펴고, 재료를 얹고, 둥글게 말아 썬다.
그 과정은 요리라기보다는 정성의 구조에 가깝다. 겹겹이 싸고,
안쪽을 품고, 흐트러짐 없이 다듬어 내는 행위. 그 방식이
내게는 요리의 또 다른 형식으로 느껴졌다. 꼬치가 단단하고
명확한 직선이라면, 마리는 유연하고 품이 넓은 곡선이었다.
그 곡선은 단지 시각적인 구조만을 의미하지 않았다.
나는 마리를 준비하면서, 처음부터 이 공간은 '곡선의 미학'을
중심으로 구상했다. 코치에서 다루는 요리는 한 입, 한 점,
한 줄로 나아가는 직진이었다. 그러나 마리에서는 음식

하나하나가 재료와 조리, 플레이팅이 서로를 감싸안고
흐름을 만든다. 그건 마치 시 한 편 같기도 하고,
음악 한 곡 같기도 했다.

마리의 요리는 직선으로 자르지 않는다. 선 대신 결, 분절 대신
흐름. 모두 '감싸는 것'에 초점이 맞춰져 있었다. 그건 단순한
미적 연출이 아니라, 이 공간에서 어떤 태도로 음식을 다루고
싶은지를 보여주는 방식이었다. 재료도 화려한 것보다
결이 선명한 것, 부드러운 것, 여백이 많은 것을 고르게 됐다.
소스를 조금 덜어내고, 간을 약하게 조정하고, 담백한 재료에
식초나 과일의 산미를 살짝 얹는 방식. 고개를 갸우뚱하게
만드는 조합보다, 입에 넣었을 때 '이걸 왜 이렇게 했는지
알겠다'라는 감각을 주는 요리. 그게 내가 '마리'라는 이름으로
만들고 싶었던 공간의 맛이었다.

공간 역시 마리라는 이름에 걸맞게 설계했다.
코치가 지하 키친과 지상 바를 가진 수직 구조의 직선
공간이었다면, 마리는 오픈 키친이 공간의 중심에 있고,
그곳을 둥글게 둘러앉아 식사하는 곡선형 공간이다.
오픈 키친은 단순히 '보여주기 위한 무대'가 아니라,
손님과 셰프가 함께 공유하는 자리이길 바랐다.
손님은 셰프의 손끝을 보고, 셰프는 손님의 표정을 읽으며

다음 흐름을 결정할 수 있다. 일방적 서비스가 아니라, 공동
작업으로 경험하는 것이다. 조명도 동그란 조도로 맞췄다.
빛이 사람에게 직접 떨어지는 방식이 아니라, 간접적으로
퍼지게 했다. 벽에는 장식을 거의 하지 않고 공간의 곡선 자체가
디자인이 되게 했다.

요리는 접시 위에 담긴 음식을 넘어 그것을 만든 사람과 먹는
사람을 이어준다. 일종의 대화와 같다. 대화는 말하는 사람과
듣는 사람이 필요하다. 혼자 말하면 독백에 불과하고, 말하는
이가 없는데 들을 수는 없는 노릇이다.

만드는 사람은 먹는 사람이 요리에 담긴 정성과 맛과 재료와
시간 등을 알아주길 바라지만 그건 욕심일지도 모른다.

먹는 사람의 입장도 마찬가지이다. 만드는 사람이 내 입맛과
취향과 굽는 정도와 소스의 배합 등을 헤아려주길 바라지만
개인의 취향을 전부 맞추기는 불가능하다.

서로 입장과 생각이 다를 때 우리는 날카롭게 각을 세운다.
네가 옳다 내가 옳다 첨예하게 싸우지만 잘 생각해보면,
서 있는 자리, 즉 입장이 다를 뿐이다. 내가 상대를 참아주고
있다고 생각할 수도 있지만, 오히려 상대가 최대한으로 화를 꾹
참으며 나를 배려하고 있는 것인지도 모른다. 그래서 우리는
둥글게 품어주는 사람에게 편안함을 느끼는 게 아닐까.

Marl

내게 둥근 면보다 날을 세우고 까칠한 성품이 더 많아서인지도
모른다. 날카로운 나를 너그럽게 받아주는 사람들이 늘
고마웠다. 그런 마음을 나도 모르게 마리에 담았던 것일까.
마리에서 나는 곡선의 언어를 배웠고, 곡선의 맛을 찾았고,
곡선의 공간을 만들었다. 누군가 마음이 상한 날, 맛있는
음식과 향긋한 음료를 마시며 마음이 풀리면 좋겠다고
생각한다. 마리에서 내어놓는 음식이 따뜻한 말 한마디 같기를
바라면서.

코로나19라는
전대미문의 위기

;

코치는 내 요리 인생의 독립선언이었다.
내 이름으로, 내 방식대로, 내 요리를 하겠다는 신호탄이었다.
직선처럼 딱 떨어지는 콘셉트, 군더더기 없는 플레이팅 위에
쌓아온 건, 내가 셰프로서 걸어온 시간과 고집이었다.
반면, 마리는 말 그대로 감싸는 공간이었다. 덜어내기보다,
녹여내는 방식이라고나 할까. 코스 사이사이에 침묵이 흐르고,
손님 눈빛 하나에도 미묘하게 조정되는 흐름이 있다.

코치와 마리는 부담 없이 들를 수 있는 캐주얼 파인 다이닝을
지향했기에 정통 클래식 음악보다 재즈에 가깝다고 느낀다.
그러나 솔직히, 이런 말은 지금 와서야 조금 멋들어지게
말해보는 것에 불과하다. 현실은 그냥 매일매일 전쟁터였다.
아침에 눈 뜨면 오늘 예약이 몇 명인지부터 확인하고, 입고된
재료를 체크하고, 주방의 동선을 머릿속으로 다시 정리하고,
오픈 준비하고, 손님 받고, 요리하고, 치우고, 다시 요리하고.
하루가 어떻게 갔는지도 몰랐다. 집에 들어오면 새벽 두 시가
훌쩍 넘기 일쑤였다. 겨우 씻고, 눈을 감으면 바로 잠을 깨우는
새벽 알람이 울렸다. 그렇게 몇 달이 순식간에 사라졌다.
창업 초기를 생각하면, 하루가 어떻게 갔는지 기억조차 잘
나지 않는다. 그냥 매일 불 앞에 서 있었고, 계속 뭔가 썰었고,
구웠다. 감성도 철학도 다 좋지만 가장 중요한 건 체력이었다.
그 시간을 버텨낼 수 있었던 건 결국 몸이었다.
쏟아부은 만큼 돌아오긴 했지만, 그건 절대 쉬운 일이
아니었다. 그래도 감사하게도, 코치와 마리는 순항이었다.
예약은 줄을 섰고, 리뷰는 호의적이었고, 단골이 생겼다.
운도 좋았지만, 하루하루 정직하게 쌓아 올린 결과이기도 했다.
오픈한 지 한 달 만에 하루 평균 100~120명의 손님이 다녀갔다.
당시 테이블 1인당 가격이 78달러로, 하루 평균 매출이

8천 달러 정도 되었다. 하루 매출이 천만 원 넘게 찍혔다.

이틀만 장사해도 임대료는 충당하고도 남았다.

주방과 홀 직원의 월급도 밀리지 않고 줄 만큼 수익이 생겼고 재료와 소스를 넉넉하게 준비해도 로스loss 되는 부분도 전혀 없었다. 삼박자가 척척 맞아떨어졌다. 입이 귀에 걸릴 만큼 장사가 잘돼 좋았으나, 일은 두세 배로 힘들었다.

그러나 고단함을 느낄 겨를도 잠시, 세계를 공포의 도가니로 만든 사건이 터졌다. 식당 오픈 3개월 만에 COVID-19로 인한 팬데믹 역풍을 맞은 것이다. 오 마이 갓!

처음 뉴스를 봤을 땐, 솔직히 '설마' 했다. 바이러스? 감염? 위생만 잘 지키면 지나가겠지. 세상이 시끄러워도 식당 문은 열고, 손님은 오고, 고기는 익고 있었으니까. 그런데 그 '설마'가 사람을 제대로 잡았다. 뉴욕이 통째로 멈췄다.

거리는 조용했고, 매장은 썰렁했고, 예약은 죄다 취소됐다. 영화 속 얘기 같은 셧다운이 현실이 되었다.

그냥 안 좋은 느낌이 아니라 진짜 끝나는 느낌이었다.

몸 상태도 말이 아니었다. 기침이 멈추질 않았고, 몸은 축 처졌고, 앉았다 일어나는 것도 버거운 날들이 이어졌다.

그 와중에 가게는 하루하루 벼랑 끝으로 밀려가고 있었다.

머릿속은 텅 비었고, 생각은커녕 숨 쉬는 것도 벅찼다.

'아니, 오픈한 지 겨우 3개월인데! 이렇게 끝난다고?'

생각할수록 억울했다. 준비만 몇 년을 했는데, 겨우 석 달 하고

셔터를 내리라고? 이건 아니잖아. 진짜 그때 느꼈다.

이 판은 논리로 안 된다. 마음 단단히 안 먹으면, 그냥 주저앉는

거라고. 아마 자영업 해본 사람이라면 다 알 것이다.

코로나의 시간은 말로 하기도 힘들다는 것을. 그냥, 통째로

지워버리고 싶은 한 장면이었다. 실제로 유명한 레스토랑

중에서도 줄줄이 문 닫는 곳이 속출했다.

한국 집에서도 난리가 났다. 며칠 전까지만 해도 "가게 잘

열었다"라고 기뻐하시던 부모님 목소리가, 이제는 전화만 오면

한숨으로 시작됐다. 오픈했다고 알린 게 불과 석 달 전인데,

팬데믹이라니. 자나 깨나 미국에 있는 막내 걱정이 컸을 터였다.

나 역시 마음이 바짝바짝 타들어갔다. 내가 한국에 갈 수도

없고, 부모님이 미국으로 올 수도 없는 상황에서 멈춘 시간만

원망하고 있었다. 하지만 문제는 '어디에 있느냐'가 아니었다.

코로나19가 언제 끝날지 모르는 공포라서 더 무서웠다.

하나의 바이러스가 내 인생을 통째로 삼켜버릴 수도 있다는

생각이 스멀스멀 퍼져 나왔다.

'여기서 무너질 순 없어.'

걱정만 하고 있을 수는 없었다. 걱정을 많이 해서 현실이

바뀐다면 하루 24시간 얼마든지 걱정하겠지만,

행동이 없는 걱정은 내 삶의 아주 작은 일도 바꾸지 못했다.

뭐든 해보자고 결심했다. 코로나19를 막을 수는 없지만,

내가 할 수 있는 일이 있을 터였다.

어떤 상황에서도 '내가 할 수 있는 일이 있다'는 자존감이

나를 일으켜 세웠다. 조리복을 다시 입었다. 도시락을 싸고,

배달 메뉴를 새로 짰다. 할 수 있는 건 다 했다. 아니, 할 수 없는

것도 그냥 했다. 주방 불은 꺼지지 않아야 했다. 간판은 내릴 수

없었다. 버티고, 또 버티고, 다시 버티는 수밖에 없었다.

힘든 시기를 보내던 중 부모님과 형님들이 손을 내밀어주었다.

"요즘 많이 힘들지? 돈 보내줄게. 지금만 견디면 나아질 거야."

말 하나하나에 목이 메었다. 정말 눈물 나게 고마웠다.

하지만, 그 돈은 받고 싶지 않았다. 미국이 이렇게 흔들리는데,

한국이라고 안 힘들까? 나와 아내, 아이들을 살릴 수 있는 건

나 자신뿐이라고 생각하며 정신을 바짝 차렸다.

미국에 온 것도 내 고집이었다. 가게를 연 것도 내 선택이었고,

팬데믹 한복판에서 식당을 지키겠다고 버틴 것도 내 의지였다.

그래서 더더욱, 누구한테도 기대고 싶지 않았다.

내가 벌인 일이니까, 내가 끝까지 안고 가고 싶었다.

그래도 그 힘들던 시기에 확실히 알게 된 게 있다.

가족이라는 큰 존재의 힘이다. 몸은 떨어져 있었지만, 마음은
매일 도착했다. 한국에서 날아온 문자, 목소리, 눈에 밟히는
얼굴들. 만날 수도 없고, 도울 수도 없는 상황인데도,
서로 주고받는 다정한 말 한마디가 큰 힘이 되었다.
미국 온 지 16년. 그동안 한국에 나간 건 손에 꼽을 정도였다.
이제는 함께한 시간보다 떨어져 있던 시간이 훨씬 더 길어졌다.
그럼에도 가족은 한결같이 든든한 버팀목이 되어주었다.
어 떤 상 황 에 서 도 나 의 깊 은 뿌 리 였 다 .

MICHELIN
2024
MICHELIN
2023
MICHELIN
2022
MICHELIN
2021

코치와 마리,
미쉐린의 별이 되다.

**이런 일이 생길 거라고
누가 알았겠어?**

;

기다리고 기다렸다. 버티고 또 버텼다. 이 또한 지나가리라.
팬데믹 후 2년이 지나고부터 세상이 예전 모습으로 돌아가기
시작했다. 완전하지는 않았어도 뉴욕은 조금씩 활기를 띠기
시작했다. 코치와 마리도 다시금 자리를 잡아가고 있었다.
그리고 운명의 2021년이 다가왔다. 이 해는 아마 죽을 때까지
잊지 못할 것이다. 코치가 미쉐린 1스타에 선정된 것이다.
미쉐린은 프랑스의 타이어 제조 회사인 미쉐린이 매해 봄에
발간하는 식당 및 여행 가이드 시리즈이다. 사람들이
잘 알고 있는 식당에 별점을 매기는 가이드가 〈레드 가이드〉,

관광 형태의 정보를 주는 가이드인 〈그린 가이드〉도 있다.
평가원들은 절대 신분을 밝히지 않으며, 계산도 직접 한다.
몇 차례 식당에 오는지, 어떤 기준이 있는지, 무엇을 중요하게
보는지 공식적으로 발표된 것은 없다. 그럼에도 암암리에
이들의 원칙은 다섯 가지 정도 된다고 한다. 요리 재료의 수준,
요리법과 풍미에 대한 완벽함, 요리의 개성과 창의성,
가격에 합당한 가치, 메뉴의 통일성과 언제 방문해도 변함없는
일관성. 그로 인해 매겨지는 별의 가치 역시 개수에 따라
어마어마하게 다르다.

1스타는 요리가 훌륭한 식당이다. 해당 지역을 방문하면
둘러볼 가치가 있을 정도로 좋다는 뜻이다. 2스타는 요리가
훌륭하여 멀리 찾아갈 만한 식당이다. 본래의 여행 목적지에서
다소 떨어지더라도 우회할 가치가 있을 정도이다. 3스타는
요리가 훌륭해 특별한 여행을 떠날 가치가 충분한 식당이다.
오직 이 식당을 방문하기 위한 목적만으로 해당 지역을 여행할
가치가 있다는 뜻이니 셰프에겐 최고의 명예일 것이다.
파인 다이닝 셰프라면 미쉐린 스타가 되길 꿈꿀 것이다.
나 역시 그런 꿈이 있었다. 퍼 세 등 쟁쟁한 미쉐린 스타
식당에서 경험을 쌓았기에 자연스럽게 꾸게 된 꿈이기도 했다.
그런데 바로 그 미쉐린 스타를 팬데믹 2년을 버티고 난 후에

받게 된 것이다.

미쉐린 1스타 식당 코치.

미쉐린이 주는 상징적 의미는 대단하다. 요리로 인정받았다는
하나의 검증표와 같기 때문이다. 셰프로서 큰 자부심이기도
했지만, 그보다 한식을 바탕으로 한 코치의 요리가 전 세계
미식의 심장과 같은 뉴욕에서 그 맛을 인정받았다는 게
더 큰 감격이었다.

코로나19 시기를 지나며, 하루하루 속이 바짝바짝 탈 땐,
상상조차 못 하던 일이었다. 이런 일이 생길 거라고 누가
알았겠는가. 힘들고 어려운 시간을 잘 이겨냈다는 격려의
상 같았다. 미쉐린 수상 소식으로 입소문이 더 커졌고, 예약
손님도 늘었다. 어떤 날은 대기자가 하루 800명이나 되었다.
무려 서른 번도 넘게 다시 찾아주시는 고객도 있었다.

코치를 찾아주는 손님이 많아지는 만큼 뉴욕에 한식의 새로운
맛을 소개한다는 자부심도 커졌다.

뉴욕에서 한식의 고급화는 꾸준히 이뤄졌다. 미국의 다른
지역보다 뉴욕에서의 한식 현대화 추세도 가파른 편이다.
대표적으로 '정식Jungsik'을 들 수 있는데, 2011년 오픈 후
1년 만인 2012년에 한식으로는 처음 미쉐린 1스타를 받았고,
다음 해인 2013년 미쉐린 2스타, 그리고 2025년엔

미쉐린 3스타가 되었다. 정식을 이끄는 임정식 셰프는 CIA의
선배이기도 한데 그야말로 요리에 미쳐 있는 사람이다.
2025년 한국인 최초로 미국 요식업계의 아카데미상으로
꼽히는 제임스 비어드 어워드에서 셰프로서는 최고의 영예인
'아웃스탠딩 셰프' 상을 수상했다.
이후 한국인 셰프들의 피땀 어린 노력과 꾸준한 메뉴 개발로
한식의 고급화가 이뤄지면서 미쉐린 스타를 받는 한식당도
하나둘 늘었다. 그리고 2022년, 나 역시 그 대열에 서게 되었다.
중요한 것은 한식의 고급화가 모두 한국 출신의 셰프에 의해
이뤄지고 있다는 점이다. 좀체 맛을 흉내 낼 수 없는 음식이
바로 한식이라는 의미가 아닐까.
너무나 큰 인정을 받고 나니, 고급 라인의 한식을 더 만들고
싶은 욕심이 꿈틀댔다. 하고 싶은 걸 이뤘으니 한 단계 높은
또 하나의 꿈을 이루고 싶었다. 많은 사람이 꿈을 이루고 나면
허무하다고 한다. 그건 다음 꿈을 생각하지 않아서일 것이다.
많은 학생이 죽을힘을 다해 공부하는 이유가 오직 대학에
들어가기 위해서라고 한다. 그런데 정작 합격 후에는 무기력에
빠진다고 한다. 부모가 짜주는 스케줄에 따라 학교와 집과
학원을 수동적으로 오가다 공부도 친구를 사귀는 일도 동아리
활동도 자율적으로 해야 하는 대학에서 방황한다는 것이다.

반면, 자신이 하고 싶은 공부로 학과를 선택한 학생들은 훨씬 더
적응적인 생활을 한다. 목표가 있기 때문일 것이다.

오늘 하나의 음식을 접시에 담았다고 해서 요리가 끝난 것은
아니다. 다음 음식이 있고, 내일의 요리가 있다. 우리가 바라는
꿈 또한 하나는 아니다. 하늘에 떠 있는 별처럼 무수히 많다.
꿈 하나를 이루고, 또 다른 꿈을 꾸는 것은 무척이나 설레는
일이었다.

코치에 이어
마리도 미쉐린 1스타가 되다

;

2021년에 선정된 코치의 미쉐린 1스타는 2022년에도
유지되었다. 2022년은 전해 못지않은 놀라운 해였다.
코치에 이어 마리도 미쉐린 1스타에 선정된 것이다. 첫 번째
가게에 이어 두 번째 가게까지 미쉐린 1스타에 선정되다니,
꿈인가 생시인가 싶었다.

2022년은 뉴욕의 한식당 셰프들에게도 잊지 못할 해였을
것이다. 2021년 뉴욕 지역 미쉐린 스타 한식당은 모두 6개였다.
2스타는 '정식(2025년 3스타)'과 '아토믹스Atomix', 1스타는 '꽃cote',

'제주누들바^{Jeju Noodle Bar},' '주아^{JUA}', 그리고 코치였다. 그런데 2022년 3개가 더 선정되면서 9개로 역대 최고의 성적을 냈다. 새로 추가된 곳은 '주막반점^{Joomak Banjum}', '오이지 미^{Oiji mi}', 그리고 마리였다.

앞에서 말한 것처럼 미쉐린 수상은 누구도 예상하지 못하는 일이다. 평가원들이 언제 왔다 갔는지도 모를뿐더러 무엇을 어떻게 느끼고 갔는지도 알 수가 없다. 오랫동안 3스타로 뉴욕 파인 다이닝계를 호령하던 식당도 갑자기 1스타나 2스타로 떨어지기도 하고, 올해 오픈한 식당이 새롭게 선정되기도 한다. 초대장을 받고 현장에 가도 선정이 안 되는 경우도 더러 있다. 올해 미쉐린의 별을 받았다고 해서 내년에도 받는다는 보장은 없다. 선정되는 일도 어려운 일이었지만, 유지하기는 더 어려웠다. 그야말로 별들의 전쟁이기 때문이다.

모든 세프가 미쉐린 스타가 되는 것을 목표로 하지는 않을 것이다. 각자 자신만의 요리가 있고, 맛을 내는 기준이 다르다. 어디에서 어떤 요리를 하느냐에 따라 목표도 달라질 수밖에 없다. 나도 미쉐린이 최종 목표는 아니었다. 오히려 열심히 노력한 일에 대한 결과에 가까웠다.

그럼에도 다양한 경험을 하면서 한 가지 알게 된 게 있다. 결국 자신의 요리를 하는 것이 중요하다는 점이다. 자신의 가게를

운영하든 남의 가게에서 일을 하든 결국 '주인 된 마음'이
중요한 게 아닐까. 어떻게 하면 손님들이 더 만족스러워하는지,
어떤 소스가 더 인기가 있는지, 주방과 홀 사이의 흐름을 더
부드럽고 원활하게 만들려면 무엇을 고려해야 하는지,
어떤 부분을 바꾸면 전체적으로 개선이 되는지 아주 작은
부분도 놓치지 않고 디테일하게 조금씩 바꿔나가는 과정을
놓치지 않아야 한다.
좋은 식당은 하루아침에 만들어지지 않는다. 손님들의
눈높이도 달라지고 어제 만족스러웠던 요리가 오늘은
심드렁해질 수도 있다. 안주하는 순간, 순식간에 도태된다.
안 좋은 것은 과감히 바꾸고 좋은 것은 퀄리티를 더 높이면서
계속 시도해보는 것, 살아 있는 생물체가 끊임없이 숨을 쉬며
움직이는 것처럼, 가게를 늘 생동감 넘치는 장소로 만들어야
한다.

가볍게
그러나 얕지 않게
.
,
코치와 마리가 뉴욕의 한식 레스토랑 중 하나로 자리 잡게

되자 기세를 몰아 대중적인 식당을 연이어 두 개 더 오픈했다.
'마리네Marine'와 '돈돈Dondon'이었다. 코치와 마리가 뉴욕에서
한식의 깊이를 알리는 데 성공했다면, 마리네와 돈돈은 그
깊이를 누구나 맛볼 수 있게 넓히려는 시도였다. 한식의 정수를
고급 코스로만 경험할 수 있다는 편견을 깨고, 일상 속
식사로도 충분히 매력적이라는 걸 보여주고 싶었다.
돈돈에 대한 아이디어는 한국의 삼겹살집에서 출발했다.
한국의 고깃집 문화가 가진 '함께 먹는 즐거움'을 미국식으로
어떻게 재해석할지 고민이 컸다. 한국의 삼겹살집이 갖고
특유의 문화, '고기를 중심으로 사람들이 모이는 문화'를
뉴욕에서도 보여주고 싶었다.
하지만 미국 또한 고기 문화가 이미 깊은 나라다. 굽는 방식도,
함께 먹는 방식도 다르다. 고민 끝에 고기의 숙성 정도와
품질을 직접 볼 수 있는 정육 식당을 콘셉트로 잡았다.
메뉴 개발은 순조로웠다. 고기뿐만 아니라 국수 등 다른
메뉴들도 한 끼 식사로 충분할 만큼 만족스러웠다.
마리네는 마리의 캐주얼 버전이다. 더 빠르고, 더 가볍고,
더 편안하다. 그러나 그 안에 담긴 맛은 얕지 않다. 바에 앉아서
누구나 쉽게 주문하고 부담 없이 즐기길 바랐지만, 한식의 틀에
갇히길 원하진 않았다. 한식의 변형이든 한식과 일식과 양식이

섞인 퓨전이든, 그보다 중요한 것은 '맛'이었다. 누가 언제 와서
먹어도 "맛있다!"라고 여기면, 그것보다 더한 칭찬은 없다.
코치와 마리가 뉴욕에서 미쉐린 스타를 받으며 자리 잡았을 때,
사람들은 "정점에 올랐다"라고 말했다. 하지만 나는 그 순간이
오히려 시작이라고 느꼈다. 내 요리를 꼭 고급스러운 형태로만
전해야 할까? 더 많은 사람들이, 더 편한 자리에서 한식을 즐길
수는 없을까? 요리를 단순화하면서도 정체성을 잃지 않는 것.
대중성과 철학을 동시에 담아야 하는 일은 늘 긴장의 연속일
수밖에 없다. 그에 대한 내 방식대로 내린 해답이 마리네와
돈돈이었던 셈이다.

마리네와 돈돈은 더 빠르고, 더 가볍고, 더 일상적인 식당이다.
점심에도 편하게 들를 수 있고, 친구와 맥주 한잔하며 가볍게
즐길 수 있는 곳이다. 그러나 메뉴 하나하나에는 여전히
"왜 이 맛이 여기 있어야 하는가?"라는 질문을 던졌다.
고급을 단순화하는 일이 아니라, 본질을 남기는 작업이었다.
나는 마리네와 돈돈이라는 두 식당을 통해 '대중화'라는 단어를
다시 생각했다. 돈돈과 마리네는 가볍게 즐길 수 있되 그 맛은
절대 얕지 않은 곳이고, 맛을 포기하지 않으면서도
한 식 의   문 턱 을   낮 춘   공 간 이 라 고   생 각 한 다 .

환대,
요리의 또 다른 이름。

추억을
공유하다

;

세프로서 가장 큰 보람을 느끼는 순간은 언제냐고 묻는다면,
나는 주저 없이 이렇게 말할 것이다. 누군가의 삶 속 중요한
순간을 함께하는 것, 그것이 세프로서 내가 느끼는 가장 큰
행복이라고. 단순히 식사를 제공하는 자리를 넘어, 사람들의
인생에 조용히 스며드는 장면을 맞이할 때마다 나는 다시금
요리의 의미를 깨닫는다.

잊을 수 없는 손님이 있다. 코치가 처음 미쉐린 별을 받았을
무렵부터 자주 찾아주시던 단골손님이었다. 어느 날 그분이
우리 레스토랑에서 사랑하는 사람에게 프러포즈를 하고 싶다고

했다. 우리는 그 계획을 함께 준비했고, 그날 식탁은 두 사람의
인생에서 결코 잊지 못할 순간의 무대가 되었다. 그들의 눈빛과
떨림, 그리고 "Yes"라는 대답이 울려 퍼지던 순간의 공기까지
아직도 생생히 기억난다.

시간이 흘러 그들은 결혼 후 첫 번째 결혼기념일에도 다시
코치를 찾았다. 1주년이 지나고, 다음 해에는 아기를 안고 다시
문을 열고 들어왔다. 한 장소에서 사랑이 시작되고, 이어지고,
가족이 탄생하는 장면을 지켜보는 일은 셰프로서 누릴 수 있는
가장 행복한 특권이라는 생각이 들었다. 그 가족이 오는 날은,
나는 물론 코치의 전 직원이 가슴 설레는 날이다.

누군가의 인생에서 가장 아름답고 멋진 순간을 함께하는
일만큼 기쁜 일은 없기 때문이다.

멀리 다른 주에서 살다가 뉴욕을 방문할 때마다 꼭 들러주는
손님도 계신다. 매년 같은 날 찾아와 우리의 변함없는 메뉴와
분위기를 즐기는 손님들도 있다. 영국에서 오는 단골손님들은
오랜 시간 변치 않는 애정으로 코치를 찾아주곤 한다.

나는 그들을 '코치의 레귤러 멤버'라고 부른다. 그들의 방문은
단순한 식사가 아니라 함께 쌓아온 시간의 확인이기 때문이다.
많은 이들이 "매년 같은 식당을 찾는다는 건 그만큼 특별한
경험이라는 뜻"이라고 말한다. 사실 나 역시 개인적으로

결혼기념일을 챙기긴 하지만, 해마다 같은 곳을 다시 찾는 일은
쉽지 않다. 그러나 어떤 이들은 그렇게 한다. 그 이유는 단 하나,
다시 그 감정을 느끼고 싶어서가 아닐까. 새로운 경험보다 더
강렬한 것은 아름다운 추억을 다시 꺼내보는 일이다.
그들에게 코치는 단순한 레스토랑이 아니라 추억을 다시
펼치는 장소일지도 모르겠다.
요리의 본질은 무엇일까. 입맛을 채우는 기술이 아니라
사람과 시간을 연결하는 다리인 것 같다. 우리는 한 접시를
통해 사람들의 삶에 조용히 스며들고, 그 접시는 다시 그들을
이곳으로 데려온다. 그들의 추억을 함께 만들어가는 레스토랑,
그것이 앞으로도 내가 만들고 싶은 공간이다.

문을 열기 전부터,
당신을 기다립니다

;

가게 문을 여는 순간부터 오늘 하루가 시작된다고 생각하기
쉽다. 하지만 우리의 하루는 문이 열리기 훨씬 전부터 이미
시작된다. 손님이 한 명도 오지 않은 이른 아침, 아직 불도
켜지지 않은 주방에 들어서는 순간부터 오늘도 누군가의

하루를 따뜻하게 맞이하고 싶다는 설렘이 감돈다.

냉장고 속 재료 하나를 꺼내는 손길에도 마음이 담기고, 의자를 가지런히 놓는 작은 동작에도 태도가 깃든다. 코치와 마리는 물론 돈돈과 마리네도 단순히 '음식을 내는 곳'만은 아니라고 생각했다. 누군가의 시간을 맞이하는 장소이고, 그들의 이야기를 조심스레 받아들이는 공간이기 때문이다. 그래서 나는 매일 아침 문을 열기 전에 한 사람, 한 사람의 얼굴을 떠올린다.

전날 예약 명단에 적힌 이름과 특이 사항을 다시 살피며, 누구와 함께 오는지, 어떤 기념일인지, 어떤 취향과 사정이 있는지를 꼼꼼히 짚어본다. 채식주의자 손님, 창가 자리를 선호하는 손님, 새우 알레르기가 있는 손님… 그들의 이름 옆에 적힌 한 줄 한 줄은 그냥 정보가 아니라 그 사람을 향한 환대의 시작점이다.

이 시간은 단순한 준비가 아니라 마음을 예열하는 과정이다. 냄비를 미리 덥혀놓듯 환대에도 온도가 있다. 그 온도가 맞아야 음식의 온기도 함께 전달된다. 문이 열리고 손님이 들어오는 순간, 이미 '기다림'이라는 요리가 완성돼 있어야 한다. 손님에게 내놓는 첫인사는 접시 위의 음식이 아니라 그들이 들어서는 순간 느끼는 공기의 결, 공간의 분위기, 마음의 온기여야 한다.

환대의 언어는 생각보다 사소한 것들 속에 숨어 있다.

물 한 잔이 놓이는 자리, 식탁보의 주름, 접시에 담긴 색의 조화,

서버들의 동선, 음악의 볼륨까지 이 모든 디테일은 오직

한 가지를 말한다.

"우리는 당신을 기다렸습니다."

셰프의 하루는 문이 열릴 때가 아니라 문이 닫혀 있을 때부터

시작된다. 손님이 오기 전부터 시작된 기다림이 쌓이고 쌓여

결국 한 접시의 음식이 되고, 그 음식은 단순한 식사가 아니라

경험이 된다. 요리는 결국 사람을 위한 일이다.

그렇다면 '사람을 맞이하는 일' 또한 요리의 일부여야 한다.

불을 켜기 전부터 시작된 이 기다림이 일상의 시간을 소중한

추억으로 바꾸고, 수많은 가게 중 하나를 특별하게 머물고 싶은

공간으로 만들기 때문이다.

결국

환대가 전부다

;

돌이켜보면 내 삶에서 요리는 언제나 '사람'을 향하고 있었다.

칼을 쥔 손은 늘 재료를 향하고 있었지만, 마음은 언제나

사람을 향하고 있었다. 불 앞에서 하루를 보내는 이유도 결국
누군가의 하루에 온기를 더하고 싶어서였다. 음식은 입을
만족시키는 기술일 수 있지만, 환대는 마음을 움직이는
예술이다. 그리고 나는 이 둘이 따로 존재할 수 없다는 것을
오래전부터 알고 있었다.

요리만으로는 식탁이 완성되지 않는다. 불 위에서 만든 것은
음식일 뿐이고, 그 음식이 사람에게 닿아 '경험'이 되는 순간이
바로 환대가 개입하는 지점이다. 그래서 나는 늘 스스로에게
묻는다.

"나는 지금 음식을 만들고 있는가, 사람을 맞이하고 있는가?"
이 질문의 답이 '둘 다'일 때, 비로소 내가 하고 있는 일이
셰프로서의 진짜 일이라고 믿는다. 음식이 추억이 되고 삶의
한 장면으로 기억되는 순간들을 마주할 때마다 나는 요리가
무엇을 할 수 있는지 다시 배우곤 한다.

접시에 담긴 한 숟갈의 국물, 계절이 스친 한 조각의 채소,
주방의 불빛과 홀의 공기, 손님을 맞이하는 환한 미소와 보이지
않는 배려까지 한 사람의 삶 속으로 스며들어 하나의 경험이
된다. 환대가 더해진 음식은 입에서 사라져도 기억 속에서는
오래 남는다. 그것은 한 끼의 식사가 아니라 한 사람의 삶에
스며든 시간이기 때문이다.

세프에서
오너 세프로

수없이 많은 시간을 불 앞에서 보냈지만, 이제는 안다.

내가 진짜로 다루고 싶은 것은 불이 아니라 사람의 마음이라는

것을. 음식은 불 위에서 익지만, 그 맛은 마음 위에서 완성된다.

아무리 완벽한 기술과 재료로 만들어도, 그 음식이 누군가의

마음을 따뜻하게 하지 못한다면 여전히 그것은

미완성이 아닐까.

요리사의 일은 불 앞에서 끝나지 않는다. 진짜 셰프는 불을 끈

뒤에도 사람의 마음속에서 요리를 계속하는 사람이다. 손님이

돌아간 뒤 어떤 날 문득 '그곳에 다시 가고 싶다'라는 생각이

떠오른다면, 그것은 바로 환대의 힘일 것이다.

환대는 내 일을 시작하는 첫 번째 조각이자

아름답게   완성 짓는   마지막 조각이다.

셰프는
요리로 말한다。

**말보다
손이 먼저였던 시간**

;

뉴욕에서 처음 주방에 들어갔을 때, 할 수 있는 말이 없었다.
정확히 말하면, 할 줄 아는 말이 없었다. 내성적인 성격에
영어도 서툴렀으니 살갑게 말을 걸지도 못했지만, 그럴
분위기도 아니었다. 동선 하나가 틀어져도 욕이 날아오던
주방에서, 말보다는 눈치와 손이 빨라야 살아남을 수 있었다.
누가 어떻게 일하는지를 눈으로 따라가고, 버려진 껍질이
쌓이는 속도를 손으로 기억했다. 거기서 배운 첫 번째 언어는
말이 아니라 움직임이었다.
그땐 내가 뭘 만들고 있는지도 몰랐다. 그저 손이 하는 대로,

위에서 지시하는 대로 움직였다. 대파를 자를 땐 길이 맞추는

데만 집중했고, 육수를 낼 땐 잡내 안 나게 하는 게 전부였다.

그런데도 매일 하나씩 배웠다. 파를 어떻게 잡아야

손이 덜 아픈지, 고기를 어떻게 다듬어야 힘이 덜 드는지.

처음엔 몸이 먼저 기억했고, 다음에 머리가 따라왔다. 그러면서

'요리'라는 게, 그저 레시피를 따라 하는 게 아니라는 걸 느꼈다.

말이 아니라, 감각으로 배우는 세계였다.

그런 시간이 길어지면서, 나는 점점 말을 줄였다.

말보다 손이 먼저 나가는 게 익숙했고, 생각보다 반응이

빠른 게 칭찬이었다. 내 말은 접시 위에 있었다. 다른 셰프들이

내 접시를 보고 무슨 생각을 했는지는 몰라도, 나는 늘 그 안에

무언가를 담으려고 했다. 말은 못 해도, 전하고 싶은 건 있었다.

좋은 재료는 소리 없이 말하고, 잘 만든 음식은 설명 없이도

기억되는 법이다. 나는 그걸 믿었다.

말이 없던 나는, 오히려 그 조용함 속에서 많은 걸 배웠다.

눈치가 빨라졌고, 사람이 말하지 않아도 어떤 상태인지

알 수 있게 됐다. 칼을 드는 손에 망설임이 있는지, 한숨이 자주

나오는지, 음식이 흔들리는지. 그런 것들이 말보다 훨씬 더

정확했다. 팀원들의 기분도, 재료의 상태도,

다 접시가 말해주었다.

지금까지 나는 그때의 방식을 버리지 않고 있다. 말로 설명하지
않아도, 손으로 말할 수 있다고 생각한다. 요리는 그런 점에서
정직하다. 거짓말을 하지 않는다. 가짜로 웃을 수도, 얼버무릴
수도 없다. 손이 가는 대로, 마음이 가는 대로 담기고, 손님은
그걸 고스란히 느낀다. 그래서 늘 조심하고, 동시에 정직하려고
한다. 셰프라는 직업은 결국 '손'으로 진심을 말하는 일이다.
"왜 요리를 하세요?"
이 질문을 받을 때마다 생각한다. 내가 요리를 해온 것은 맞지만
요리를 선택했다기보단, 요리가 나를 선택한 것처럼 느낄 때가
많기 때문이다. 손이 먼저 움직이고, 마음이 그걸 따라간다.
솔직히 말은 지금도 서툴다. 그래서 나는 오늘도 요리로 말한다.
내가 하고 싶은 말은, 내 접시 위에 있으니까.

오너 셰프가 되며
배운 말의 역할

;

셰프였을 땐 말하지 않아도 되는 일들이 많았다. 오더가
떨어지면 그걸 받아서 그대로 실행하면 됐다. 누가 어떤
방식으로 요리했는지는 접시를 보면 알 수 있었고, 누가 오늘

컨디션이 좋은지도 손놀림을 보면 눈치챌 수 있었다. 말보다는 리듬, 눈빛, 타이밍이 더 중요했다. 그런 게 내게는 더 익숙했다. 그런데 오너 셰프가 되고 나서, 많은 게 바뀌었다. 오너 셰프는 말하지 않으면 아무도 모르는 자리, 결정하고 책임지는 자리, 누군가는 늘 내 방향을 기다리는 자리였다. 말을 안 해도 되는 위치에서, 말하지 않으면 안 되는 위치로 넘어온 것이다.

메뉴 회의를 하던 날, 한 신입 셰프가 물었다.

"셰프님, 이 메뉴 왜 여기 있어요? 콘셉트랑 조금 안 맞는 느낌인데요."

나는 잠시 말이 막혔다. 그 메뉴는 내가 꽤 오래 고민해서 넣은 거였다. 재료 하나하나, 색감, 맛의 구성이 마음에 들었다. 그런데 막상 이유를 설명하려 하니 막연했다.

그냥 "맛있으니까"라는 말로는 설득력이 없었다. 나는 그 메뉴에 내 마음을 담았지만, 그건 내 안에만 있었다. 요리는 내 방식으로 말하고 있었지만, 팀은 내 말도 듣고 싶어 했다.

"한식에서 느끼는 '간결함'을 보여주고 싶었거든. 이게 딱 그런 느낌이었어. 군더더기 없이, 재료가 주인공이 되는 그런 조합."

그 말이 나가고 나서도 확신은 없었다.

'이 정도 설명이면 괜찮을까?' 하는 마음이 들었다.

하지만 그 신입은 고개를 끄덕였다.

"그 말을 들으니까 이해됐어요."

그때 처음으로 알았다. 요리로 전하던 마음도, 말이 함께
붙으면 더 분명해진다는 것을. 예전엔 말하는 걸 무의미하다고
생각했다. 말보다 중요한 건 손이고, 맛이고, 결과라고 믿었다.
하지만 팀이 생기고, 매장이 늘어나고, 브랜드가 확장되면서
말의 무게도 달라졌다. 방향을 설명해야 사람들도 같은 길을
볼 수 있었다. 그걸 모르고 있을 땐, 사람들이 내 마음을
몰라준다고 생각했다. 지금은 안다.

말하지 않은 마음은, 없는 마음과 같다는 것을.

팀원들이 자주 묻는 질문이 있다.

"셰프님, 지금 우리가 잘 가고 있는 거 맞아요?"

그 질문은 단순한 보고나 피드백이 아니라,

방향을 묻는 말이다.

"왜 이 식당을 이렇게 운영하죠?"

"셰프님은 어떤 손님을 가장 염두에 두세요?"

"지금 이 분위기가 셰프님이 원하는 건가요?"

이런 질문을 받을 때마다 나는 내 요리만 생각하던 시절을
떠올린다. 내가 만든 음식 하나로 모든 게 전해질 거라 믿었던
때. 하지만 지금은 말로 정리해야 함께 갈 수 있다는 걸 안다.
팀은 내 요리를 만들고 있지만, 그보다 먼저 내 생각을 듣고

있다.

한 번은 메뉴 교체를 두고 논의가 길어졌다. 나는 새로운
메뉴를 밀고 싶었고, 팀은 기존 메뉴의 유지가 낫다고 했다.
의견이 팽팽했다. 그러다 한 팀원이 말했다.

"셰프님, 저희가 반대하는 건 아니에요. 그냥 셰프님이 왜 이걸
바꾸고 싶은지, 그 이유를 좀 더 알고 싶어요."

그 말이 뼈를 때렸다. 나는 그동안 방향을 제시하는 것만 했지,
그 이유를 충분히 나누지 않았다. 그래서 말했다.

"사실 그 메뉴, 난 처음부터 아쉬웠어. 손님 반응은 괜찮았지만,
우리 색이 아니라는 생각이 늘 있었거든. 더 나은 방향이 있을
거라고 믿고, 이번엔 그걸 제대로 보여주고 싶어."

팀원들은 조용히 듣고 있었다. 누구도 즉시 동의하진 않았지만,
그날 회의는 다른 분위기로 끝났다. 그날 이후, 나는 회의를
단순한 지시나 전달의 자리로 보지 않았다. 요리만큼이나
중요한 '공유'의 시간이라는 걸, 늦게나마 알게 된 것이다.

말은 어렵다. 특히 책임지는 위치에선 더 그렇다. 하지만 오너
셰프는 말과 요리, 두 가지 언어를 동시에 써야 하는 사람이다.
요리로만 말할 수는 없다. 말로 방향을 제시하고, 음식으로
증명하는 것. 그게 이 자리의 일이다.

그렇다고 말이 음식보다 앞서진 않는다.

말은 언제나 음식 뒤에 서야 한다. 가장 중요한 건 여전히
맛으로, 구성으로, 감동으로 이야기하는 것이다.
하지만 말이 곁에 있을 때, 그 음식은 더 강해진다.
진심이 의도를 만나면, 음식은 단순한 한 접시가 아니라
전달자가 된다. 이제 나는 조금씩 익숙해지고 있다. 여전히
말보다는 손이 빠르고, 설명보다는 요리하는 게 편하지만,
누군가 내게 묻는다면 이렇게 답할 수 있다.
"나는 말도 하지만, 결국 내 이야기는 접시 위에 있어요.
그걸 보고, 먹고, 느낄 수 있게 하는 게 내 일이니까요."

말하지 않아도
알게 되는 것들

;

말은 중요하다. 말하지 않으면 마음을 알 수 없다. 그러나
말이 없이도 알 수 있는 것들도 있다. 시간이 쌓이면서 생긴
감각 같은 것이다. 주방에 들어선 직원의 발소리만 들어도
오늘 기분이 어떤지 짐작할 수 있다. 칼을 잡는 손의 떨림에서
집중력의 농도를 느낀다. 재료의 표면을 살짝 눌러보면 속이
어떤 상태인지 감이 온다. 접시의 가장자리에 흘러내린 소스를

보면 컨디션을 읽는다.

요리도 마찬가지다. 말하지 않아도 그 요리가 어떤 과정을 거쳐 나왔는지, 손이 급했는지, 마음이 서두른 건지를 안다.

반대로, 어떤 음식은 설명 없이도 모든 걸 전한다. 그릇 위에 아무 말 없이 놓인 한 접시의 요리가, 어떤 날은 가장 진심 어린 표현이 되기도 한다. 그게 요리의 힘이다.

나는 말이 많은 셰프는 아니다. 대신 더 오래 바라보려고 한다. 직원이 재료를 고르는 손길, 불 앞에 서는 태도, 플레이팅에 들이는 시간 안에 많은 말이 담겨 있다. 내가 전하고 싶은 것을 꼭 설명하지 않아도 알아주는 사람들이 점점 늘어나고 있다. 말하지 않아도 통하는 순간이 생긴다. 그게 팀이 되어가는 과정이라고 생각한다.

주방은 하나의 유기체 같다. 말은 줄고, 동작은 맞아떨어지고, 눈빛만으로 '지금'이라는 타이밍을 공유한다. 그럴 때마다 짜릿함을 느낀다. 누구 하나 목소리를 높이지 않아도, 완벽하게 조율된 한 접시가 나온다. 마치 오래된 밴드가 사운드 체크 없이도 연주를 시작할 수 있는 것처럼.

말하지 않아도 알게 되는 것 중에는 책임도 있다.

누가 어떤 부분에서 무너지고 있는지, 무엇이 지쳐가고 있는지, 말로 나오기 전에 먼저 알아차리는 것도 내 몫이다.

음식은 솔직해서, 그런 것들을 절대 숨기지 않는다.

무심한 플레이팅, 흐트러진 간, 애매한 온도. 다 이유가 있다.

다만, 그것을 말로만 다그치기보단 조용히 알아차리고, 요리로

마음을 잡는 방식을 선택할 뿐이다.

말 을 줄 이 는 대 신 더 많 이 느 끼 고 ,

더   섬 세 하 게   반 응 하 려 고   한 다 .

**셰프에서
오너 셰프로**

Resume 3

상상을
        현실로
만드는 시간

설렘과 벅참 속에서 첫날 영업이 끝났다.
속을 새까맣게 태우며 오픈조차 못 하던 날들이 거짓말 같았다.
기적 같은 일이 일어난 것이다.
이게 기적이라면 그 기적은 나 혼자 만든 게 아니었다.
나를 믿고 기다려준 수많은 사람들과 함께 일궈낸 것이었다.
감사한 마음이 넘치고,   또   넘치도록   흘렀다.

화로와 구이를 향한
고군분투。

창업병에 걸린
미친놈

;

레스토랑을 연다는 건, 가끔 아무도 알아주지 않는 일을
혼자 해내는 일과 같다는 생각이 들 때가 있다.
무대에 홀로 오르는 1인극 배우처럼 조명 아래 벌어지는 일을
전부 책임져야 하는 것이다.
그러나 사실은 혼자 하는 일은 아무것도 없다.
'식당 운영'이라는 말 속에는 수많은 사람들의 땀과 눈물,
노력과 열정, 시간과 돈, 보이는 것과 보이지 않는 것,
말한 것과 말하지 않은 것까지 포함되기 때문이다.
우아하게 물 흐르듯 흐르는 분위기 속에서 편안하게 식사하는

손님들은 홀 뒤의 주방에서 어떤 전쟁을 치르고 있는지 모른다.

그 소란을 눈치채거나 들키면 그날은 일을 잘못한 날이다.

맛도 중요하지만, 분위기는 진짜 중요하다.

내가 맡은 일만 중요하게 알다가 내 시야를 벗어나는 곳까지

눈길과 마음이 닿을 때, 사람은 성장하는 것 같다.

나도 '주방에서 일하는 셰프'라는 한정된 세상에서 살다가

'자기 가게를 운영하는 오너 셰프'라는 도전을 시작하면서부터

깨지고 다치고 다시 일어서는 일을 몇 번이나 겪었다. 그럼에도

새로운 도전을 멈추지 않는 건 왜일까? 코치와 마리, 마리네와

돈돈에 이어 새로운 두 개의 식당을 준비하게 된 것이다.

"뉴욕에서 잘되는 식당 4개를 운영하는데 또 연다고?"

걱정하는 사람도 있었고, 지지하는 사람도 있었다.

'창업병'에 걸렸냐고 농담조로 말하는 사람도 있었다.

코치와 마리, 마리네와 돈돈이 안정기에 접어들던 시점이었다.

손님은 꾸준했고, 팀도 자리를 잡아가고 있었다.

오더는 매끄러웠고, 주방도 조용했다.

말하자면, 고요한 흐름 속의 안정이었다.

그런데도 나는 이 상황이 이상하게 불편했다. 지금 이대로도

괜찮은데, 어디선가 "이게 끝은 아니잖아. 넌 이대로 좋아?"

하는 소리가 들렸다. '창업병에 걸린 미친놈'이라는 소리를

들어도 좋았다. 새로운 콘셉트를 떠올리고 그에 맞춰
장소를 물색하고 공사를 하고 오픈하는 그 모든 과정,
즉 새로 시작하고 유지하고 새로운 일에 도전하는 일이
미치도록 재미있었다.

게다가 이번에는 규모를 더 키우고 싶었다. 앞에 오픈했던
네 개의 식당은 넓이로만 따지면 그리 큰 규모가 아니었다.
그런데 새로 열고 싶은 가게는 그 네 곳을 합친 것보다
더 큰 곳이었다. 누가 보면 겁이 없다고 할 만큼 무모한
도전이었는지도 모른다. 그러나 나에겐 오래전부터 꼭 해보고
싶은 가게가 있었다. 바로 스테이크 하우스였다.

미국인의 스테이크 사랑은 유별나다고 말할 수 있다.
뉴욕에도 거대한 스테이크 하우스가 여러 개 있었다.
300평이 넘는 넓은 홀에서 수많은 가족이 스테이크를 맛있게
먹는 풍경은 생각만으로도 행복했다. 그러나 내가 하고 싶은
스테이크 하우스는 전통적인 미국식은 아니었다.
키친 전체에 숯불이 피어오르고 나무 장작으로 고기를 굽는,
나만의 색채를 입힌 콘셉트로 하고 싶었다.
쇠고기 구이 오마카세 형식의 '화로Wharo'와 숯불에 구운
쇠고기를 먹는 스테이크 하우스 '구이Gui'는 이렇게 탄생했다.
'화로'와 '구이'를 관통하는 이미지는 '불'이다.

불은 가장 원초적인 요리 도구다. 모든 요리의 시작이고,
조리와 정서의 중간 지점이다. 나는 어느 순간부터 불을 직접
다루고 싶어졌다. 프라이팬이나 오븐 말고, 연기와 온도를
직감으로 조절하는 불. 고기라는 재료도, 화로와 구이라는
방식도, 그걸 둘러싼 분위기까지 통째로 말하고 싶었다.
코치와 마리가 한식을 재해석한 파인 다이닝이라면,
마리네와 돈돈은 대중에게 가깝게 다가서는 방식이었고,
화로와 구이는 다시 불 앞에 서는 느낌이었다.

**타이밍이라는
착각**

;

본격적으로 '화로'와 '구이'를 준비하기 시작했다. 현금의 흐름도
좋았고, 마음은 물론 손발이 척척 잘 맞는 팀도 있었다.
사업의 확장 가능성은 충분했다. 매장 네 개를 동시에 운영하며
생긴 경험과 감각으로 자신감도 컸다. 무엇보다, 내 안에서
하고 싶은 게 명확했다. 운이 따랐는지 헬스 키친 지역에 적절한
장소도 찾았다. 고풍스러운 석조건물에 1층과 2층 통째로
쓸 수 있었다. 위치도 훌륭했고 시세도 좋았다. 행운의 여신이

내 편이라는 생각이 들었다.

"지금이 바로 완벽한 타이밍이야!"

이런 생각이 머리를 지배했다. 그러나 이게 얼마나 큰
착각이었는지. 완벽한 타이밍이란 없었다. 충분히 준비되었다고
생각했지만, 준비란 항상 어딘가 빠져 있기 마련이지 않던가.
결국 나는 흐름 위에서 새로운 점프를 한 게 아니라,
아직 굳지 않은 다리 위에 발을 디딘 셈이었다.

그럼에도 계획을 짤 땐 모든 게 완벽해 보였다. 숯불을 직접
다루되 연기 배출이 잘되는 구조, 식당 이름도 직관적이었고
메뉴도 정해졌다. 콘셉트는 명확했고, 설명도 간단했다. 그게
가장 무서운 순간이었다. 모든 게 분명할 때, 가장 놓치기 쉬운
것이 생긴다. 그건 '변수'다. 그리고 현실은, 그 변수로 가득했다.
계약 직전에 점검한 건물의 구조도, 화재 규정도, 환기 시스템도
전부 체크한 줄 알았다. 그런데 허가 담당자의 딱 한마디가
모든 걸 바꿨다.

"이 구조로는 안 됩니다."

그새 뉴욕의 소방법이 바뀌었다는 것이다. 불과 두 달 전까지는
가능했던 게, 지금은 불가능하다는 이야기였다. 순간 모든 것이
멈춘 것 같았다. 내가 맞췄다고 믿었던 퍼즐이 단 한 조각으로
무너지는 순간이었다. 타이밍을 쉽게 본 건 아닐지라도

그 타이밍이 그냥 오지 않는다는 걸 잊어버리고 있었다.
타이밍은 오는 게 아니라 만드는 것이고, 만든다고 해도 변수가
먼저 도착해 있는 경우가 많다. 그리고 나는 그 사실을 곧, 아주
뼈아프게 배웠다.

콘셉트는 분명했지만
그게 전부는 아니다

;

나는 '화로'와 '구이'라는 콘셉트를 잡을 때, 오히려 확신에
가까운 감정을 느꼈다. 뭘 말하고 싶은지, 어떤 분위기에서 어떤
방식으로 전하고 싶은지가 분명했기 때문이다. 재료는 고기,
방식은 숯불, 구조는 단순, 설명이 필요 없는 음식, 말보다 먼저
감각이 반응하는 식사. 그게 내가 만들고 싶은 식당이었다.
내 머릿속에는 이미지가 정확히 있었다. 불 앞에서 익어가는
고기, 연기가 피어오르고, 손님이 고개를 들지 않고 조용히
접시에 집중하는 풍경. 서빙이 요란할 필요도 없었다.
테이블 위의 고기만으로 충분한 식사길 바랐다. 거창한 말이나
장식 없이도 감동을 줄 수 있는 곳으로 만들 수 있다는
자신도 있었다.

문제는 '불'이었다. 미국은 소방법에 특히 까다로운 나라다. 건물의 구조 변경부터 실내 환기까지 하나를 해결하면 또 다른 문제가 생기고, 그 문제를 해결하면 또 다른 문제가 생겼다. 더 큰 문제는 시간이었다. 시간은 곧 돈이었다. 매니저, 서버, 세프들을 뽑고 오픈만 기다리는 상황에서 허가가 나지 않은 채 무한정 연기가 되니 미칠 노릇이었다. 한 달에 들어가는 돈만 10만 달러가 넘었다.

처음 건물 구조를 봤을 땐 가능해 보였다. 흡기와 배기 라인을 충분히 확보하고, 연기와 열을 제어하는 시스템도 설계했다. 건축가와 기술자, 소방 자문까지 붙여서 시뮬레이션을 했다. 구조를 고치고 다시 허가 신청을 내고 담당자가 오기를 기다리는 일이 반복되었다. 하루 이틀 새 되는 일도 아니었다. 한 번 거절당하면 다음 기회가 올 때까지 최소 2주에서 두 달 이상 걸리기도 했다.

오픈 파이어open fire[1]를 이용한 고체 연료solid fuel 시설[2]은 건축·소방 규정상 처리 절차가 엄격하고 복잡했다.

---

1 노출 화염. 주방에서 불이 직접 드러나는 조리 방식
2 장작, 숯 등 고체 형태의 연료

허가를 받고 안전 규격을 맞추는 과정은 생각보다 훨씬 길고 고되었고, 그 긴 여정 자체가 큰 부담이었다. 그 과정에서 느낀 고통은 즉석에서 불을 지피며 손님들에게 즉시 내어주는 즐거움보다 훨씬 컸다. 나는 늘 한 점의 스테이크와 그 옆에 차려진 한 상이 사람들을 하나로 모으는 장면을 상상했지만, 상상이 현실이 되기 전에 내 마음이 까맣게 타서 연기처럼 흩어지는 것 같았다.

그때 처음으로 식당 콘셉트가 분명하다는 게 전부가 아니라는 걸 실감했다. 그건 '내 안에서만 명확한 이야기'였고, 세상은 그보다 훨씬 더 복잡한 조건 위에 움직이고 있었다. 나는 건물 도면을 꺼내 다시 들여다봤다. 그 위에 얹혀 있던 내 아이디어는 여전히 그럴듯했지만, 시작조차 할 수 없었다. 멋진 퍼즐 조각이었지만, 정작 현실이라는 판에 안 맞는 느낌이라고나 할까. 좋은 콘셉트는 시작일 뿐, 현실과 접점을 만들지 못하면 그냥 꿈에 불과한 것이었다.

그러나 이상하게도, 나는 그 불일치에서 오히려 힘이 생겼다. 청개구리 기질을 가진 나답게 오기가 발동한 건지도 모른다. '이건 도전이구나. 이건 테스트구나.'

처음부터 순조로울 리가 없었다. 네 개의 식당을 성공시켰다고 해서 다섯 번째도 무조건 성공하리란 보장은 없었다. 그러나 나는 반드시 성공시켜야 했다. 이미 발을 빼기엔 늦었다.
그러기엔 투입된 비용이 너무 많았다. 성공 아니면 파산.
가족의 생계는 물론 내 인생이 바람 앞의 등불 같은
상황이었다.

당연한 것과
당연하지 않은 것

준비를 잘했으니 오픈하는 건 시간 문제라고 생각했는데
생각보다 시간이 많이 지연되었다. 그냥 지연된 게 아니라 상상
이상으로 많은 시간이 지났다. 6개월 정도는 버틸 수 있도록
준비했던 자금도 거의 바닥을 보이고 있었다.
회의록에는 매번 '대안 검토 중', '재협의 필요', '기준 보완'이라는
말만 쌓여갔다. 기술적으로는 가능했고, 구조적으로도 충분히
안전하다고 판단했다. 설계도는 기준 이상으로 보완했고,
여러 케이스를 비교해도 우리 구조는 가장 안정적이었다.
그런데도 계속 "안 된다"라는 말만 돌아왔다.
"기준에 맞지 않습니다."
"이전 사례는 참고 대상이 아닙니다."

"설계 변경을 고려하십시오."

문제는 단순히 허가가 안 나오는 게 아니었다. 이유를 모르는 게 더 답답했다. 단 한 번도 '왜 안 되는지'에 대해 명확한 설명은 듣지 못했다. 어디가 어떻게 문제인지 정확히 모르니 내가 할 수 있는 일은 자료를 더 모으고, 기술 자문을 붙이고, 담당 부서에 문서를 내고 또 내는 수밖에 없었다. 현장 검토를 다시 요청했고, 기준을 하나하나 짚으며 대응했다. 그만큼의 기술과 안전장치를 갖췄다고 믿었다. 그런데 그럴수록 답은 더 단호해졌다. 돌아오는 건 늘 같은 말이었다.

"불가합니다."

셰프로서의 감각, 기획자로서의 논리, 그 어떤 것도 무용했다. 시간이 지날수록 무력감이 커졌다. 굳게 닫힌 문 앞에서 혼자 떼를 쓰고 있는 아이 같았다. 의욕이 충만해서 시작한 일이었지만 의욕만으로는 아무것도 되지 않았다. 그럼에도 나는 멈출 수 없었다. 그래서 계속했다. 회의를 하고, 문서를 정리하고, 또다시 설명을 반복했다. 매번 똑같은 대답이 돌아오면 기다렸다. 다시 회의를 하고 문서를 정리하고 설명을 했다. 그리고 기다렸다.

화로를 실내에 놓는다는 건, 단순히 구조를 변경하는 일이 아니었다. 규제와 설득 사이를 오간다는 뜻이었다.

기술과 디자인만으로는 안 됐다. 인내, 설명, 반복, 이해, 포기,
설득, 이 모든 게 필요했다. 그 시간 동안 피를 말리며 깨달은 점
한 가지가 있다. 어딘가에서 당연하게 여기는 문화가,
또 다른 장소에선 당연하지 않다는 것이다. 하지만 나는
포기하지 않았다. 아니, 포기할 수 없었다. 어떻게 해서든
가게는 열어야 했다. 소방법을 통과하지 못해서 오픈 자체가
무산되면, 모든 게 수포로 돌아갈 터였다.

누군가는 편하게 전기 그릴로 하면 되지 않냐고 했지만,
나는 말도 안 되는 소리라고 생각했다. 그러면 화로와 구이를 할
이유가 없었으니까. 무모한 고집처럼 여겨질지 모르지만 해내고
싶었다. 피 말리는 시간이 이어졌다. 그만큼 간절했다.

버텼다. 앞이 캄캄했다.

살면서 그때만큼 간절하게 기도한 적이 없었다.

익숙함을
버리는 시간。

**잘 안다고 생각하면
아무것도 안 보인다**

화로와 구이가 바뀐 소방법 때문에 영업 허가를 받지 못해
무한 대기 상태일 때 내가 할 수 있는 일은 거의 없었다. 처음엔
그냥 잘될 줄 알았다. 나는 식당을 창업해서 성공적으로 해낸
사람이었다. 콘셉트 짜기, 메뉴 선정, 인테리어, 동선, 고객 관리,
팀 운영에 이르기까지 전부 경험한 것들이었으니까.
그래서 이번에도 과거의 공식을 꺼냈다. 잘됐던 대로 하면 된다.
그게 정답일 줄 알았다. 코치와 마리는 기존 식당을 인수했기에
소방법 등에 대한 어려움이 없었다. 인테리어를 새로 하고
새로운 음식을 내놓으면 됐다.

하지만 화로와 구이는 아니었다. 이곳에서 '식당'을 하려면
완전히 제로 베이스에서 시작해 살펴봐야 한다는 것을
간과했던 것이다. 그런데도 나는 똑같이 접근했다.

"열심히 하면 돼. 한 번 해봤잖아."

사람도 구하고, 브랜드도 만들고, 공사도 밀어붙였다.
생각보다 반응은 빨랐다. 오픈 전부터 관심도 있었고,
언론 노출도 됐다. 솔직히 그때는 살짝 들떴다.

'역시 되는구나.'

하지만 오픈도 하기 전에 예상 이외의 일들이 줄줄이 터졌다.
소방법이 바뀌어 허가가 안 나온 탓에 기다리는 시간이
길어졌고, 매주 들어가는 돈은 버틸 수 없는 정도로까지
커졌다. 그렇다고 물러날 수도 없었다. 숨만 쉬어도 돈이
빠져나갔다. 공사만 끝나면 빨리 오픈할 수 있었는데 현실은
내 꿈과 너무나 달랐다.

예전과 똑같이 했는데, 결과는 달랐다. 아니, 예전보다
더 열심히 했는데, 결과는 참담했다. 그때 깨달았다.
새로 시작하는 일은, 새로 시작하는 일답게 준비했어야 한다는
것을. 나는 과거의 경험으로 현재를 덮었다. 새로운 문제를,
오래된 도구로 풀려고 했던 탓이다.

'한 번 해봤다'라는 생각은 보이지 않는 장애물이었다.

그 생각 속엔 많은 게 생략돼 있었다. 상권, 손님, 허가 조건,
소방법, 동네, 기후, 건물 구조, 사람들 등 모든 게 새로웠는데,
나는 단순히 '해봤다'라는 말 하나로 이질감을 무시했다.
문제가 터졌을 때도 바로 해결할 수 있을 줄 알았다. 고치고
바꾸면 한 달, 길어야 석 달이면 끝날 일이라고 생각했다.
그런데 이번엔 달랐다. 아무것도 할 수 없었다.
움직일수록 상황이 꼬였다. 남은 선택지는 하나뿐이었다.
기다리는 것이었다.
나는 성격이 급한 편이다. 기다리기보다 움직이는 게 더 편하다.
그런데 무작정 기다려야 한다니, 세상에서 가장 힘든 일이었다.
성질 급한 내가, 뭔가를 붙잡고 고치려다 오히려 더 망가뜨린
일도 있었다. 그래서 어느 순간, 손을 뗐다. 하루 단위로 흐름을
관찰하고, 반응을 보고, 내부를 정비하면서 버텼다.
솔직히, 그 시간이 제일 괴로웠다. 아무것도 하지 않는 듯한
시간이라고 느꼈다.
하지만 지나고 나서야 알았다. 그게 제일 중요한 시간이었다는
사실을. 성공은 속도보다 방향이라는 말을 그제야 실감했다.
예전엔 일단 뛰고 보자는 주의였다. 하지만 이번엔,
앉아서 볼 줄도 알아야 했다. 나는 그 시간을 통해 배웠다.
열심히 한다고 무조건 잘되는 게 아니란 것을.

잘하려면, 제대로 알아야 한다. 잘 알기 위해선, '모른다'고
말할 수 있어야 한다. 그때부터 바뀌었다. 예전엔 무조건
'하자'고 생각했지만 이제는 '이게 맞는가?'를 생각한다.
결정은 내가 하더라도 데이터를 확인하고 다른 사람의 조언에
귀를 기울인다.
잘됐던 사람일수록 자기가 더 잘 안다고 믿는다. 근데 그게
제일 큰 함정이다. 잘 안다고 생각할 때, 진짜 아무것도
안 보인다. 잘나가던 식당들이 어느 날 갑자기 문을 닫을 때
이상하다고 생각했을 뿐 왜 그런지 자세한 이유는 알지 못했다.
그런데 막상 내가 겪고 보니 나 또한 언제든 실패할 수 있다는
것을 깨달았다. 나라고 예외는 아니었다.
아니, 나만 예외일 리는 없었다.

자존심을 꺾는 것도
용기다

;

모아 둔 돈이 빠르게 바닥났다. 여윳돈을 많이 갖고 시작한
일은 아니었지만 만약의 경우를 생각해서 여섯 달 치
예비 자금은 준비해둔 상태였다. 그런데 생각보다 지연되면서

자금은 순식간에 동이 났다. 버티기엔 턱도 없는 돈이었다.
은행에 가서 빌리고, 지인들에게 빌리는 것으로도 부족해서
집까지 팔 생각을 했다.

가족을 생각하면 집만큼은 지키고 싶었지만, 다른 방법이
생각나지 않았다. 지금까지 내 힘으로 해왔다는 자존감이
바닥까지 무너지는 시간이었다. 매달 내야 하는 돈과 통장에
찍힌 숫자를 보는 것만으로도 머릿속이 멍해졌다. 들어오는
돈은 정해져 있었는데, 나가는 돈은 몇 배가 넘었다.

다행스럽게도 네 개의 식당이 잘되고 있던 터라 현금이 매일
들어오긴 했지만, 상상을 초월할 정도로 많은 돈이 들었다.
인건비, 임대료, 카드값, 물류비, 세금에 이르기까지.
손익분기점이 아니라 손익붕괴점이란 말이 어울릴 정도였다.

어느 날은 사무실 의자에 앉아 가만히 계산기를 두드리다가
갑자기 숨이 막혔다. 숫자가 아니라 내가 나를 쪼이고 있다는
걸 느꼈다. 나는 내 인생을 제법 잘 운영해왔다고 자부했다.
경험도 있었고, 성실함도 갖추고 있었다. 그런데 지금은 그 모든
게 무용지물이었다. 오직 돈을 빌려야만 버틸 수 있는 사람이
돼 있었다. 휴대폰을 열고 연락처에 저장된 이름을 처음부터
끝까지 살펴보았다. 누가 나를 도와줄 수 있을까? 전화를
걸려다 휴대폰을 닫고, 다시 휴대폰을 연 게 수십 번이었다.

전화를 걸기까지 몇 시간이 걸렸다.

지인에게 전화를 걸어 도와줄 수 있냐고 물으면서도 얼굴이 화끈거렸다. 누군가는 어렵다고 했지만, 누군가는 흔쾌히 알겠다고 했다. 거절한 사람도, 돕겠다고 한 사람도 하나같이 나를 위로하고 걱정하는 말을 해주었다. 말 한마디에 눈물이 핑 돌았다. 천 마디 말이 맴돌았지만, 입 밖으로 꺼낸 말은 적었다.

"고마워, 꼭 갚을게."

그게 전부였다. 그 후로 몇 명에게 더 연락했다. 친했던 사람, 오랜만인 사람, 한때 경쟁자였던 사람까지. 돈보다 먼저 온 것은 위로였다.

"힘들면 언제든 말해."

"나도 예전에 그랬어."

"괜찮아, 넌 다시 할 수 있어."

세상은 그렇게 나쁘지 않았다. 그리고 내가 생각한 나보다 내가 더 부족했다는 걸 인정하게 됐다. 한 달 한 달이 전쟁이었다. 이익은커녕, 빚이 눈덩이처럼 늘었다. 내 월급은 당연히 0원이었다. 숨이 목까지 차올랐는데, 정말 신기하게도 그럴 때마다 어디선가 아주 조금의 숨통이 트였다. 그 작은 일들이 숨넘어가기 직전, 입으로 들어오는 한 모금의 공기 같았다. 나는 그걸 '운'이라고 하지 않는다. 그건 다 사람이 만들어준

틈이었다. 누군가 나를 기억하고, 누군가 나를 밀어주고,
누군가 내 손을 놓지 않았기 때문에 나는 버틸 수 있었다. 혼자
잘났다고 생각한 내가 틀렸다. 자존심은 그때 꺾였다. 하지만
자존심을 내려놓고 나서야 사람을 다시 보게 됐다. 그리고 나는
그 순간들을 절대 잊지 않는다. 그래서 요즘은 말한다.
"장사는 절대 혼자 못 한다."

다시
배우는 자세로

;

사람이 무너지고 나면 두 가지 중 하나다. 아예 주저앉거나,
혹은 다시 배운다. 나는 두 번째를 택했다. 선택이 거창해서가
아니라, 앉아만 있기엔 월세가 너무 비쌌기 때문이다. 그런데도
처음엔 뭘 어떻게 배워야 할지 몰랐다. 경험도 있고, 나름대로
성공도 해봤는데 이제 와서 누굴 보고 뭘 배우라는 건가.
그러다 문득 든 생각이 있었다.
'배운다는 게 꼭 누군가에게 배우는 건가?'
아니었다. 사람 말, 고객 반응, 수치 하나하나가 다 공부였다.
예전 같았으면 지나쳤을 디테일도 다시 보기 시작했다.

"저 손님, 왜 저런 표정이지?"

"리뷰에 왜 저 단어를 썼을까?"

"요즘 이 동네에서 유행하는 건 뭐지?"

배움이라는 게 꼭 정답을 묻는 일이 아니라, '잘 모르겠다'는
걸 인정하는 것부터 시작이라는 걸 다시 배웠다. 예전의 나는
세프로서, 오너로서, 리더로서 '답을 주는 사람'이었다.
질문을 받으면 바로 말해야 한다고 생각했다.

"그건 이렇게 하는 거야."

"이건 내가 다 해봤어."

그 말들이 나를 전문가처럼 보이게는 했지만, 더 이상 성장하지
못하게도 했다. 위기를 겪으며 내가 아직 모르는 게 많고,
배울 것도 많다는 것을 실감했다. "그건 저도 모르겠으니 같이
찾아보죠" "좀 더 지켜보죠" 이런 말이 입에 붙으니까 마음이
훨씬 편해졌다. 가르치는 사람에서 같이 걷는 사람이 되니까
덜 외로웠다.

처음부터 끝까지 내가 결정하려고 애쓰던 때가 있었다.
생각해보면 불안해서 그랬던 것 같다.

'내가 모르면 안 되는 거 아니야?'

'내가 흔들리면 팀도 무너지잖아.'

그 생각이 내 어깨를 망가뜨리고 있었다. 지금은 그때보다 아주

조금은 더 안다. 내가 모르는 걸 인정하는 게 때로는
더 지혜로운 선택이라는 것을. 그래서인지 요즘은 혼잣말도
많이 한다.
"이건 왜 이렇지?"
"그냥 넘어가지 말자."
"이유를 알 때까지 파보자."
이전엔 안 하던 말이다. 예전의 나는 너무 바빴다.
'일단 굴러가게 해. 대충 감 잡아.'
그런 식으로 살았다. 이제는 다르다. 느리더라도 이해하고 싶다.
'왜 그런지' 모르면 결국 또 넘어지게 되어 있다.
그래서 요즘 나는 새롭게 배운다. 처음부터 다시 배운다는 건
멋진 일만은 아니다. 조금은 비참하고, 조금은 고집을 꺾어야
하는 일이다.
그럼에도 나는 '오늘도' 배우는 중이다.
이전보다 더 단. 단. 한. 자세로.
그리고 내가 아는 게 전부가 아니라는 걸 알게 된 지금이
제법 괜찮다고 느낀다.

기다림도
실력이다。

**마음이 급할수록
손은 실수를 한다**

;

기다리겠다고 마음을 먹었지만, 그게 마음대로 되는 일이
아니었다. 조금만 뭔가 나아지는 듯하면 '이제 되겠지' 싶었다.
그리고 그다음 주엔 또 내려앉았다. 그 패턴이 반복될수록 몸은
가만히 있는데 마음이 앞질러 달리기 시작했다. 새벽에 눈을
뜨면 먼저 핸드폰을 봤다. 화로와 구이가 막혀 있으니 다른
네 곳의 매출이 신경 쓰일 수밖에 없었다.
'오늘 예약이 몇 건이지? 리뷰는? 이번 달 매출은? DM은?
홍보를 더 해야 할까? 현재 광고는 괜찮나?'
생각하면 답답했고, 보고 나면 더 불안했다. 아무 변화 없으면

막막했고, 안 좋은 글 하나라도 보이면 화가 났다.

문제는 그 감정들이 하루를 지배하기 시작했다는 거다.

"왜 이렇게 손님이 없지?"

"뭐가 잘못된 거지?"

질문은 계속 나오는데 답은 없었다. 답이 없다는 걸 알면서도 자꾸 뭔가를 하려 했다. 메뉴를 바꿔볼까, 조명을 바꿔볼까, 오픈 시간을 늘릴까, SNS에 더 신경 쓸까, 하여튼 뭔가를 해야 안심이 됐다. 그런데 이런 조급함이 평소의 리듬을 더 깨고 있었다. 티를 내진 않아도 이런 내 모습이 팀원들에게 얼마나 불안해 보였을까. 그들에게 '듬직하게 믿고 가도 되는 사람'이어야 했는데, 나 자신조차 믿지 못하고 있었다.

불안은 표정에 드러난다. 그리고 주방에 흐른다. 손끝이 평소보다 더 빠르게 움직일 때가 있다. 조금만 늦으면 손님이 다 떠날 것 같고, 오늘 못 벌면 내일은 문 닫을 것 같았다.

그러다 보면 결국 실수한다. 급한 손은 정확하지 않고, 급한 마음은 길을 돌아보지 않는다.

어느 날 밤, 코치의 영업이 끝나고 혼자 매장에 남아 있다가 캄캄한 홀이 갑자기 크게 느껴졌다. 문득 이렇게 생각했다.

'지금 내가 밀어붙이는 건가, 아니면 살아남으려는 건가?'

그 차이를 구분하는 게 의외로 중요하다는 걸 알게 됐다.

'버틴다'라는 건 무조건 버티는 게 아니었다.

제자리에 서 있는 것도 버팀이었고, 흔들릴 걸 알면서 중심을

잡는 것도 버팀이었다. 마음이 급할수록 실수가 많아지고,

실수는 다시 나를 조급하게 만든다는 것을 되새기며 이럴수록

나를 위한 시간이 필요하다고 생각했다.

하루에 한 번, 아무 일도 하지 않는 15분을 만들었다.

불 끄고, 음악도 끄고, 홀에 앉아서 그냥 오늘 내가 무슨 표정을

짓고 있었는지 돌아보는 시간. 그 시간이 쌓이니까 내가

흔들리는 순간이 언제인지 어떻게 잡아야 하는지도 조금씩

보이기 시작했다. 빠르게 간다고 먼저 도착하는 게 아니다.

천천히 가야, 더 멀리 간다.

기다리는 시간을
두려워하지 않기

;

허가가 나오기 전, 나는 매일매일 화로와 구이로 출근했다.

간판은 붙어 있었지만 불은 꺼져 있었다. 배선은 아직

마무리되지 않았고, 화장실 문에 손잡이도 없었다. 허가가

날 때까지 공사를 멈출 수밖에 없었다. 시멘트 먼지가 뽀얗게

내려앉은 의자에 가만히 앉아 있으면 머릿속은 시끄러운데,
공간은 너무 조용했다.

처음엔 조급했다. '지금 이 순간에도 누군가는 장사하고
있겠지', '하루라도 빨리 열어야 하는데' 이런 생각이 머릿속을
때렸다. 하지만 뭐든 내 맘대로 되는 건 없었다.

자금은 막혔고, 허가서는 오지 않았다. 이런 생각도 들었다.

'괜히 시작했나?'

'예전의 나라면 이런 실수 안 했는데.'

그럴 때마다 나는 가만히 눈을 감았다. 그리고 이 공간에 가득
찬 사람들을, 소리를, 웃음을, 온기를 상상했다. 주방에선
연기가 피어오르고 누군가 고기를 뒤집고 있다. 생일을 맞은
아이가 까르르 웃는다. 벽엔 따뜻한 조명이 흐르고,
창문 너머로 햇살이 들고, 나는 손님들의 표정을 보고 있다.
이런 상상을 수십 번, 수백 번 반복했다. 아무 일도 일어나지
않는 공간에서 나는 아주 많은 일들을 마음속에서 먼저 겪고
있었다. 누군가는 그냥 멈춰 있는 건 낭비라고 할지도 모른다.
나도 한때는 그렇게 생각했다. 그러나 이 시간을 통과하며 조금
다르게 생각하는 법을 배웠다. 멈춰 있는 것 같아도, 꾸준히
변하고 있다고 믿었다. 아이를 키우는 부모가 뱃속에서 자라는
생명을 상상하듯이, 나는 이 식당이 어떻게 사람을 맞이하고,

어떻게 저녁을 보낼지 상상했다. 상상하면 불안이 잠잠해졌고,
두려움도 견딜 만했다.

예전의 나는 멈춘다는 걸 잘 못했다. 멈춘다는 건 포기하는
것과 같다고 생각했다. 밀어붙여야 산다고 확신했다.

쉬면 도태되고, 멈추면 끝나는 줄 알았다. 그런데 텅 빈 화로와
구이에서 기다리는 동안 알게 되었다. 진짜 끝나는 건, 자기가
어디로 가는지 모르고 계속 달릴 때였다. 공사는 멈춰 있었다.

계약 문제, 공정 지연, 자금 압박… 이유는 많았고,
할 수 있는 건 없었다.

예전의 나였다면 이 시점에서 소리를 질렀을 것이다.

분노하고, 남을 탓하고, 뛰쳐나갔을지도 모른다.

그런데 이상하게 차분했다. 그저 멈춰 서서 바라보았다.

이 공간이 왜 아직 완성되지 않았는지, 왜 이 타이밍에 내가
멈춰 있어야 하는지, 왜 이 고비에서 다시 '나 자신'을 마주해야
하는지. 시간이 나를 시험하는 방식 같기도 했다.

여기까지 오면서, 사람도 잃고, 돈도 잃고, 자신감도 땅바닥까지
떨어졌다. 그런데도 마음 깊은 곳에서 서서히 자신감이
차올랐다.

'급할수록 멀리 돌아가라고 했지. 빠를수록 실수가 늘어.
버텼던 시간만큼 시야는 넓어질 거야.'

성공보다 회복력이 중요했다. 무너지지 않는 사람보다 무너지고
다시 서는 사람이 더 강했다. 가게 안에 혼자 앉아 있으면,
소리가 없었다. 고요했기에 내 마음의 소리만큼은
아주 크게 들렸다.
'내가 진짜 원하는 게 뭐지?'
'화로와 구이를 왜 하려고 했지?'
그리고 그 질문들에 대한 진심 어린 대답을 생각했다.
멈춰서 바라보는 건 약한 사람이나 하는 일이 아니었다.
오히려 멈추는 걸 견딜 수 있는 사람이 끝까지 갈 수 있었다.
불 꺼진 가게, 닫힌 문, 빈 테이블. 하지만 그 안에서 나는
천천히, 단단하게 준비하고 있다. 이 멈춤이 끝났을 때, 나는
내가 걸어갈 방향을 확실히 알게 될 터였다. 그리고 드디어
그날이 왔다!

불을 얻는 자,
그 무게를 견뎌라

;

뉴욕에서 "solid fuel 방식으로 고기를 굽는다"라고 말하면,
사람들의 반응은 거의 같다.

"그게 뉴욕에서 허가가 나와요?"

그럴 때마다 나는 웃으며 대답한다. 가능하다고, 그러나 결코
쉬운 일은 아니라고. 모든 도시가 그렇겠지만, 특히 뉴욕은
유난히 불과 연기에 예민한 곳이다. 한 점의 불꽃도, 한 줄기의
연기도 모두 규정 안에서 움직여야 한다. 화로와 구이가 허가를
받기 위해선 세 개의 관문을 통과해야 했다.

뉴욕 건물국DOB, Department of Buildings.

환경보호국DEP, Department of Environmental Protection.

소방국FDNY, Fire Department of New York.

먼저 건물국DOB에 장비와 설비 도면을 제출한다.

환기 덕트의 길이, 배기구의 위치, 소화장치의 종류까지 모두
기입해야 한다. 화덕이 'UL 2162(미국 안전규격 인증)'를 받았다면
비교적 수월하지만, 맞춤 제작된 장비라면 OTCROffice of Technical

Certification & Research(기술인증·연구국)의 현장 심사를 반드시 받아야
한다. 이 과정은 서류 제출, 기술 질의, 보완 요청이 끝없이
반복되며 몇 주, 때로는 몇 달이 걸리기도 한다.

다음은 소방국FDNY의 단계다. 이곳에서 받아야 하는 허가가
바로 '공개 화염 사용 허가Open Flame Permit'다. 이것은 불을 공개된
공간에서 사용할 수 있는 '공식 자격증'과도 같다. 소방국은
소화 시스템, 스프링클러, 화재경보기, 덕트 내부 청결 상태까지

세밀하게 점검한다. 단 한 곳이라도 기준에 맞지 않으면 '재검사 필요Reinspection Required'라는 한 줄짜리 메모가 남고, 그 한 줄 때문에 일정이 몇 주씩 밀린다.

검사 일정도 여유롭지 않다. 현장 점검 한 번을 하기 위해 최소 2~3주를 기다려야 하고, 수정 사항이 생기면 또 한 달이 순식간에 지나간다. 그렇게 몇 주, 몇 달이 쌓이면 계절이 바뀌고, 레스토랑 오픈 일정도 함께 밀려간다.

이 과정을 통과해도 끝이 아니다.

마지막으로 환경보호국이 나선다. 배출가스가 허용 기준 이하인지, 연소 효율이 충분한지, 도시의 공기를 해치지 않는지를 최종적으로 점검한다. 그 허가가 떨어져야만 비로소 진짜 끝이 나는 것이다.

긴 서류와 기다림의 끝에 어느 날 오전, 엔지니어가 마지막 도장을 찍어주던 그 순간이 아직도 선명하다. 그 종이 한 장이 허가서였지만, 내게는 마치 성직자에게서 받은 안수 같았다. 그날 처음 피워 올린 불은 단순한 열원이 아니었다. 그건 뉴욕이라는 도시가 내게 공식적으로 허락한, 승인된 불이었다. 화로와 구이에서 고기를 굽는 일 또한 내게는 단순히 고기를 굽는 일이 아니었다. 허가, 규정, 검사, 그리고 수많은 인내 끝에 얻은 하나의 '권리'를 굽는 일이었다.

나는 지금도 화로와 구이의 불 앞에 설 때마다 다짐한다.

이 불을 결코 함부로 쓰지 않겠다고. 힘들게 얻은 불인 만큼

기꺼이 그 책임의 무게를 견디겠노라고.

똑같은 과정을 또 밟으라면 두 번은 절대 못 하겠다며

손사래부터 치고 고개를 휘저을 만큼 지난하고 힘든

과정이었지만, 돌이켜보면 그 모든 절차가 '요리란 책임 위에

세워지는 예술'임을 가르쳐준 시간이자, 세프로서 나 자신을

증명하는 과정처럼 느껴지기도 한다. 불은 언제나 위험하지만,

동시에 사람을 모이게 하는 힘을 지닌다. 이제 내가 붙이는

불은 단지 조리를 위한 불이 아니다.

그것은 나의 신념이자, 손님을 맞이하는 방식이며,

뉴욕이 내게 허락한 가장 뜨.거.운. 자유이기 때문이다.

상상을
현실로
만드는 시간

상상했던 순간이
현실이 될 때。

화로와 구이,
드디어 오픈하다

;

화로와 구이의 오픈 첫날, 나는 가게 문을 열며 숨을 크게
들이마셨다. 익숙한 공기가 아닌, 처음 맞이하는 공기였다.
몇 달 동안 멈춰 있던 이 공간, 시멘트 냄새와 침묵으로
가득했던 이 공간에 처음으로 '움직임'이 들어왔다. 주방에 불이
켜지고 연기가 피어올랐다. 화로에도 구이에도 예약한 손님들이
들어와 순식간에 자리가 가득 찼다. 모두 화사한 얼굴로
웃음을 가득 머금고 있었다. 기대 가득한 표정이었다.
신기했다. 내가 수백 번 상상했던 그 장면 그대로였다.
이쪽 테이블엔 두 사람이 웃으며 와인잔을 들고, 저쪽 테이블엔

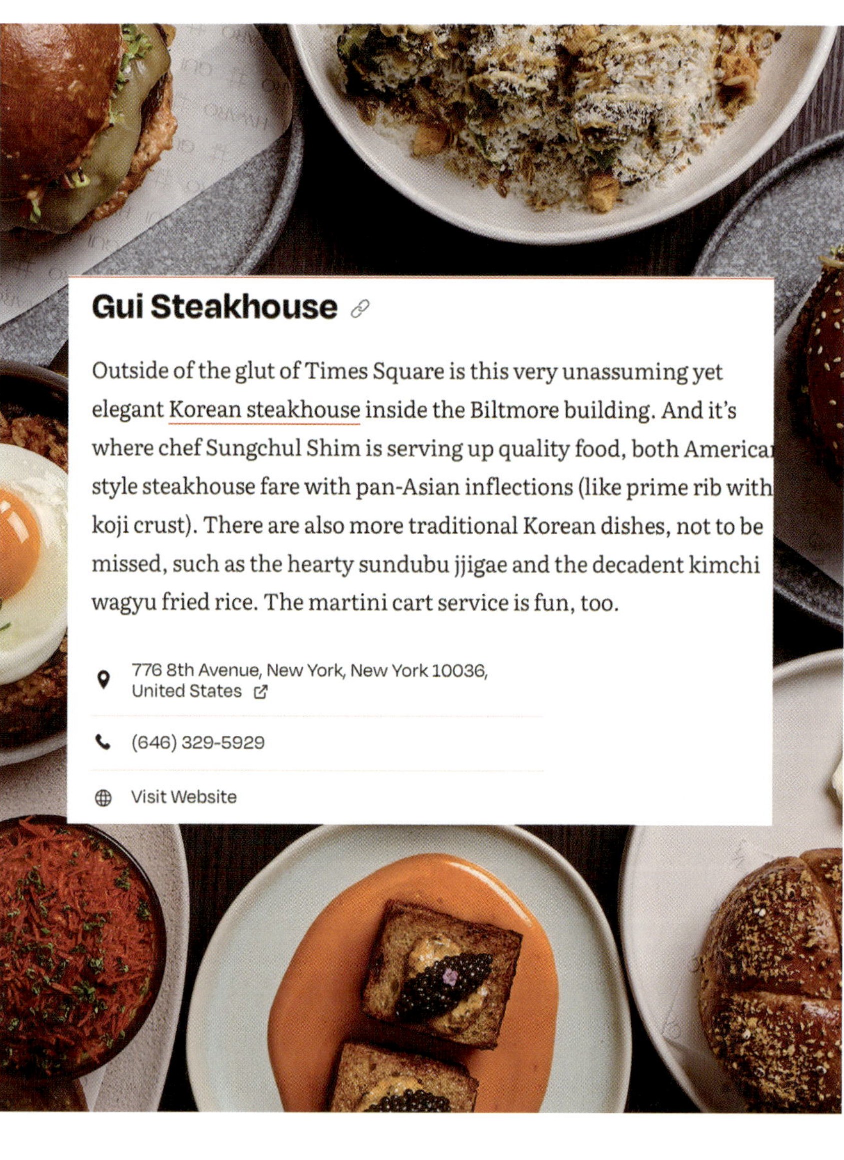

Gui Steakhouse

Outside of the glut of Times Square is this very unassuming yet elegant Korean steakhouse inside the Biltmore building. And it's where chef Sungchul Shim is serving up quality food, both American-style steakhouse fare with pan-Asian inflections (like prime rib with koji crust). There are also more traditional Korean dishes, not to be missed, such as the hearty sundubu jjigae and the decadent kimchi wagyu fried rice. The martini cart service is fun, too.

776 8th Avenue, New York, New York 10036, United States

(646) 329-5929

Visit Website

가족이 대화를 나누고 있다. 주방에선 오더를 받고
"네 지금 들어갑니다!"를 외치고 있었다. 혼자 머릿속에서 수천
번은 돌렸던 그림인데 지금 이렇게 실제로 존재하고 있다니!
내 눈으로 보면서도 믿기 어려웠다.

한 명이 고기를 올리고, 다른 한 명은 온도를 확인하고, 또 다른
한 명은 뒤에서 테이블 순서를 체크하고 있었다. 마치 공연처럼,
타이밍 하나 어긋나지 않게 수십 명의 사람들이 움직였다. 그건
누가 시켜서가 아니었다. 모두가 알고 있었다. 지금 이 순간,
최상의 스테이크 한 점을 만들어내기 위해 이 수많은 움직임이
필요하다는 것을. 구이와 화로는 언론에도 소개됐다.

브로드웨이월드BroadwayWorld는 '시작부터 끝까지 훌륭한 경험을
제공하는 현대적인 한국 스테이크하우스'라고 소개하며,
셰프로서의 미쉐린 스타 경험과 전라남도 출신의
전통을 현대적인 감각으로 재해석한 메뉴를 높이
평가했다. 언론에서는 한결같이 "맛이 뛰어나며, 미국식
스테이크하우스와 차별화된다"라고 평했다. 입소문을 타고
순식간에 예약이 꽉 찼다. 뉴욕의 새로운 미식 명소로 자리
잡아갈 수 있다는 희망이 보였다.

설렘과 벅참 속에서 첫날 영업이 끝났다. 속을 새까맣게 태우며
오픈조차 못 하던 날들이 거짓말 같았다. 기적 같은 일이

HWARO

불은 기억입니다.
이야기처럼 사람들을 모으고,
온기 속에서 마음을 잇습니다.

바다와 흙에서 온 재료,
손끝의 정성으로 완성된 순간.

기억은 새로이 만들어지지 않습니다.
다만, 다시 깨어납니다.

불이 아는 대로 —
우리는 다시 서로에게 닿습니다.

At Hwaro, fire is memory. It gathers p
stories do. Each ingredient that meets
its own past: from sea and soil, sh

Through intentional precision and
Korean spirit, these memories a
they are remember

Here, the finest thing is connecti
something shared, the simplicity n

In the end, all we seek is what the
how to bring us back to o

일어난 것이다. 이게 기적이라면 그 기적은 나 혼자 만든 게
아니었다. 나를 믿고 기다려준 수많은 사람들과
함께 일궈낸 것이었다.
감사한 마음이 넘치고 또 넘치도록 흘렀다. 이 순간을 위해 그
많은 시간을 버텼구나 싶었다. 그 모든 시간, 모든 기다림에는
다 이유가 있다는 생각이 들었다. 화로와 구이의 불은
영업시간에만 켜져 있을 테지만, 내 마음의 불은 영원히
꺼지지 않을 터였다.

감정은
주방에 들이지 않는다
;

 기나긴 기다림의 시간은 내게 인고의 시간이기도 했지만,
많은 것을 새롭게 배우고 보게 된 시간이었다. 과거에도 여러 번
힘든 일을 겪긴 했지만, 화로와 구이를 오픈하는 과정에서
경험한 일은 두 번 다시 겪고 싶지 않은 게 솔직한 심정이다.
그럼에도 고통만 있었냐고 하냐면 그렇진 않다. 고통을
통해서만 성장할 수 있는 부분도 분명히 있었기 때문이다.
가장 크게 변한 점은 아무래도 '감정'인 듯하다. 과거의 나는

'악마 셰프'라고 불릴 만큼 괴팍한 면이 있었다.

완벽주의 성향이 강했고, 성급했으며, 맡은 일을 잘 해내지 못하면 불같이 화를 냈다. 솔직히 고백하면 막말도 서슴지 않았다. "너 이렇게 할 거면 당장 나가!"라고 소리 지르는 건 일도 아니었다.

사람은 자기가 겪어야 몸으로 익히는 것 같다. 천국과 지옥을 오가는 시간을 겪으며 뾰족하게 모가 났던 부분이 조금씩 둥글어졌다. 타고난 기질이나 성품이 하루아침에 바뀔 일은 없겠지만, 그래도 삶의 경험은 까칠한 내 성미를 조금이나마 바꿔 놓았다.

감정을 조율할 수 있다는 건 사실 엄청난 일이다.

누구나 감정을 갖고 산다. 기분 좋을 때 있고, 짜증 날 때 있고, 스스로가 부끄러운 날도 있다. 그런데 그걸 그대로 주방에 가져오는 순간, 그날의 요리는 망한다.

한번은 이런 적이 있었다.

오전에 허가 문제와 공사비 문제로 감정이 격해졌고, 전화기를 거칠게 내려놓고 매장으로 들어왔다. 그날 주방은 유난히 조용했다. 내가 말을 안 해서가 아니라, 내 표정이 분위기를 잡아먹고 있어서였다. 모두가 내 기분을 먼저 느끼고 있었다.

그날 밤 혼자 식당에 남아서 내 감정이 뭔지, 내가 어떻게 주방에 들여놨는지, 돌이켜보았다. 부정적 감정은 바이러스다.
보이지 않지만 퍼지기 쉽다. 그리고 제일 먼저 약한 사람한테
간다. 아랫사람에게 함부로 하는 걸 당연시하면 답이 없다.
마음이 흔들릴 땐 차라리 입을 다무는 게 낫다.
리더가 말을 안 하면 팀은 불안해진다. 하지만 리더가 감정을
쏟아내면 불안은 공포가 된다.
셰프는 '상태'보다 '기준'으로 말해야 하는 사람이다.
감정을 무시하는 게 아니다. 그걸 조절하지 않으면 어떤 실력도
무의미해진다. 주방은 긴밀하고, 빠르고, 날카로운 공간이다.
한 명이 흐트러지면 연쇄적으로 균열이 생긴다.
마음은 흔들려도, 자세는 흔들리지 않게. 요즘에도 주방에
들어갈 때 같은 자세, 같은 속도로 걸어 들어가려고 노력한다.
그게 내 팀의 리듬을 지키는 방법이다.

**불안을
손질하는 법**

:
;

성공을 확신하고 시작하는 사람도 있지만, 100퍼센트 확신을
갖기란 어려운 일이다. 나도 그랬다. 화로와 구이에 승산이

있다고 믿었기에 베팅했지만, 상상하던 것과 다른 일을 겪기도
했고, 상상하던 대로의 일이 일어나기도 했다. 일희일비할
수밖에 없는 상황이었다. 매일 엄청난 압박감에 시달렸지만
가장 힘든 건 불안이었다.

그 시절, 하루는 늘 너무 무거웠다. 아침에 눈을 뜨는 일조차
두려웠고, 밤이 와도 걱정으로 가득 찬 머릿속은 식지 않았다.
공사비는 늘고, 자금은 줄었으며, 모든 일정이 엉켜 있었다.
에어컨은 도면과 다르게 설치됐고, 히터에는 필요한 부품이
빠져 있었다. 스프링클러 공정은 밀리고, 전기 배선이 끝나야
천장을 닫을 수 있는데 업체들은 서로 책임을 미뤘다.

망하면 모든 책임은 내 몫이었다. 책임이 한 사람에게만 집중될
때, 불안은 형태를 가진다. 내가 느끼는 불안은 덜 손질된
생고기를 맨손으로 잡고 있을 때처럼, 무겁고, 차갑고,
비릿했다. 놓을 수도, 오래 쥘 수도 없었다. 이걸 다루지 못하면
셰프로서도, 사람으로서도 압사당할 것 같았다. 이미 여러 번
가게를 열고닫으며 웬만한 변수엔 익숙하다고 생각했지만,
아침이 되면 새로운 문제가 생겼다. 한 걸음 내디딜 때마다
진흙 속으로 더 깊이 빠져드는 기분이었다.

어느 날 밤, 주방의 불을 끄고 의자에 앉았다.

오픈 날은 다가오는데, 공사는 끝날 기미가 보이지 않았다.

대출이 한도까지 찼는데도, 새로운 청구서가 매일 도착했다.

이미 빚으로 하루하루를 운영하고 있는데, 당장 오늘 오후에는

자금 미팅이 잡혀 있었다. 한동안 아무 말도 하지 못했다.

그러다 입에서 이런 말이 새어 나왔다.

"이렇게까지 해야 하나. 그냥… 다 그만둘까."

그건 세상에 던지는 하소연이 아니라, 스스로에게 던진 마지막

질문이었다. 그런데 그 순간, 내 안에서 또 다른 목소리가

들려왔다.

"아직은 아니야. 해야 할 일이 있어. 반드시 길을 찾을 거야."

그 말이 왜 떠올랐는지 지금도 모른다. 아마도 수많은 새벽을

견디며 쌓인 '습관 같은 희망'이 마지막 불씨로 남아 있었던

걸지도 모른다. 그 불빛 하나가 어둠 속에서 작게 흔들리고

있었다. 나는 천천히 숨을 들이쉬었다. 그리고 노트를 펼쳤다.

손이 떨렸지만, 적기 시작했다. 제목은 이렇게 썼다.

'오늘의 불안.'

매일 노트를 펴고, '오늘의 불안' 아래에 구체적으로 적었다.

☐ 오후 미팅에서 자금 이야기 나올까 봐 긴장됨.

☐ 빚이 늘어나는데 감당이 안 됨.

☐ 부모님께 뭐라고 말해야 할까?

☐ 형들에게 진 빚은 언제 갚을 수 있을까?

☐ 파산하면 나는 끝인가!

☐ SNS에서 다른 가게 줄 선 사진 보고 위축됨.

☐ 직원 채용 일정 계속 어긋남.

☐ 오픈 지연으로 브랜드 이미지 손상 우려.

쓰다 보면 손이 조금씩 진정됐다. 글씨는 흔들렸지만,
마음은 정리됐다. 그때 알았다. 불안은 쓰지 않으면, 안에서
썩는다는 것을. 그러나 문장으로 쓰면 붙잡을 수 있었다.
이때의 나는 여전히 무너져 있었지만, 그래도 불안을
'손질하는 법'을 배우고 있었다.
불안은 사라지지 않는다. 하지만 셰프에게 필요한 건 언제나
'조리법'이다. 불안도 결국 매일 손질해야 하는 재료였다. 처음엔
단순한 감정의 배출이었지만, 적다 보니 그 안에는 '구체적인
문제'가 숨어 있었다. 문제를 구체화하자 현실에서 할 일도
떠올랐다. '오늘의 불안' 다음 페이지에 또 하나의 제목을 썼다.
'해결 가능한 리스트.'

☐ 자금 미팅 전, 매출 시뮬레이션 직접 정리 → 남이 설명할 수 없는
　 건 내가 알아야 한다.

☐ SNS는 일주일 끊고 콘셉트 재정비 → 비교 대신 방향을 보자.

☐ 채용은 한 명 줄이고, 교육 플로우 재조정 → 완벽한 인원보다 완성 가능한 구조를 만들 것.

☐ 오픈 지연 공지문을 솔직하게 작성 → 숨기지 말자, 진심이 가장 빠른 복구다.

쓰고 나니, 조금 숨이 트였다. 상황은 변하지 않았지만, 마음이 달라졌다. 무너진 하루가 아니라, 조리 중인 하루가 된 것이다. 불안은 커 보였지만, 쪼개면 손에 잡힐 만큼 작아졌다. 하루하루의 문제를 정리하고, 손질했다. 그리고 불을 다루는 법처럼 내 안의 불안을 다루는 법을 익혀갔다. 그 과정에서 불안에도 온도가 있다는 것을 배웠다. 불안의 온도가 삶을 태워버릴 정도로 높으면 누구라도 제정신으로 살아가기 힘들 것이다. 그러나 적절히 다룰 정도라면 삶의 추진력이 된다. 불 . 안 . 의 . 온 . 도 . 를 맞 추 는 일 이 야 말 로 세프로서, 그리고 인간으로서 배워야 하는 삶의 지혜였다.

요리의 맛,
인생의 멋。

오늘도

같은 마음으로 서기

;

커다란 위기가 폭풍처럼 지나간 후 한시름 덜게 되었다.

오너 셰프로서 인생을 다시 돌아보는 계기가 된 시간이었다.

6개의 매장을 오가며 정신없이 바쁜 생활을 보내게 되었다.

깨물어서 안 아픈 손가락이 없다는 말처럼, 어느 매장 하나

애틋하지 않은 곳이 없었지만 그래도 역시 신경이 쓰이는 곳은

우여곡절이 많은 구이와 화로였다. 운이 나쁘면 시간이 더

걸렸을 테고, 어쩌면 아예 오픈조차 하지 못했을지도 몰랐다.

생각만으로도 식은땀이 난다.

힘든 일을 겪은 후 주변 사람들에게 고마운 마음을 많이

받았다. 특히 가족의 격려와 지지가 없었다면 버티지 못했을 것이다. 절대 오만하지 말고 초심을 잃지 말자고 매일 다짐하고 있다.

하나의 요리가 나가기까지 주방은 조용하게, 그러나 치열하게 움직인다. 고기 상태를 체크하는 사람, 불을 만지는 사람, 타이밍을 계산하는 사람, 플레이팅을 준비하는 사람. 모두가 한 접시 안에서 '자기 역할'만큼만 완벽하게 한다. 세프라고 다 하는 게 아니다. 누군가 프라이팬을 잡고 있으면, 그 옆에서 다른 누군가는 이미 다음 손님의 타이밍을 계산하고 있다. 불 조절은 손끝으로 하지만, 그 리듬은 팀의 호흡으로 완성된다.

주방은 종종 무대 같다. 아무 말 없이 눈빛 하나, 손짓 하나로 모두가 다음 동작을 알고 있다. 소리도 없다.

누가 "지금!" 하고 외치지 않는다.

대신 철판에 부딪히는 집게 소리, 불판 위로 떨어지는 육즙 소리, 접시를 내미는 타이밍… 이 모든 게 다 언어다.

이걸 들을 수 있는 사람만이 주방이라는 공간에 오래 남는다.

나는 때때로 팀원들을 관찰한다. 누구보다 빠르게 움직이는 사람보다 가장 정확하게 멈추는 사람을 더 높게 평가한다.

속도는 누구나 낼 수 있다. 하지만 리듬은 훈련이 되어 있어야

한다. 리듬은 팀 전체가 공유하는 공기다. 한 사람이 박자를
놓치면 그 한 접시는 맛이 아니라 균형을 잃는다.
하루에도 수백 번 같은 스테이크를 같은 방식으로 구워낸다.
하지만 그 모든 한 점이 똑같지는 않다. 왜냐하면 그 한 점엔
그 순간의 집중, 그 순간의 리듬, 그리고 그 순간의 사람이 담겨
있기 때문이다. 좋은 스테이크를 만드는 건 기술이 아니다.
책임감이다.
"여기서 망치면 안 돼."
그 긴장감이 있어야 스테이크 한 점이 그날의 대표작이 된다.
그리고 그 긴장감은 함께 일하는 사람을 믿을 때 유지된다.
셰프는 혼자 하는 직업이 아니다. 음식은 혼자 만들 수 있어도
완벽한 '한 접시'는 팀이 아니면 안 된다. 셰프가 센터를 잡고,
파이어 담당이 열을 읽고, 플레이팅 스태프가 조율하고, 서빙
팀이 흐름을 완성한다. 모두가 한 점에 몰입한다.
누구 하나만 삐끗해도 그건 요리가 아니라 오차가 된다.
가끔은 요리보다 사람을 컨트롤하는 일이 더 힘들다.
하지만 그게 맞다. 오너 셰프는 자기 손보다 주방 전체의 리듬을
책임지는 사람이다. 한 점에 모든 걸 담기 위해 나는 오늘도
말보다 호흡을 먼저 본다. 그게 나의 초심이고,
우리 가게의 맛이다.

잘 먹는 사람은

멋있다

;

많은 사람들을 대하는 일을 하면서, 사람을 보는 안목이 조금은
생긴 듯하다. 특히 우리 가게에 오는 손님들을 자세히 관찰하게
된다. 서비스가 똑같아도 다르게 반응하기 마련이다. 까칠한
손님도 있지만 셰프의 마음을 스르르 열어버리는 손님도 있다.
그 사람들은 아무 말도 안 한다. 사진도 안 찍는다. 심지어
메뉴판도 천천히 본다. 하지만 이상하게 가게 공기가 달라진다.
한번은 이런 손님이 있었다. 중년의 여성이 혼자 왔다.
자리에 앉은 지 3분쯤 됐을까. 물을 한 모금을 마시고,
그 잔을 테이블 한쪽으로 살짝 치웠다. 방해되지 않도록,
식기를 위한 자리를 비운 것이다.
그 순간 '아, 이분은 먹는 걸 중요하게 생각하는구나' 하는 감이
왔다. 그 감은 틀리지 않았다. 음식이 나가자 젓가락을 들기
전에 고개를 끄덕이며 음식을 바라봤다. 그러고는 한 점을 집어
입에 넣고, 젓가락을 테이블에 내려놨다. 그 사람은 먹는 데
집중하고 있었다. 그 순간을 음미하는 사람이었다.
나는 그런 손님을 보면 스스로 민망해진다. 나 자신이 얼마나
급하게 먹고, 얼마나 아무 생각 없이 끼니를 때웠는지 깨닫게

된다. 셰프는 음식을 만드는 사람이다. 그런데 정작 음미하면서

자신의 식사를 먹는 순간은 드물다. 진짜 '잘 먹는 사람'은

셰프보다 음식에 더 집중한다. 진짜 멋있는 손님이다.

그런 사람은 요리를 귀로 듣고, 혀로 판단하고,

눈으로 스캔하고, 가슴으로 저장한다. 말 한마디 없어도

'이 요리는 이런 소리구나' 하고 느끼는 게 보인다.

그날 이후 나는 그 손님을 내 안에서 기준으로 삼았다.

팀원들에게도 말한다.

"우리는 저런 분을 위해 요리하는 거다."

그게 꼭 유명하거나 까다로운 미식가일 필요는 없다. 가끔은

청바지에 운동화, 그냥 편하게 들어온 손님일 수도 있다. 하지만

그들의 손짓, 그들의 눈빛, 그들의 조용한 리액션은 셰프에겐 큰

평가이자 위로다. 한번은 이런 일도 있었다. 커플이 들어왔다.

남성은 계속 휴대폰을 볼 뿐이지만, 여성은 우리 음식을

하나하나 다 물어봤다.

"이건 어떻게 구웠어요?"

"육즙은 왜 이렇게 유지돼요?"

"이 부위가 원래 이런 결인가요?"

답을 하다 보니 나도 모르게 자세가 펴지고, 말투가

차분해졌다.

상상을
현실로
만드는 시간

이 사람은 지금 진심으로 궁금해하고 있다. 그게 전해지는 순간,
세프는 태도가 달라진다.

'이분에게는 기본 소스보다 감칠맛이 강한 게 좋겠다.'

그렇게 요리도 달라진다. 사람이 요리를 바꾸는 것이다. 정확히
말하자면, '잘 먹는 사람'은 요리사의 마음을 흔든다.

그런 손님을 보면 다시 배우게 된다.

너무 배고픈 날도 있다. 지친 날도 있다. 그럴 땐 그냥 빨리 먹고
싶다. 그 마음도 이해된다. 하지만 한 점이라도 '지금 내가 이걸
먹는 이유'를 생각해보는 사람이 행복하게 살아가는 사람이다.

"그때 그 집에서 먹었던 그 한 점."

그걸 기억하는 사람이 있고, 기억하지 못하는 사람이 있다.

그리고 요리는 기억을 줄 수 있어야 한다. 좋은 식사는 마음에
남는다. 기억 속에서 맛이 다시 피어난다. 그걸 가능하게 하는
건, 잘 먹는 사람이다. 그런 사람을 더 많이 만나고 싶다.

그리고 나 자신도 그렇게 살고 싶다. 무언가를 제대로
받아들이는 사람이 되고 싶다. 음식이든, 사람이든, 감정이든.

그게 결국 멋있게 사는 법 아닐까? 나는 그래서 잘 먹는 사람은
멋있다고 생각한다. 그 사람은 지금 요리와 인생을 동시에
맛보고 있기 때문이다.

내가 좋아하는 일을
오랫동안 잘하기 위해

;

 셰프로서 큰 행복 중 하나는 사람들이 행복해하는 모습을
보는 것이다. 맛있는 요리가 사람을 순식간에 사로잡는 모습을
보면 마법처럼 느껴진다. 내게도 그런 기억이 있다.
고등학교 2학년 때였다. 하루는 어머니와 외출을 했다.
아마도 신발이나 옷을 사러 갔던 듯하다. 시내에서 쇼핑을
끝낸 후 어머니는 "밥 먹으러 가자"며 어느 건물로 들어갔다.
무심코 어머니 뒤를 따라갔는데 엘리베이터 앞에 서는 게
아닌가. 어머니가 데려간 곳은 스카이라운지였다.
태어나서 스카이라운지라는 곳도 처음 가봤지만, 코스 요리도
처음 경험했다.
거리가 훤히 내려다보이는 레스토랑의 넓은 창가에서 음식이
한꺼번에 나오지 않고 적절한 시간을 두고 서빙되는 게
신기하고 낯설었다. 같은 음식은 한 끼로 끝내고, 냉장고에 한
번 들어간 음식은 손도 안 대고, 갓 담근 김치가 아니면 입에도
안 댈 만큼 까탈스럽고 입이 짧은 내가 그곳에서는 아주 맛있게
먹었다.
코스 요리로 샐러드와 수프가 나온 후 연어 구이가 나왔는데

정말 놀라운 맛이었다. 외식이라고 해야 자장면과 탕수육,
돈카츠 정도이던 때, 연어 구이는 그야말로 신세계였다.
거기에 곁들여진 크림소스와 감자, 브로콜리, 아스파라거스 등
한 번도 보지 못했던 이국적인 요리는 나를 완전히 사로잡았다.
하얀 식탁보에 놓은 고급스러운 식기들, 클래식 음악,
거기에 빠르지도 느리지도 않은 서비스의 속도와 서버들의
정중한 태도는 나를 고작 열여덟 살짜리 풋내 나는 고등학생이
아니라 한 사람으로 존중받는 기분이 들게 했다.
그날의 경험이 어찌나 강렬했는지 '이런 곳에서 일하고
싶다'라는 마음을 불러일으키기에 충분했다.
이날 이후 요리에 대한 관심도 점점 커졌다.
그 이후에도 어머니는 요리에 관심이 있다는 나를 이런저런
식당에 데려가주셨다. 고등학교 3학년, 진로를 고민하다가
본격적으로 요리 학원에 다니기 시작했다. 아버지는 "남자가
무슨 요리냐"라며 반대하셨지만, 어머니는 "하고 싶은 것을
해야 한다"라며 나의 꿈을 응원해주셨다. 시간이 한참 지난 후
어머니와 그때 이야기를 한 적이 있었다. 왜 거길 데려갔냐고
묻는 나에게 어머니는 빙긋 웃으시며 이렇게 말하셨다.
"그냥, 너 좋아할 것 같아서. 한번 보여주고 싶었지."
내가 음식 하나하나를 맛보며 너무 좋아하는 모습을 보고선

음식에 관심이 진짜 많다는 걸 알았다고 하셨다.

가슴이 뭉클했다. 어머니는 내가 행복하길 바랐을 것이다.

아들이 원하는 일을 하면서 살 수 있도록. 자신이 좋아하는

일을 직업으로 갖는 건 모두에게 주어지는 행운은 아닐 것이다.

게다가 자신이 좋아하는 일로 남들에게 잘한다는 소리를 듣는

것은 더욱 어려울 것이다.

처음 요리를 시작했을 땐 좋아하는 마음 하나면 될 줄 알았다.

그게 전부였다. 불 앞에 서면 심장이 뛰었고, 음식이

완성될수록 어깨가 펴졌다. 그런데 살아보니까 좋아하는

것만으로는 오래가지 않았다. 열정은 강하지만 짧다.

불꽃처럼 확 붙었다가, 어느 날 꺼진다. 속도감이 있게 나아가던

날보다, 버텨야 하는 날이 훨씬 많았다. 오래 잘하려면,

불꽃이 아니라 불씨가 되어야 한다.

손님이 많으면 좋다. 매출이 오르면 뿌듯하다. 그건 당연하다.

하지만 내가 만든 요리가 오늘 괜찮았는지 내가 팀원들에게

불필요한 긴장을 주지 않았는지 그런 것들이 이제는

더 중요해졌다.

좋아하는 일을 오래 하기 위해 또 하나 중요한 것은

'회복력'이다.

나도 계속해서 '회복력'을 키우고 있다. 그날 실수해도 괜찮다고

말할 수 있는 용기, 하루가 꼬였어도 다음 날 다시 일어나는
능력, 사람에게 실망해도 믿음을 거두지 않는 태도. 그게 결국
오래가는 사람의 조건이다.

그리고 무엇보다, 좋아하는 일을 오래 하려면 좋아하는 마음을
유지할 수 있어야 한다. 그건 재능이 아니라 관리에 가깝다.

좋아하는 일을 '계속 좋아하려면' 지나치게 가까이 있지 않아야
한다. 숨 쉴 거리, 숨 쉴 틈이 필요하다. 그게 불씨를 오래
지키는 법이다. 많은 사람들이 말한다.

"좋아하는 일을 하면서 살고 싶어요."

그렇다면 좋아하는 일을 좋아한 채로 끝내지 말아야 한다.
그건 전혀 다른 이야기다. 욕심을 줄이고, 실수를 안고,
사람을 믿고, 자신을 돌볼 줄 알아야 한다.

나는 지금도 좋아하는 일을 하고 있다. 그리고 그 일을 오래
하고 싶다. 내가 좋아하는 일을 오랫동안 잘하기 위해 오늘도
마음을 정돈하고, 천천히 한 걸음 내디딘다. 그리고 내일도 같은
자리에서 내가 좋아하는 것을 지켜낼 수 있기를 바란다. 그런
특수한 행운을 삶에서 누리고 있는 만큼

좋 아 하 는   일 을   오 . 래 . 오 . 래 .   하 고   싶 다 .

상상을
현실로
만드는 시간

흑백요리사,
또 한 번의 도전。

흑백요리사 시즌 2에
도전하다

;

흑백요리사 시즌1이 기획 단계였을 때 출연 제안을 받은 적이
있었다. 제작진은 백수저 출연진으로 함께하면 어떻겠냐고
했다. 공교롭게도 그때 나는 병원에 있었다. 내 인생에서 몸이
가장 힘들었던 때였다. 사고로 치아 열 개를 한꺼번에 교체해야
했고, 턱뼈까지 부서져 여섯 시간에 걸친 큰 수술을 받아야
했다. 회복하는 데 1년 반이 넘는 시간이 필요했다.
게다가 '돈돈'과 '마리네'를 오픈한 지 한 달밖에 되지
않았을 때였다. 몸도, 마음도, 상황도 여유가 없었다.
그래서 자연스럽게 출연 제안을 고사할 수밖에 없었다.

현장은 매일매일 전쟁터 같았고, 눈앞의 레스토랑을 돌보는
일만으로도 숨이 찼다.

그렇게 시간이 흘러 까맣게 잊고 있던 어느 날,
집에서 흑백요리사를 보던 아들이 내게 물었다.

"아빠는 왜 안 나와?"

그 한마디가 생각보다 오래 마음에 남았다.

아들에게 출연 제안을 받은 적이 있다는 말은 하지 않았지만,
'내가 나갔더라면 어땠을까?' 하는 생각이 처음으로 스쳤다.

시즌 2로 두 번째 기회가 온다면 꼭 나가고 싶었다.

굳이 말하지 않아도 흑백요리사의 인기가 얼마나 대단했는지
한국 사람이라면 잘 알 것이다. 방송에 출연한 셰프들은
일약 스타로 떠올랐다. 에드워드 리 셰프처럼 프로그램 이후
1년 치 예약이 꽉 찰 정도로 인기를 누린 이들도 있었다.

광고와 방송 제안이 쏟아지고, 식당 외적인 기회도
무궁무진하게 열렸다. 그런 변화를 지켜보면서도 나는 여전히
조심스러웠다. 뉴욕에서는 그렇게 큰 파급력은 없었기
때문이다. 뉴욕 출신 셰프가 출연하지 않았던 것도 이유였지만,
눈앞의 일에 매달리느라 방송에 나가는 것은 현실감이
잘 느껴지지 않았다. 나와 상관없는 세상 같았다.

하지만 이번엔 달랐다. 단순히 방송에 나가는 것을 넘어,

셰프로서 한 번쯤 도전해보고 싶다는 마음이 생겼다.

그리고 그 마음의 밑바닥에는 "아빠는 왜 안 나와?"라고 묻던 아들의 눈빛이 있었다. 첫 번째 출연은 아쉽게 고사했으니, 두 번째는 혹시 연락이 올까 싶어 기다렸지만, 행운의 여신은 같은 방식으로 문을 두드리진 않았다. 이번에는 내가 문을 두드릴 차례였다.

시즌 2가 제작되어 신청자를 받는다는 소식을 듣고 지원하기로 마음먹었다. 마침, 한국을 방문할 기회가 있어서 방송 관계자들을 만나 인터뷰까지 하게 되었다. 몸은 아직 완전히 회복되지 않았고, 가게도 여전히 바빴지만, 새로운 무대로 한 걸음을 내딛고 싶은 마음이 더 강했다.

그렇게 흑백요리사의 시즌 2 무대에 서게 되었다. 최종 캐스팅 연락을 받은 건 2025년 3월 초, 촬영 시작은 3월 말이었다. 때마침 새 레스토랑을 오픈한 지 한 달도 안 된 시점이라 일정은 살인적이었다. 촬영 전날 뉴욕에서 한국으로 날아가 3박 4일 동안 촬영을 마치고, 다음 날 새벽 비행기로 돌아와 곧바로 주방에 복귀했다.

지금 돌아봐도 아찔할 만큼 치열한 시간이었다.

시차도 채 적응되지 않은 몸으로 카메라 앞에 서야 했고, 새벽부터 밤까지 이어지는 촬영 일정은 상상 이상으로 고됐다.

하지만 이상하게도 힘들다는 생각보다 설렘이 더 컸다. 익숙한
주방이 아닌 낯선 공간에서 나의 요리와 철학을 시험받는다는
긴장감이 몸속을 뜨겁게 달궜다. 그렇게 나는 다시 칼을 쥐고,
익숙하면서도 낯선 전장을 향해 한 걸음을 내디뎠다.
진짜 승부의 시간이 다가오고 있었다.

치열했던

1:1 경합

;

카메라가 켜지고, 조명이 뜨겁게 내리쬐는 순간, 스튜디오에
긴장감이 감돌았다. 수많은 스태프들의 시선, 철저한 보안
속에서 통제되는 대기실, 그리고 주어진 시간 안에 모든 것을
걸어야 하는 무대. 절실한 사람들이 뿜어내는 열기는 전혀 다른
에너지였다. 요리를 하는 건 익숙했지만, 평소 나답지 않게 조금
떨리기도 했다.
1:1 경합이 시작되었다. 나는 백수저 요리사였고, 상대는 흑수저
요리사였다. 최선을 다해 치열하게 부딪치는 경연에 흑백이
따로 있겠는가마는, 백이 자존심을 지키고 싶어 한다면 흑은
간절함이 클 터였다. 내 상대는 프렌치 요리를 전문으로 하는

세프였다. 한국말이 서툴러 프랑스어로 소통할 만큼 오래
프랑스에서 잔뼈가 굵은 분이었다. 이름이 널리 알려진 세프는
아니었지만, 경험과 기술은 누구보다 탄탄해보였다.
그럼에도 내심 자신이 있었다. 프렌치는 내 특장이었고 오랜
시간 쌓아온 경험이 있었다. 게다가 메인 재료가 공개되었을 때
속으로 쾌재를 불렀다. 곱창김. 한식 베이스에 프렌치, 일식까지
섭렵한 나로선 누구보다 익숙하고 자신 있는 재료였다.
사전에 주어진 재료를 토대로 전략을 세우는 시간이 있었고,
나는 이 재료를 어떻게 가장 풍부하게 풀어낼 수 있을지
고민했다. 내가 선택한 메뉴는 '곱창김 새우죽'이었다.
김을 바다를 연상시키는 해물과 결합해 전체를 관통하는
스토리를 만들고자 했다. 김을 갈아 넣은 죽에 새우 완자를
올리고, 섬초와 전복, 다시마 육수로 깊은 맛을 내는 방식이었다.
내 의도는 명확했다. 김이라는 재료를 중심으로 바다의 풍미를
확장하는 것. 충분히 통할 것이라 판단했다.
그러나 결과는 예상과 달랐다. 백종원 대표와 안성재 세프의
평가는 냉정했다.
"고급스러운 해물죽 같다. 김 자체의 매력이 드러나지 않는다."
심사위원단은 김이라는 재료 그 자체의 질감과 텍스처,
존재감을 보고 싶어 했던 듯하다. 그런데 나는 그것을 주변의

풍미 속에 녹여버렸다. 김을 요리 속의 '주인공'이 아닌 '무대 배경'으로 만들어버린 셈이었다. 아쉽지만 내 착오를 인정할 수밖에 없었다.

반면 내 상대는 훨씬 단순한 방식으로 접근했다. 김말이 안에 치킨 무스를 넣고 소스를 곁들이는 정공법이었다. 얼핏 단순해 보였지만 프렌치 특유의 정제된 테크닉이 곳곳에 녹아 있었고, 단순함 속에서도 재료의 존재감이 선명하게 살아 있었다.

결과는 나의 패배였다. 자신 있다고 생각했던 종목에서, 그리고 가장 잘 다룰 수 있다고 믿었던 재료에서 진 것이다. 패배 직후 마음속에는 여러 감정이 스쳤다. 자존심이 상했고, 후회도 밀려왔다. '왜 그렇게까지 복잡하게 만들었을까', '재료를 너무 욕심내어 건드린 건 아닐까' 하는 생각이 머릿속을 맴돌았다. 무엇보다 내 실력을 전부 다 쏟아내지 못했다는 아쉬움이 컸다.

그러나 시간이 지나고 나서야 깨달았다. 그것이 바로 대결의 무대가 주는 값진 배움이었다. 요리는 언제나 기술과 창의력의 싸움이지만, 때로는 재료 그 자체를 믿는 단순함이 가장 큰 힘이 된다는 것을. 이날의 패배는 오래 남았다.

하지만 그 쓴맛 덕분에 나는 다시 겸손해지는 법을 배웠다. 요리는 이긴다고 완성되는 것이 아니고, 때로는 진 자리에서 더 멀리 나아간다는 것을.

;

흑백요리사의 무대는 내게 단순한 출연 이상의 경험이었다.
결과만 놓고 본다면 만족스럽지 않았다. 자신 있다고 생각했던
재료에서 패배를 맛봤고, 불 앞에서 수많은 날을 보냈음에도
새로운 긴장과 압박을 느꼈다. 그러나 돌이켜보면, 그 모든
순간이 셰프로서 다시 한 단계 성장할 수 있는 계기가
되어주었다. 그 경험을 통해 셰프의 세계에는 완성이라는 끝이
없다는 것을 다시금 느꼈다.

요리는 끝이 없는 길이다. 새로운 시도를 두려워하지 않으면,
실패에서도 배움을 찾을 수 있다. 완벽한 요리란 존재하지
않는다. 다만 그날의 나보다 조금 더 깊은 맛을 내고,
어제의 나보다 조금 더 따뜻한 마음으로
손님을 맞이할 수 있다면 그것이면 충분하다.

흑백요리사의 경험을 통해 내가 하는 일의 본질에 대해 더 깊이
생각하게 되었다. 셰프라는 업의 본질은 불과 칼을 다루는 일이
아니라, 그 요리를 먹는 사람의 마음을 보듬는 일이라는 것을.
그 이후로 나는 불을 다루는 손끝보다, 사람을 바라보는 눈빛을
더 다듬기 시작했다. 한 접시의 완성보다 한 사람의 마음을 더

중요하게 생각하게 되었다. 나에게 도전은 더 많은 무대에 서는
일이 아니라, 더 깊은 마음으로 환대를 전하는 일이 되었다.
세프로서 나의 도전과 여정은 아직 끝나지 않았다.
꾸준히 걸어가는 그 길 위에서 나는 때로 실패를 경험하고
좌절을 맛볼지도 모른다. 그러나 그만큼 또 많은 것을 배우게
될 것이다. 세프의 성장은 사람의 마음 앞에서 완성된다는
깨달음이 나를 오늘도 불 앞에 다시 서게 한다.
나 의   배 움 은   여 전 히   현 재   진 행   중 이 다 .

**상상을
현실로
만드는 시간**

Resume 4

뉴욕에서
함께 일할
셰프를
찾습니다

뉴욕의 주방에서 살아남으려면 절대 기억해야 할 법칙이 있다.
"어제의 성공은 오늘의 안전을 보장하지 않는다"라는 점이다.
어제 아무리 완벽한 요리를 만들었어도
오늘은 완전히 새로운 날이다.
고객은 늘 새로움을 기대하고,
주방은 그 기대를 채우기 위해 매일 새롭게 도전해야 한다.
이곳에서는   과거의 영광에   취할   시간이   없다.

세상에서 가장
한식이 핫한 곳, 뉴욕。

뉴욕을 사로잡은
한식의 매력

；

뉴욕. 이 도시는 단순한 도시가 아니다. 세계의 미식가들이
모여드는 거대한 무대다. 전 세계 유명 셰프들이 이곳에
자신만의 레스토랑을 열기 위해 몰려드는 데는 이유가 있다.
뉴욕은 변화를 사랑한다. 새로운 맛에 열광하고,
단순한 음식이 아니라 이야기가 담긴 접시를 원한다.
무엇보다 뉴욕은 진짜를 알아본다. 가짜는 금세 들통난다.
과거 뉴욕에서 한식은 그리 주목받지 못했다.
몇몇 코리아타운의 식당이 교민들의 향수를 달래주는
수준이었다. 김치찌개와 비빔밥, 불고기가 전부였다.

뉴욕에서
함께 일할
셰프를
찾습니다

하지만 지금은 다르다. 뉴욕 어디에서나 한식의 향기가 진하게
퍼진다. 한식은 뉴욕의 트렌드를 이끌어가는 핵심 미식으로
자리 잡았다. 다양성의 도시, 뉴욕이 한식을 받아들인 이유는
무엇일까?

뉴욕은 다양한 민족과 문화가 한데 어우러진 도시다.
전 세계 이민자들이 각자의 문화와 음식을 들고 와 이곳에서
새로운 문화를 만들어냈다. 아침에 프렌치 크루아상을 먹고
점심엔 멕시코 타코를, 저녁엔 인도 카레를 먹는 것이
뉴욕에서는 일상이다. 그 속에서 한식도 자연스럽게
뿌리내릴 수밖에 없었다.

하지만 단순히 다양한 음식이 있다고 해서 모두가 트렌드가
되는 것은 아니다. 한식이 뉴욕에서 성공할 수 있었던 데는
여러 이유가 있다. 가장 큰 이유는 바로 한식이 가진 복합적인
맛의 조화라고 생각한다. 뉴욕의 미식가들은 단순히 짜거나
단맛에 머무는 것을 원하지 않는다. 그들은 한 접시에서
여러 가지 맛이 어떻게 균형을 이루는지에 민감하다.
한식이야말로 이런 여러 가지 요구에 완벽하게 부합하는 장점을
갖고 있지 않은가!

고추장의 매운맛, 간장의 짠맛, 참기름의 고소함, 그리고 김치의
산미가 하나의 요리 안에서 복합적으로 어우러진다. 뉴욕의

미식가들은 한식에서 깊고 다채로운 맛의 스펙트럼을 경험한다.
이러한 맛의 다양성은 뉴욕의 입맛을 사로잡기에 충분했다.
또 하나의 이유는 트렌드의 변화일 것이다. 건강과 웰빙이
주요 이슈로 떠오른 지 오래되었다. 로컬 식재료, 유기농 식품,
발효 음식은 뉴욕에서 꾸준히 사랑받는 카테고리다.
김치, 된장, 고추장과 같은 한식의 발효 음식은 이 트렌드에
딱 맞아떨어졌다. 김치는 장 건강에 좋은 프로바이오틱스가
풍부하다는 점에서 헬스 매니아들에게 인기를 끌었고,
된장과 고추장 역시 건강한 맛의 소스로 자리 잡았다.
이제 뉴욕의 슈퍼마켓에서도 쉽게 한국의 발효 음식을 찾을
수 있다. 발효의 깊은 맛은 단순히 건강에 좋은 것 이상으로
새로운 미각적 경험을 선사했다. 한식은 단순한 건강식을 넘어,
건강과 맛을 동시에 충족시킬 수 있다는 점에서
강력한 입지를 다졌다.
변화와 융합에 강한 한식의 유연성도 장점으로 작용했다.
뉴욕은 끊임없이 변화하는 도시다. 트렌드가 빠르게 바뀌고,
사람들은 언제나 새로운 것을 원한다. 이런 환경에서
살아남으려면 변화에 민감하고 적응력이 뛰어나야 한다.
한식은 이 요구를 완벽히 충족했다. 기본적으로 다양한 재료와
조리법으로 변형할 수 있는 유연성이 한식의 큰 장점이다.

예를 들어, 비빔밥은 재료를 어떻게 조합하느냐에 따라
전혀 다른 요리가 될 수 있다. 불고기도 샌드위치, 타코 등
다른 요리와 결합해 새로운 맛을 창출할 수 있다. 고추장은
퓨전 요리의 핵심 소스로 자리 잡았고, 불고기 타코나 갈비
샌드위치 같은 메뉴는 전통과 현대가 어우러진 대표적 사례다.
나는 뉴욕에서 요리할 때마다 이런 변화를 체감한다.
전통적인 한식을 그대로 고수하기보다는 뉴욕의 손님들이
좋아할 만한 요소를 추가하거나 살짝 변형한다. 비빔밥에
아보카도를 추가하는 작은 변화도 큰 반응을 불러일으킨다.
뉴욕 사람들은 이런 창의적 변화를 즐긴다.
이제 한식은 배를 채우기 위해 먹거나 단순히 호기심에 한두
번 먹는 음식에서 벗어나 문화적 경험으로 받아들여지고 있다.
뉴요커들은 음식 자체를 문화와 예술로 여긴다.
김치의 발효 과정, 불고기의 역사, 비빔밥의 조합 방식에 대한
이야기를 듣는 순간, 그들의 식탁은 단순한 식사 공간을
넘어선다. 나는 손님들이 음식을 통해 한국의 문화를 이해하고
공감하는 것을 자주 목격한다. 그래서 단순히 요리를 제공하는
것이 아니라, 그 요리가 가지는 배경과 이야기까지 설명하려
한다. 한 접시의 음식에 담긴 이야기는 그들의 마음에 깊은
인상을 남기고, 다시 방문하고 싶게 만든다.

한식은 뉴욕에서 단순히 하나의 트렌드로 끝나지 않을
것이라고 확신한다. 오히려 새로운 흐름을 만들어내지 않을까.
뉴욕에서 한식이 얼마나 더 성장할 수 있을지 생각만으로도
짜릿하다.

뉴욕은 새로운 시도를 두려워하지 않는 곳이다. 이곳에서
한식은 전통을 유지하면서도 매번 새롭게 재해석될 것이다.
손님들의 입맛은 끊임없이 변화하고, 우리는 그 변화를 따라
더 나은 한식을 만들어갈 것이다. 뉴욕에서 한식의 미래는
밝다. 나 또한 이곳에서 새로운 도전을 멈추지 않을 것이다.
한식은 무한한 가능성을 품고 있고, 뉴욕은 그 가능성을
실현할 완벽한 무대이다.

**뉴욕의 입맛을 바꾼
한국의 셰프들**

;

2024년 꿈 같은 일이 벌어졌다. 뉴욕에서 최초로
미쉐린 3스타 한식당이 나온 것이다. 미쉐린 1스타를 받는 일도
영광스러운데 무려 3스타라니! 미쉐린은 발표하는 그 순간까지
어떻게 될지 모른다. 행사에 초청을 받는 것 자체가 영광이지만,

초청을 받았으니 당연히 받는다고 생각해서도 안 된다.
마지막까지 긴장을 놓을 수 없다. 그런 현장에서 '정식당'의
이름이 호명되었다.

순간 소름이 돋았다. 엄청난 함성과 함께 박수가 터졌다.
시기나 질투 따위는 존재하지 않았다. 그저 순수한 기쁨,
순수한 감탄, 순수한 축하였다. 얼마나 많은 분들의 발걸음이
이어져서 여기까지 왔을까. 만감이 교차했다.

뉴욕에서 한식이 이렇게 중심으로 올라오기까지는 세대별
셰프들의 노력이 있었다. 뉴욕 한식당의 변화와 과정을 보면,
한식이 단순한 음식이 아니라 문화적 진화의 산물임을
알 수 있다.

한식의 뉴욕 도전은 이민자들로부터 시작됐다. 1980년대만
해도 뉴욕의 한식당은 코리아타운^{Koreatown}에 몰려 있었다.
주로 교민들을 대상으로 김치찌개, 불고기, 비빔밥 같은 정통
가정식을 제공했다. 그 시절의 한식은 생존을 위한 음식이자,
향수를 달래는 수단이었다. 뉴욕의 주류 미식 문화와는 거리가
멀었다. 미국인 손님이 오더라도 간장게장이나 청국장은
거부감을 줄 수 있었고, 메뉴의 폭은 제한적이었다.

1990년대 후반에서 2000년대 초반으로 넘어오면서 한식은
변화를 겪었다. 이 시기를 대표하는 것이 퓨전 한식이다.

미국의 식재료와 한국의 전통 요리가 결합하며 새로운 스타일의 한식이 등장했다. 이 시기의 특징은 '도전과 융합'이었다. 기존의 한식을 고수하지 않고, 서양의 조리법과 플레이팅을 적극적으로 받아들였다. 정통 한식의 정신이 퇴색되고 있다는 일부 우려도 있었지만, 이미 한식은 세계인의 입맛을 사로잡을 준비를 하고 있었다.

현재는 한식의 3세대이다. 전통을 바탕으로 하되, 현대적 감각과 예술적 해석을 결합해 고급 파인 다이닝으로 진화시켰다. 뉴욕의 한식 레스토랑은 미쉐린 가이드에서 별을 받을 정도로 위상이 높아졌다. 그중에서도 미쉐린 3스타에 빛나는 정식당은 한식의 가능성을 극대화한 공간이라고 생각한다. 그는 한식의 맛을 유지하면서도 현대적인 플레이팅과 스토리텔링으로 미식가들의 마음을 사로잡았다.

뉴욕의 미식계에서 정식당이 가지는 의미는 크다. 한식이 최고급 파인 다이닝의 상징으로 자리 잡았다는 증거이기 때문이다.

박정현 셰프가 운영하는 아토믹스는 또 다른 스타일의 진화를 보여준다. 아토믹스는 정통 한식의 깊이를 유지하면서도 세련된 감각으로 변형된 코스 요리를 제공한다. 아토믹스는 단순히 음식을 먹는 곳이 아니라, 한 접시마다 새로운 이야기를

경험하는 공간이다. 셰프들이 아토믹스를 사랑하는 이유도
여기에 있다. 창의적이고 감각적인 경험을 선사하기 때문이다.
뉴욕의 한식은 1세대 이민자 음식에서 3세대 고급 다이닝으로
끊임없이 변화해왔다. 하지만 그 변화의 중심에는 언제나
전통과 창의성이라는 두 축이 있었다. 나 역시 이 흐름 속에서
나만의 도전을 이어가고 있다. 뉴욕에서의 경쟁은 치열하다.
손님들의 기대는 높고, 실수는 용납되지 않는다.
하지만 그 긴장감이 우리를 더 강하게 만든다. 뉴욕의 한국
셰프들은 서로 경쟁하면서도, 서로의 성공에서 영감을 얻는다.
나도 그 과정에서 끊임없이 배우고 있다.
뉴욕의 입맛을 바꾼 것은 단 한 명의 셰프가 아니라 세대를
거쳐 변화해온 다양한 스타일의 셰프들이었다. 그들의 도전과
성공 덕분에 후배 셰프들은 더 큰 꿈을 꿀 수 있었다.
이 꿈을 이어갈 새로운 세대의 셰프들이 앞으로 더 많이
등장할 것이라 믿는다.

**뉴욕에서
함께 일할
셰프를
찾습니다**

뉴욕이라는 무대에서
새로운 가능성을 보다

;

한식이 뉴욕에서 큰 성공을 거두고 있지만, 나는 이 성공이
최종 목적지라고 생각하지 않는다. 오히려 이제 막 시작일
뿐이다. 뉴욕이라는 무대에서 한식은 무궁무진한 가능성을
품고 있다. 지금까지의 여정을 돌아보면, 우리는 트렌드를
따라가는 데 그치지 않았다. 오히려 새로운 트렌드를
만들어내며 전진해왔다.

뉴욕의 미식 시장은 매일 변화한다. 새로운 재료,
새로운 조리법, 새로운 방식의 파인 다이닝 경험이 끊임없이
등장한다. 그렇기에 한식도 변화를 두려워하지 않고 끊임없이
진화해야 한다. 전통과 현대의 경계를 허무는 시도는 뉴욕의
손님들에게 강렬한 인상을 남기고 있다. 나 또한 이러한 흐름을
계속 이어가고 싶다.

뉴욕은 셰프들에게 최고의 실험실과 같다. 다양한 고객층이
존재하고, 그들의 취향은 다채롭다. 어떤 손님은 정통 한식의
깊은 맛을 원하고, 또 다른 손님은 퓨전 요리의 창의성을
기대한다. 이러한 다양한 요구는 셰프들에게 끊임없는
도전이지만, 동시에 무한한 가능성을 제공한다.

나는 종종 새로운 메뉴 개발 과정에서 뉴욕의 시장 반응을
관찰한다. 뉴욕의 손님들은 솔직하다. 맛있으면 바로 칭찬이
돌아오고, 부족하면 바로 피드백을 준다. 이 피드백은
더없이 소중하다. 예를 들어, 마리에서 나오는 메뉴의 경우,
한국인에게는 익숙하겠지만 뉴요커들이 보기엔 다소 낯선
김말이를 고급스럽게 변형해서 맛과 식감을 살리기 위해 재료의
구성과 조리 시간을 미세하게 조정했다. 결과는 대성공이었다.
코치에 이어 마리도 미쉐린 1스타를 받았으니 말이다.
이러한 시도들은 끊임없이 새로운 가능성을 열어준다.
뉴욕은 전 세계로 한식을 확장할 수 있는 거점 도시다.
뉴욕에서의 성공은 다른 글로벌 도시로 이어질 수 있다.
런던, 파리, 도쿄 등 한식을 필요로 하는 도시들이 많다.
뉴욕에서 다져진 노하우와 창의성은 이러한 시장에서도 충분히
통할 수 있다. 뉴욕이라는 무대에서 한식을 더욱 세련되게
발전시켜 언젠가는 다른 도시에서도 그 맛을 전하고 싶다.
한식의 미래를 생각할 때 가장 중요한 키워드는 '지속 가능성'이
아닐까. 단순히 트렌드에 편승하는 것이 아니라, 본질을
지키면서도 시대에 맞게 변화하는 것이다. 한식의 본질은
건강한 식재료와 깊은 맛의 조화다. 나는 요리에 사용하는
모든 재료에 신경 쓴다. 지역 농장에서 나는 신선한 재료를

우선적으로 사용하고, 낭비를 최소화하는 방법을 고민한다.

자투리 채소나 육류 부산물도 최대한 활용하려고 한다.

전통적으로 한국 요리는 버리는 부분이 거의 없다.

이런 한식의 철학을 뉴욕의 환경적 요구에 맞게 발전시키는
것도 중요한 일일 것이다.

지속 가능한 한식은 단순히 환경 보호를 넘어서 더 깊은 맛을
창출하는 방법이기도 하다. 오래 발효된 장류나 정성을 가득
들인 육수는 시간과 정성이 더해질수록 맛이 깊어진다.

이런 요소들이야말로 한식의 진정한 강점이라고 믿는다.

이를 뉴욕의 고객들에게 제대로 알리고 전달하는 것도
앞으로의 숙제인 듯하다.

나는 한식을 단순히 성공적인 비즈니스로만 보지 않는다.

한식은 나의 정체성이자, 전 세계 사람들과 소통할 수 있는
가장 강력한 도구다. 뉴욕에서 시작된 한식의 도전은 전 세계로
뻗어 나가야 한다. 전통과 현대, 건강과 지속 가능성을 모두
아우르는 한식은 충분히 그 가능성을 가지고 있다.

한식은 더 이상 한국인만의 음식이 아니기 때문이다.

뉴욕에서 24시간 불이 꺼지지 않는
유일한 거리

;

낮이나 밤이나 사람들로 가득 찬 맨해튼 32번가의 다른 이름은
K-스트릿이다. 이곳에 발을 디딜 때마다 나는 이 거리가
가진 독특한 에너지에 압도된다. 이곳은 내가 셰프가 된 후
가장 많은 영감을 얻은 장소 중 하나다. 여기선 불빛과 음식
냄새, 사람들의 활기가 끝도 없이 이어진다. 나처럼 꿈을 품은
셰프들에게 새로운 것을 창조해낼 수 있는 무대인 것이다.
32번가는 맨해튼의 다른 거리와 확연히 다르다. 오래된
아스팔트 위로 사람들이 빽빽하게 걷고, 양옆으로는 한글
간판들이 반짝인다. 어디선가 고소한 삼겹살 냄새가 코를
자극하는가 하면 바로 옆에는 미쉐린 스타 식당이 있다.
코로나19로 뉴욕 전체가 봉쇄되었던 시기에도 유일하게 활기를
간직했던 곳이었다. 한식의 뿌리가 뉴욕에서 이렇게 깊게 자리
잡을 줄 누가 상상했을까?
밤이 되면 K-스트릿은 진짜 얼굴을 드러낸다. 낮의 K-스트릿도
분주하지만, 진짜 이야기는 밤에 시작된다. 네온사인이 켜지고
간판들이 눈부신 불빛으로 거리를 물들일 때, 이곳은 마치
한국의 서울과 뉴욕이 교차하는 공간이 된다. 노란색 택시들이

길가에 주차하고, 사람들은 삼삼오오 무리 지어 한식당과 노래방, 바를 찾아 들어간다. 익숙한 맛에 뉴욕 특유의 자유로운 에너지가 더해지니, 그 경험은 전혀 다른 차원의 감동을 준다. 이 거리는 셰프들에게 질문을 던진다.

"전통을 고수할 것인가, 변형할 것인가?"

K-스트릿에서 한식당을 운영하는 것은 이 질문을 매일 받는 것과 같다. 어떤 사람은 정통 된장찌개나 비빔밥을 찾지만, 다른 사람은 불고기 버거나 김치 타코 같은 혁신적인 한식을 기대한다. 여기서 셰프의 역할은 그 두 가지 요구를 어떻게 조화시킬지 매일 고민하는 것이다. 비빔밥을 완전히 새롭게 해석한 메뉴를 개발한다고 해보자. 만약 전통적인 돌솥비빔밥 대신, 유자 드레싱과 트러플오일을 가미한 버섯 비빔밥을 개발해서 내놓는다면 고객의 반응은 어떨까?

누군가는 "이건 더 이상 비빔밥이 아니에요"라고 할 것이고 누군가는 "이것이야말로 뉴욕에서 경험할 수 있는 한식"이라며 박수를 칠 것이다.

K-스트릿에 24시간 불이 꺼지지 않는 이유는 이야기가 끊임없이 만들어지는 곳이기 때문이다. 이곳은 단지 사람들이 먹고 마시는 곳이 아니다. K-스트릿의 모든 음식에는 이야기가 담겨 있다. 김치 한 접시에도, 순두부 한 그릇에도 그 요리를

만든 사람의 인생과 경험이 녹아 있다. 나는 이 거리를 걷는
것만으로도 아이디어가 떠오른다.

이곳에서 나는 셰프인 동시에 관객이고, 창작자다.

그런 점에서 많은 한국인 셰프에게 K-스트릿은 단순한 거리가
아니라 창작의 무대이다.

"K-스트릿은 맛과 기억이 교차하는 곳이에요.

여기서 먹는 음식은 단순한 끼니가 아니라, 경험이죠."

언젠가 한 고객이 이런 말을 했다. 지금도 이 말은 내 가슴에
깊이 박혀 있다. K-스트릿은 내가 셰프로서 무엇을 창조할지
끊임없이 질문하는 곳이자, 매일 답을 찾아가는 여정의
출발점이다.

이곳에서 나는 전통을 고수하기도 하고,
때로는 깨부수기도 하며
한식의 미래를 향한 도전을 계속할 것이다.

**뉴욕에서
함께 일할
셰프를
찾습니다**

같은 꿈을 꾸는 사람들을
만난다는 것。

**가르칠 수 있는 것과
가르칠 수 없는 것**

;

뉴욕의 새벽은 언제나 바쁘다. 쓰레기 트럭이 도로를 덮고,
베이글 가게 앞에 줄이 생긴다. 푸드 트럭에서는 아침 커피와
핫도그 냄새가 섞여 도심을 가득 채운다. 도시의 심장은
한 번도 쉰 적이 없는 것처럼 보인다. 바로 그곳에서 셰프의
꿈을 안고 온 사람들도 저마다의 속도로 움직인다.
뉴욕은 "미국에서 성공하고 싶다"라는 야망을 품은 이들을
한데 불러 모으는 마법의 도시다. 하지만 이 도시의 주방은
누구에게나 따뜻하지 않다. 이곳에서 살아남으려면 그저
잘하기만 해서는 부족하다.

나와 함께 꿈을 꿀 사람을 찾는 과정은 단순히 이력서를
훑어보는 일이 아니다. 사람의 향기, 그들이 가진 열정을
직접 확인해야 한다. 부엌의 뜨거운 공기 속에서 그 열정이
여전히 꺼지지 않는지 보아야 한다. 그래서 나는 면접을 할
때 주방에서 시작하는 경우가 많다. 냉장고에서 재료를 꺼내
간단한 요리를 해보라고 말한다. 그 순간, 그들이 어떻게 칼을
잡고, 어떻게 재료를 다루며, 불을 대하는지 보면 답이 나온다.
좋은 셰프는 자신의 도구와 대화를 나누는 듯한 모습을 보인다.
그러나 그보다 중요한 것은 눈빛이다. 요리에 진심인 사람은
눈이 말해준다. 조리법을 설명하는 동안 눈이 빛나고, 자신의
실패담을 말할 때조차 그 눈빛은 좌절이 아니라 배움을 품는다.
한 번은 잊지 못할 지원자가 있었다. 그는 내가 준비해둔 양파와
마늘, 생강 같은 평범한 재료를 보자 살짝 미소를 지었다.
"이것만으로도 충분합니다."
손을 빠르게 움직이며 칼질을 하는 그의 표정엔 집중과
즐거움이 동시에 있었다. 요리가 끝난 후, 그는 말했다.
"이 접시 하나가 저에게는 인생의 무대입니다."
그 짧은 한마디가 그의 모든 것을 말해줬다. 그는 재료가
부족하다고 탓하지 않았다. 주어진 상황 속에서 최선을
끌어내는 것, 그것이 그가 가진 태도였다. 뉴욕의 다양성

속에서 같은 꿈을 꾸는 사람을 만난다는 것은 특별한 기회이자
끈질긴 탐색의 결과다. 이곳에서는 경력이 화려한 사람들도
많고, 기술적으로 완벽한 요리사도 넘쳐난다. 그러나 그런 사람
중에서도 진짜 나와 같은 방향을 바라보는 사람을 찾는 건 쉽지
않다. 그 사람은 단지 요리를 잘하는 게 아니라 그 안에 자신의
철학을 녹여낼 수 있는 사람이어야 한다.

"당신은 어떤 요리를 하고 싶습니까?"

내가 면접 때마다 물어보는 이 질문은 기술에 대한 것이
아니다. 그 사람의 내면을 들여다보는 질문이다.

가끔은 지원자들이 수상 경력이나 화려한 레스토랑 이력을
나열하며 자신감을 드러내기도 한다. 하지만 내가 진짜 듣고
싶은 답은 다르다. 그들이 요리로 세상에 어떤 메시지를
전달하고 싶은지, 무엇을 표현하고 싶은지를 듣고 싶다.

이 질문에 진심으로 답하는 사람은 단번에 알아볼 수 있다.
그들의 목소리엔 열망이 묻어 있고, 가슴 깊은 곳에서 우러나온
이야기가 담겨 있기 때문이다.

기술은 가르칠 수 있지만, 태도는 가르칠 수 없다.

주방은 언제나 실수를 허용하지만, 게으름을 용납하지 않는다.
나는 지원자가 과거의 실수에 대해 얼마나 솔직한지, 그 실패를
어떻게 극복했는지를 중요하게 본다. 한 번은 요리 대회에서

탈락한 경험을 이야기하는 지원자가 있었다. 그는 "그때 제가
부족했음을 깨달았습니다"라고 말하며 잠시 고개를 숙였다가
다시 눈을 들었다. 그 눈에는 실패를 두려워하지 않겠다는
의지가 담겨 있었다. 그때 나는 그가 바로 우리가 찾는
사람임을 직감했다.

나와 같은 꿈을 꾸는 사람은 실패에 대한 두려움보다는 새로운
시도에 대한 설렘을 더 크게 느낀다. 뉴욕의 주방은 매일매일이
전쟁터다. 재료가 어제와 다르고, 고객의 취향이 변하며,
예상치 못한 문제들이 끊임없이 발생한다. 하지만 이런 혼돈
속에서도 흔들리지 않는 사람은 진정한 동료가 된다. 그들은
문제를 도망치지 않고 마주 보며, 해결책을 찾으려 노력한다.
뉴욕의 주방은 누군가에게는 지옥일지 모르지만, 나에게는
끝없는 가능성을 주는 곳이다. 나는 그곳에서 같은 꿈을 꾸는
사람을 만나는 순간을 기다린다. 혼자였으면 불가능했을
요리도, 그들과 함께하면 새로운 차원으로 완성된다.

각기 다른 재능이 하나로 모여 만들어내는 한 접시는 단순한
음식 그 이상이다. 그것은 서로의 경험과 이야기가 녹아든
창작물이 된다.

마지막으로 기억나는 장면이 있다. 한창 바쁜 저녁 시간대에,
주방이 정신없이 돌아가던 어느 날이었다. 새로 합류한 셰프가

혼란 속에서도 흔들림 없이 맡은 파트에서 정확히 요리를
마무리했다. 접시를 내놓은 그의 얼굴엔 땀이 맺혀 있었지만
미소는 환했다. 그 순간 나는 깨달았다. 이 사람은 단지 요리를
하는 것이 아니라 꿈을 실현하는 과정에 있다는 것을.
뉴욕에서 같은 꿈을 꾸는 사람을 찾는 일은 단순한 채용이
아니다. 그것은 내가 꿈꾸는 레스토랑의 미래를 함께 설계해
나가는 일이다. 우리는 각기 다른 배경을 가지고 있지만,
결국 한 방향을 바라본다. 꿈이란 혼자 꾸는 것이 아니다.
함께 걷는 사람이 있을 때 그 꿈은 진짜가 된다.
뉴욕은 그 진짜를 찾아주는 도시이고, 나는 그 도시가 주는
기회에 매일 감사하는 사람이다.

없으면 절대 완성되지 않는
숨은 재료의 비밀

;

평소와 다름없는 날이었다. 주방은 한창 바빴고, 모든 것이
잘 돌아가는 듯했지만, 갑자기 문제가 생겼다. 가리비 소스가
제대로 나오지 않아 시간이 지체되기 시작했다. 소스 담당
셰프의 얼굴이 순식간에 사색이 되었다. 이 상황이 길어지면

다른 요리까지 순식간에 영향을 미칠 수 있었다.

그때였다. 옆에서 스테이크를 준비하던 셰프가 무언가를
눈치채고 조용히 소스 쪽으로 다가가 한 번 맛을 보았다.
아무 말 없이 빠르게 재료를 더하고 불의 세기를 조정하더니,
30초 만에 문제를 해결했다. 가리비 접시는 시간 내에 고객의
테이블로 나갔고 아무 일도 없던 것처럼 서비스는 계속됐다.
그날 나는 생각했다. 주방의 팀워크란 단지 서로 돕는 것 그
이상이라고. 그것은 서로의 약점을 감싸안고, 때로는 한발 앞서
상대의 실수를 알아차리며 문제를 해결하는 유기적인 연결이다.
주방에서 팀워크가 제대로 작동하지 않으면 작은 실수가
연쇄적으로 이어지며 큰 문제로 번질 수 있다.
하지만 좋은 팀은 위기를 감각적으로 느끼고 즉각 반응한다.
한 사람의 무너짐이 모두의 실패로 이어지지 않도록 하는 것이
바로 팀워크의 힘이다.

레스토랑에서 내 이름으로 나가는 요리는 항상 '나의 요리'라고
불린다. 하지만 진짜로는 그렇지 않다. 나 혼자 만든 요리는
하나도 없다. 그 접시에는 재료를 손질한 사람, 불의 온도를
정확히 맞춘 사람, 소스를 완벽히 준비한 사람 모두의 손길이
담겨 있다. 주방은 축구 경기에 비유할 수 있다. 공격수가 골을
넣는 순간만큼 중요한 것은 그 전에 수비와 미드필더들이 만든

패스 플레이다. 혼자만의 드리블로는 절대 골을 넣을 수 없다.

팀워크의 진짜 의미를 깨달은 건 '퍼 세'의 주방에서였다.

정확한 지시, 빠른 응답, 그리고 단 한 번의 실수도 허락하지

않는 긴장감이 흐르는 그곳에는 오래된 규율과 언어[1]가 있었다.

계급이 명확한 구조임을 알려주는, 브리가드 Brigade.

모든 것을 제자리에 두는, 미장 플라스 Mise en place[2].

존중과 약속의 말, 위 셰프 Oui Chef[3].

하루는 언제나 이 한마디로 시작되었다.

"Mise en place!"

칼은 잘 닦여 있고, 소스는 온도를 지키며, 어떤 그릇에

담아서 나갈지까지 정해져 있다. 이것은 단순한 준비가 아니라

마음가짐이다. 서비스가 시작되면 언어는 리듬이 된다.

"table 12 Fire[4]."

"Pick up![5]"

[1] 부록 ❸ 참조

[2] '모든 것을 제자리에'라는 의미의 프랑스어. 조리 시작 전 재료, 도구, 정신 상태까지
완벽하게 준비된 상태를 의미한다.

[3] "예, 셰프!"라는 의미의 프랑스어. 상급자에 대한 존중과 명령 수행의 약속을 함께
담은 말이다.

[4] 12번 테이블 요리 시작!

[5] 완성된 요리를 패스로 올리라는 신호

"All day, five scallops![6]"

짧은 명령어들이 오케스트라의 박자처럼 주방을 움직인다.
그 사이를 흐르는 건 단어가 아니라 호흡이다. 좁은 공간에서
"Behind!(뒤에 있어요)", "Hot!(뜨거워요)", "Corner!(코너 돕니다)" 같은
말은 수많은 화상을 막아준다. 때로는 누군가 "86 Wagyu[7]!"를
외치기도 한다.

순간, 주방 전체가 짧은 침묵에 잠긴다. 단 한 문장이 하루의
균형을 바꾼다. 패스 위에서는 모든 접시가 마지막 심사를
받는다. 셰프는 향과 색을 확인하고, 음식의 온도를 손끝으로
느낀다. 그 접시가 홀로 나가는 순간, 이따금 마치 아이를
세상으로 떠나보내는 마음이 들기도 한다.

"Service!"

이 한마디로 주방의 공기가 달라진다. 눈빛이 바뀌고, 말의
속도가 달라진다. 그 순간부터 단 한 접시의 실수도 용납되지
않는다. 모든 에너지가 손님을 향해 한 방향으로 흐른다.
하루의 시작과 끝에는 늘 패밀리 밀Family Meal[8]이 있다.

---

6 지금까지 총 5개의 가리비 요리 주문이 들어왔다는 신호

7 와규 품절. 86(Eighty-six)은 오늘은 더 이상 제공 불가를 의미한다.

8 서비스 시작 전 혹은 종료 후, 주방·홀 직원 모두가 함께 먹는 식사

누군가 남은 재료로 파스타를 만들면 모두가 잠시 앉아 함께 먹는다. 짧은 시간 동안 주방의 모든 계급이 사라지고, 오직 사람만 남는다. 긴장된 근무 속에서도 '같은 팀'이라는 연결이 느껴지는 시간이다.

뉴욕의 레스토랑은 빠르고 경쟁적이다. 그 안에서의 팀워크는 단지 신뢰가 아니라 생존의 문제다. 팀워크란 그저 도와주는 게 아니라 내 역할에 충실하면서도 다른 사람의 역할에 언제든 개입할 준비가 되어 있는 것이다. 이때 중요한 것은 책임을 묻는 것이 아니라 상황을 해결하려는 태도다.

한 접시의 요리는 그 자체로 이야기를 담는다.

손질된 재료, 조리된 소스, 장식된 플레이팅은 각각의 과정이 모여 하나의 완성된 작품이 된다. 작품이 진짜로 빛나는 순간은 그 안에 담긴 팀워크의 흔적이 느껴질 때다. 주방에서 서로를 위해 손을 내밀고, 기회를 주고받으며 만들어낸 요리는 단순한 맛 이상으로 감동을 준다.

뉴욕의 밤이 깊어지고 서비스가 끝난 후, 주방에서는 종종 서로의 어깨를 두드리며 하루를 마무리한다. 그 짧은 순간이 주는 감동은 크다. 우리가 함께했기에 이 모든 것이 가능했다는 것을 그때마다 새삼 깨닫는다. 팀워크는 요리의 재료가 될 수 없지만, 없으면 절대 완성되지 않는 비밀의 숨은 재료다.

요리는 한 명이 하는 것이 아니다. 함께 걸어온 순간들이 담긴
접시가 진짜 요리다. 팀워크는 단지 기술적 협력이 아니라 함께
꾸는 꿈을 현실로 만드는 과정이다.
"우리는 함께할 때 가장 강하다.
그리고 함께일 때 가장 창의적이다."

레쥬메에
나와 있지 않은 것

;

주방은 겉으로 보면 기술이 모든 것을 좌우하는 세계 같다.
칼질은 얼마나 빠른지, 불은 얼마나 정확히 다루는지,
플레이팅은 얼마나 예술적인지. 하지만 주방을 오래 경험하다
보면 알게 된다. 기술은 기본일 뿐, 사람을 결정짓는 건 훨씬 더
미묘한 것들이다. 칼을 잘 쓰는 사람은 많다. 그러나 주방에서
진짜로 필요한 사람은 칼끝이 날카로운 만큼 생각과 태도도
날카로운 사람이다.
나는 사람을 볼 때 레쥬메만 유심히 보지는 않는다. 유명
레스토랑에서 근무했다는 경력은 보너스일 수 있지만, 그것이
곧바로 성공으로 이어지지는 않는다. 오히려 내가 진짜 궁금한

건 그 레쥬메 이면의 이야기 또는 숨겨진 공백이다. 공백이 있는 사람은 대개 그 사이에 뭔가 중요한 것을 경험했다. 그 공백 동안 그들이 어떤 실패를 겪고 무엇을 배웠는지 듣고 싶다. 그 이야기가 내게는 레스토랑의 이름보다 더 귀중하다.

한 번은 유명 요리학교를 졸업하고 미쉐린 스타 레스토랑에서 일했던 지원자가 면접에 왔다. 그의 이력은 완벽에 가까웠다. 하지만 면접을 진행할수록 나는 그의 대답에서 삶의 굴곡이 전혀 느껴지지 않는다는 점이 걸렸다. 그는 모든 것이 순조로웠고, 실수는 거의 없었으며, 실패해본 적도 별로 없다고 말했다. 그 순간 나는 속으로 생각했다.

'음, 이건 좀 위험할 수 있겠군.'

요리라는 것은 실패와 함께 가는 것이다. 소금 간을 조금 잘못해서 요리를 망치기도 하고, 새로운 소스를 개발하다가 수십 번 맛없게 나오는 경우도 다반사다. 한 번도 망가져 본 적이 없는 사람은 위기에 닥쳤을 때 무너질 확률이 높다. 실패를 통해 자신을 단단히 단련한 사람은 위기에서도 대처할 줄 안다. 실패가 없는 사람보다 실패에서 살아남은 사람이 훨씬 믿음직스럽다. 조금 과장을 보태면, 완벽한 사람보다 '망가진 적 있는 사람'이 더 낫다고나 할까.

"가장 크게 실패했던 순간은 언제였나요?"

이 질문에 눈을 피하거나 겉치레 같은 답을 하는 사람은 패스다.

하지만 자신이 실수했던 날의 구체적인 상황과 감정을 생생히

이야기하는 사람은 대개 좋은 결과를 낸다.

실패를 솔직히 인정하고 거기서 얻은 교훈을 말할 수 있는

사람은 이미 반은 합격이다.

나는 가끔 이렇게 말한다.

"기술은 단기 계약이고, 태도는 장기 계약이다."

주방에서 기술은 얼마든지 가르칠 수 있다. 요리에 필요한

기술은 반복적인 훈련과 경험을 통해 얼마든지 익힐 수 있다.

하지만 태도는 그렇지 않다. 태도는 한 사람의 본질에 가깝다.

그들이 일에 임하는 방식, 문제를 마주하는 방식,

사람과 소통하는 방식이 바로 태도에서 나온다.

예를 들어, 주방이 바쁠 때 내는 작은 한숨 소리도 나는 놓치지

않는다. 그 한숨은 단순한 피로의 표현일 수도 있지만, 종종 그

사람의 기본적인 태도를 드러낸다. 어려움 앞에서 숨을 고르고

다시 도전하는 사람과 불평부터 시작하는 사람은 천지 차이다.

요리는 종종 예상치 못한 문제에 부딪힌다. 재료가 제대로

배송되지 않거나, 갑자기 불이 꺼지는 등 변수가 많다.

그때 중요한 건 그 문제를 어떻게 바라보느냐다.

한 번은 초보 셰프가 플레이트를 손에서 떨어뜨린 적이

있었다. 접시는 산산조각이 났고, 그 안에 있던 요리는 바닥에
쏟아졌다. 그때 그는 바닥을 본 채 한참 동안 움직이지 않았다.
나는 그가 스스로 일어나기를 기다렸다.

그러다 결국 그가 입을 열었다.

"다시 만들겠습니다."

그 한마디가 모든 걸 말해줬다. 그는 변명하지 않았고,
다른 사람에게 책임을 돌리지도 않았다. 이런 태도가 얼마나
우리에게 믿음을 주었는지 당사자도 몰랐을 것이다.

좋은 셰프가 갖춰야 할 태도엔 여러 가지가 있지만 겸손을
빼놓을 수는 없을 것이다. 겸손은 요리 세계에서 가장 고귀한
태도 중 하나다. 셰프가 요리사로서 성장하는 데 있어서 필요한
것은 끊임없이 배우는 자세인데, 그 배움은 자신이 완벽하지
않다는 사실을 인정할 때 비로소 가능하다.

한 번은 주니어 셰프가 조심스럽게 물었다.

"언제쯤이면 완벽한 셰프가 될 수 있나요?"

나는 웃으며 대답했다.

"그날은 오지 않을 거야. 하지만 그게 좋은 거지."

내가 보는 진짜 좋은 셰프는 자신의 한계를 아는 사람이다.
완벽하려고 애쓰면 오히려 쉽게 무너진다. 그러나 자신의
부족함을 인정하고 주변에서 배우려는 사람은 끝없이

성장한다.

그것은 단지 요리에 국한되지 않는다.

새로운 문화, 새로운 맛, 새로운 사람과의 협업에서 배우는 것을
주저하지 않는 사람만이 앞으로 나아간다.

"실패했을 때 다시 일어설 수 있는가?"

"다른 사람과 함께할 준비가 되어 있는가?"

나는 이 두 가지 질문이 가장 중요하다고 생각한다.

요리 실력은 그다음이다. 혼자서 아무리 잘하는 사람이라도
팀을 혼란스럽게 한다면 그 사람은 주방의 위험 요소일 뿐이다.

셰프는 요리라는 언어로 소통하는 사람이다. 요리는 혼자의
무대가 아니라 함께 만들어가는 예술이기 때문이다.

요리를 대하는 방식은 삶을 대하는 방식과 다르지 않다.

많은 셰프에게 누구와 일하고 싶냐고 물으면 공통된 대답을
할 것이다.

요리에만 집착하지 않는 사람,

실패를 경험하고도 거기서 배운 것을

새로운 도전으로 바꾸는 사람,

남과 비교하지 않고 어제의 자신과 경쟁하는 사람,

그리고 무엇보다 겸손하게 배우고 나누는 사람.

이런 사람이라면 누구라도 주방의 문을 활짝 열어줄 것이다.

레시피보다 중요한 것은
사람이다。

레시피에도 없는
재료

;

레시피는 정확한 매뉴얼과 같다. 하지만 레시피는 그저
시작일 뿐, 완벽한 결과를 보장하지 않는다. 주방에서의 진짜
완벽은 레시피에서 나오지 않는다. 사람의 직감과 판단력에서
나온다. 나는 레시피에 충실한 편이지만 그게 전부는 아니라고
생각한다. 레시피대로 모든 걸 준비해도 어딘가 이상한 순간을
맞닥뜨릴 때가 있다. 그럴 때 중요한 건 뭘까? 눈앞의 문제에
"왜 레시피대로 안 되지?" 하고 당황하는 건 아닐 것이다. 오히려
레시피를 잊고 상황을 재해석할 수 있는 유연함이 필요하다.
오래전 호텔에서 아르바이트를 할 때의 일이다.

한 번은 프랑스식 소스를 만들다가 실패한 적이 있었다.

레시피대로 정확히 했는데도 소스가 너무 묽어졌다.

나는 머리를 긁적이며 말했다.

"분명히 레시피 그대로 했는데요."

그는 소스를 한 번 맛보고 곧바로 냄비에 생크림을 더하고 불을
조금 세게 했다. 그러곤 이렇게 말했다.

"레시피는 가이드일 뿐 완벽한 성전이 아니야.

상황에 맞게 바꿔야지."

5분 뒤 소스는 완벽하게 만들어졌다. 그날 아주 중요한
교훈을 얻었다. 레시피는 문제를 해결해주지 않는다. 문제를
해결하는 건 바로 사람이다. 레시피를 맹신하는 사람은 오히려
요리에 갇힌다. 창의성이 발전할 기회를 갖지 않기 때문이다.
요리는 과학이면서 동시에 예술이다. 과학은 정해진 공식으로
돌아가지만, 예술은 그렇지 않다. 재료마다 다른 이야기가 있고,
그날의 주방 분위기와 사람의 기분까지 맛에 영향을 미친다.
이 모든 변수를 고려하지 않고 레시피에만 의존하는 사람은
언제나 뭔가 빠진 듯한 요리를 내놓는다. 레시피대로 하면
'틀리진 않지만, 특별하지도 않은' 요리가 탄생한다.
그저 무난하고 안전한 결과인 것이다.
한 번은 신입 셰프가 새로 개발한 소스 레시피를 들고 왔다.

그는 그 레시피가 "완벽히 계산된 결과예요"라며 자랑했다.

나는 그 소스를 요리에 사용해봤다. 맛은 나쁘지 않았다.

그런데 어딘가 밋밋했다.

"이 소스에 네가 넣고 싶었지만 레시피 때문에 넣지 않은

재료가 있지 않냐?"

그는 잠시 고민하다가 고백했다.

"사실… 레몬즙을 조금 넣고 싶었는데, 레시피엔 없어서

빼버렸습니다."

"레시피가 네 창의성을 제한할 때는 그걸 찢어버려도 괜찮아."

그는 소스에 레몬즙을 추가했고 결과는 놀라웠다. 그 작은

변화가 요리 전체에 생명을 불어넣었다. 레시피는 기본적으로

가이드를 제공할 뿐이지, 모든 답을 주지 않는다. 답을 주는

것은 재료의 상태를 감지하고 거기에 맞게 판단하는 사람이다.

뉴욕의 레스토랑들은 같은 메뉴를 매일 반복하지만, 매일

맛이 같을 수는 없다. 왜냐하면 재료는 매일 변하고, 주방의

공기도 다르기 때문이다. 여기서 중요한 건 변화를 읽는 세프의

능력이다. 레시피가 아니라 사람만이 변화에 적응할 수 있다.

예를 들어, 어느 날 아침에 배송된 토마토가 예상보다

덜 익었을 때, 레시피는 아무런 답을 주지 않는다. 그 대신

세프의 감각이 필요하다. 토마토가 덜 익었으면 조금 더 익히는

시간을 늘리거나, 다른 방법으로 산미를 보완해야 한다. 그것은
그 순간의 판단에서 나오는 것이지 레시피에는 없다. 그렇기에
주방에서 진짜 중요한 질문은 이것이다.

"지금 이 순간, 가장 맛있는 결과를 낼 방법은 무엇인가?"
레시피가 아니라 사람의 경험과 창의성이 그 답을 제공한다.
때로는 불을 조금 낮추는 것이 답이고, 때로는 간을 조금
더해야 한다. 그런 작은 선택들이 쌓여서 완벽에 가까워지는
것이다. 레시피에는 결코 기록될 수 없는 중요한 재료가 있다.
그것은 바로 사람의 감각과 용기다.

용기는 셰프라면 반드시 키워야 하는 덕목이다. 새로운 재료를
시도하거나 기존 레시피를 과감히 변경하는 것은 용기가 있어야
가능하다. 레시피만 믿고 있다면 새로운 시도를 두려워하게
된다. 하지만 주방에서의 진짜 재미는 실패에서 나온다.
실패를 두려워하지 않는 사람은 레시피에 갇히지 않는다.
나는 종종 팀원들에게 말한다.

"네가 실수하지 않으면 네 요리는 지루해질 거야.
실수해야 배울 게 생긴다."
레시피는 완벽하지 않지만, 사람이 완벽을 만들어낼 수 있는
이유는 바로 실패를 통해 성장할 수 있기 때문이다. 실수 없이
성공하는 레시피는 없고, 그 실수에서 배운 사람만이 다음

단계의 맛을 완성한다. 결국 주방에서 가장 중요한 재료는
레시피가 아니라 그 레시피를 읽고 변형시킬 줄 아는 사람이다.
사람의 직감, 경험, 그리고 용기가 바로 그 차이를 만든다.
그래서 나는 오늘도 새로운 지원자를 만나면 묻는다.
"레시피가 틀렸을 때 어떻게 할 건가요?"
그 질문에 자신 있게 대답하는 사람은 진짜 셰프가 될 준비가
된 것이다. 그들이야말로 요리를 움직이는 진짜 힘이다.

좋은 셰프는
자신만의 '맛 라이브러리'를 갖고 있다
;

"이건 이론서에 나와 있지 않아.
맛을 느끼는 건 책으로 배울 수 없어."
이 말을 듣는다면 무척 당황스러울 것이다. 처음 요리를 시작할
땐 요리가 과학처럼 보인다. 온도, 시간, 계량된 재료, 이 모든
것이 정확해야 맛있을 거라고 믿는다. 하지만 주방에서 오래
일하다 보면 깨닫는다. 그런 공식은 한계가 있다는 것을.
맛이란 단순히 혀 위에서 느껴지는 자극이 아니다. 맛은 사람의
경험과 감각이 층층이 쌓인 결과물이다. 이 감각은 재료를

만지는 순간부터 시작된다. 레시피에 '토마토 150g'이라고 쓰여
있어도 토마토의 상태를 한 번도 손으로 느껴보지 않은 사람은
이 숫자의 의미를 이해할 수 없다. 물컹한 토마토와 단단한
토마토는 완전히 다른 요리를 만든다. 이런 차이를 눈치채는 건
오직 경험과 감각이 축적된 사람만의 특권이다.

나는 신입 셰프들에게 종종 이런 실험을 시킨다. 같은 재료로
소스를 만들게 하고, 모든 과정을 똑같이 맞추라고 지시한다.
시간, 온도, 계량까지 정확히 똑같이. 그런데도 나온 결과는
매번 다르다. 어떤 소스는 깊은 맛이 있고, 어떤 것은 밋밋하다.
그 차이가 어디서 오는 것이냐고 물으면 대부분은 당황한다.
하지만 그 차이는 미세한 감각의 차이에서 온다.

불 조절을 하는 10초의 미묘한 차이, 손목의 작은 힘 조절,
마지막 소금을 뿌릴 때의 직감.

이 미묘한 순간들이 바로 '맛의 켜'를 결정짓는다. 마치 나무의
나이테처럼 요리의 맛도 층층이 켜가 쌓인다. 그 층은 단순히
기술이 아니라 반복된 경험 속에서 몸에 밴 감각이다. 한 번은
어느 신입이 오버쿡 된 채소 때문에 크게 당황했다. 그는 급히
물을 더 부어 맛을 보정하려 했다. 나는 그를 멈추고 말했다.
"물을 더하면 더 묽어질 뿐이야. 네 혀로 다시 느껴봐.
지금 필요한 게 정말 물인지."

그는 잠시 멈춰 다시 맛을 보더니 말했다.

"아뇨, 소금과 레몬즙이 조금 필요해요."

그 순간 그는 자신의 감각을 믿기 시작했다. 좋은 셰프는 자신만의 '맛 라이브러리'를 가지고 있다. 단순히 소금을 얼마나 넣는지에 관한 것이 아니라, 특정 재료가 어떤 상황에서 어떻게 반응하는지를 기억하는 것이다. 예를 들어, 감자는 삶는 시간에 따라 맛이 달라진다. 12분간 삶으면 부드러운 퓌레에 적합하지만, 10분간 삶으면 바삭한 감자 구이에 더 적합하다. 이 미세한 차이를 느끼는 능력이 바로 감각의 차이다.

이 라이브러리는 단순히 맛본 결과를 저장하는 게 아니라 그때의 상황, 환경, 그리고 실패의 경험까지 기억하는 것이다. 한 번은 그릴에서 고기를 과하게 익혀 질기게 만든 적이 있었다. 그날의 교훈은 단순했다.

"고기는 불이 아니라, 기다림이 요리하는 것이다."

이 교훈은 다음번에 내가 고기를 굽는 순간 즉각적으로 떠올랐다. 경험이란 이처럼 요리의 '자동 교정 시스템'이다. 요리할 때 실패는 성장의 필수 조건이다. 나는 후배들에게 실수를 두려워하지 말라고 늘 말한다. 실수를 통해 감각은 진화한다. 소스를 태워본 사람은 불 조절에 예민해지고, 너무 많은 소금을 넣어 본 사람은 다음부터 손끝에서 간의

적정을 느낀다. 실수 없이 감각이 자라날 수는 없다.

한 번은 감자 퓌레에 소금을 과하게 넣은 후배가 있었다.

그날 그는 크게 좌절했지만, 나는 그가 그날의 실패를 충분히
음미하도록 했다.

"다음엔 네 손끝이 소금의 양을 말해줄 거야."

그다음 요리에서 그는 손에 힘을 빼고 소금을 소량씩 조절하며
넣기 시작했다. 마침내 그는 단 한 번의 맛보기로 완벽한 간을
맞췄다. 그의 감각은 실수 덕분에 발전한 것이다.

맛은 단지 혀로 느끼는 감각이 아니다. 맛은 기억, 경험, 그리고
직관이 결합된 결과물이다. 나는 종종 요리할 때 이 맛이 어떤
이야기를 전달할 수 있을지를 생각한다. 단순한 스테이크가
아니라, 적당히 숙성된 고기의 풍미와 소금과 후추가
만들어내는 감정의 조합을. 그 맛이 사람들의 기억 속에 남아야
한다는 것이다.

재료의 소리를 듣고, 맛을 기억하며, 순간에 적응할 줄 아는
경험과 감각이 진짜 요리를 만든다. 이 모든 감각의 층이 켜켜이
쌓여 마침내 하나의 완벽한 접시가 된다. 그리고 그 접시는
단순히 기술이 아니라 셰프라는 사람이 걸어온 모든 경험의
축적물이다. 맛있게 실패하는 것. 실패한 경험은 감각의 켜가
되어 다음 요리에서 우리를 구원할 것이다. 셰프가 요리를

만드는 게 아니라, 감각이 쌓인 경험이 요리를 완성한다.

**셰프의 주방은
무엇으로 만들어지는가**

;

셰프로서 가장 자주 느끼는 건 사람 사이의 에너지가 요리의
맛에 스며든다는 것이다. '이게 무슨 소 풀 뜯어먹는 소리'냐고
할지도 모르지만, 진짜 그렇다. 아무리 기술적으로 완벽한
요리를 내놔도 그 주방에 인간적인 온기가 없다면 요리에서
그 온기가 빠진다. 고객은 그걸 정확히 알아차린다. 왜냐하면
음식은 단순한 영양 공급이 아니라 감정이 깃든 결과물이기
때문이다.

뉴욕의 바쁜 주방에서 한 접시가 나오기까지는 수많은 과정이
있다. 재료 손질, 소스 준비, 불 조절, 플레이팅. 그리고
그 과정마다 사람과 사람 사이의 작은 소통들이 숨겨져 있다.
"그 소스 아직 준비 안 됐어?", "가니쉬 더 필요해!"처럼 짧고
명령처럼 들리는 말들 속에도 감정이 담겨 있다. 말투 하나가
주방의 공기를 바꾼다.

내가 처음 뉴욕의 주방에 들어섰을 때 가장 놀랐던 건

‘요리 기술’이라기보다 ‘주방의 분위기’였다. 팀이 서로를 믿고 신뢰하는 주방에서는 작은 실수도 금방 복구된다.

반대로 서로가 날을 세우고 있으면 그 작은 실수는 걷잡을 수 없는 혼란으로 번진다. 같은 재료와 레시피로 요리해도 결과는 완전히 달라진다.

한 번은 바쁜 저녁 시간에 신입 셰프가 소스 팬을 떨어뜨려 바닥을 엉망으로 만든 적이 있었다. 그날 주방이 조금 예민해져 있었는데, 소리를 지를 법도 한 상황에서 옆에 있던 주니어 셰프가 조용히 다가와 닦아주며 말했다.

“괜찮아, 그냥 다시 하면 돼.”

그 한마디가 주방 전체의 공기를 바꿨다. 불편했던 기류가 금방 사라졌고, 모든 사람이 다시 집중할 수 있었다.

결국 요리는 팀워크와 신뢰에서 완성되는 것이다.

좋은 팀은 ‘말하지 않아도’ 통한다. 좋은 주방 팀은 마치 오케스트라 같다. 각자의 파트가 따로 놀지 않고 하나의 흐름으로 맞물린다. 오케스트라의 지휘자가 모든 악기의 소리를 직접 내지 않는 것처럼, 주방에서도 한 사람의 지시로 모든 것이 돌아가진 않는다. 서로의 호흡과 흐름을 읽는 것이 진짜 팀워크다.

어떤 셰프는 종종 주방에서 일부러 작은 테스트를 하기도 한다.

일부러 한 명에게 긴급한 상황을 만들어보고, 다른 팀원이 그것을 어떻게 대처하는지 지켜보는 것이다. 예를 들면 이런 식이다. 일부러 소스 담당에게 소스를 조금 늦게 준비시킨다. 그러면 바로 옆의 파스타 셰프는 눈치를 채고 파스타 면을 30초 늦게 꺼낸다. 서로 말 한마디 하지 않았지만, 완벽히 조율된 결과를 만들어낸 것이다. 그들이 나누는 대화는 말이 아니라 직감이었다. 이 직감은 하루아침에 생기는 게 아니다. 오랜 시간 동안 함께 일하고, 서로의 실수와 강점을 이해할 때 가능하다. 주방은 말로만 돌아가는 곳이 아니다. 사람 사이의 신뢰와 감각이 중요한 소통 수단이다.

비난은 순간을 망치고, 배려는 결과를 완성한다. 주방에서 비난이 오가기 시작하면 그날의 요리는 끝났다고 봐도 무방하다. 사실 부끄럽지만 한 가지 고백을 하자면 나도 성질머리로는 절대 누구에게 기죽지 않은 편이었다. 오죽하면 별명이 '악마 셰프'였겠는가. 한 치의 실수도 용납하지 않았고, 마음에 들지 않으면 "당장 나가!"라고 소리쳤다. 한번은 요리가 계속 늦어지는 날이 있었다. 신경이 곤두선 나머지 무심결에 소리를 질렀다.

"정신 안 차려? 이럴 거면 다 그만둬!!!"

분위기가 급격히 얼어붙었다. 긴장한 팀원들은 더 많은 실수를 했고, 그날 서비스는 엉망이었다. 그날 밤 나는 깨달았다.
주방에서 리더는 결과를 지시하는 사람이 아니라 분위기를
조율하는 사람이어야 한다는 것을. 배려는 단지 서로 돕는
게 아니라, 상대방이 최대한 자신의 능력을 발휘할 수 있도록
환경을 만들어주는 것이다. 그날 이후 나는 팀원들에게 실수가
나왔을 때 "이 실수는 어떻게 함께 해결할 수 있을까?"라는
질문을 던지기 시작했다. 그 질문 하나만으로도 팀원들은
자신의 문제를 스스로 해결하고 다음번엔 더 나은 결과를
내놓았다.

음식은 관계의 산물이다. 고객이 레스토랑에서 먹는 요리는
단순한 재료들의 조합이 아니다. 그 요리는 사람 사이의
신뢰와 호흡이 담긴 산물이다. 잘 돌아가는 주방에서는
서로가 서로에게 동반자가 된다. 누군가 한 발짝 느려지면
다른 사람이 옆에서 그 빈틈을 메운다. 이 과정에서 중요한
것은 서로를 판단하지 않는 것이다. 요리는 판단이 아니라
이해에서 시작된다.

한 번은 새로운 온 팀원이 레시피를 착각해 다른 소스를 사용한
적이 있었다. 그가 실수라고 깨닫고 얼굴이 빨개지기 시작했을
때, 나는 말했다.

"이걸 완전 새로운 메뉴로 만들어보자."

우리는 즉석에서 소스를 보완하고 플레이팅을 새롭게
구성했다. 결과는? 고객이 그날 그 메뉴를 가장 맛있었다며
칭찬했다. 그것은 단지 맛의 문제가 아니라 주방에서 서로를
믿고 기회를 준 결과였다.
주방에서의 인간적 연결은 요리의 온도를 결정한다.
냉랭한 주방에서는 완벽한 요리가 나오지 않는다.
온기가 있는 주방에서만 진짜 맛있는 음식이 탄생한다.
"셰프의 손은 요리를 만들지만,
셰프의 마음은 요리를 특별하게 한다."
요리는 혼자 하는 것이 아니다. 요리는 함께하는 사람들의
관계가 만든다. 인간적 연결은 주방의 숨겨진 양념이고,
그 양념이 빠지면 요리는 심장이 없는 것처럼 공허해진다.
요리를 만들 때 옆에 있는 사람을 잊지 않아야 하는 이유다.
결국, 그 관계가 요리의 진짜 맛을 결정할 테니까.

**세계 최고의
레시피**

;

셰프의 세계에는 오래된 농담이 있다.

"완벽한 셰프는 어디 있느냐고? 거울 속에 없다는 게 문제야."

누구나 처음엔 스스로를 완벽하다고 믿고 싶어 한다. 나도 그랬다. 내 실력을 믿었고, 모든 걸 해결할 수 있다고 생각했다. 칼질, 소스 만들기, 플레이팅까지 모두 내 손을 거쳐야 안심이 되었다. 누군가가 소금을 뿌리기만 해도 내가 옆에서 체크했다. 주방에 들어오는 모든 접시는 내 허락을 받아야 나갈 수 있었다. 결과는 말할 것도 없다. 정신이 아찔할 정도의 실패였다. 하루 종일 주방을 뛰어다니다가 일이 끝나면 쓰러져 잠들기 일쑤였다. 그때 깨달았다. 요리의 완벽은 내 손에서 나오지 않고, 함께하는 사람들의 성장에서 나온다는 것을. 이런 경험을 한 후엔 혼자 다 할 수 있다는 후배에게 이렇게 말해준다.

"너 혼자 다 할 수 있다고? 그럼 너 혼자 망해봐."

자신을 믿는 것만큼, 팀원들을 믿는 것은 중요하다. 자율권도 줄 줄 알아야 한다. 물론 초반엔 작은 실수가 잦을 수도 있다. 하지만 시간이 지날수록 그들은 스스로 문제를 해결하고 더 나은 선택을 하기 시작한다. 사람은 맡겨진 책임만큼 자란다. 실수는 성장을 위한 재료인 것이다.

나는 실수에 대해 단호하지만, 그 단호함의 방향은 다르다. "실수하지 말라"는 게 아니라, "실수에서 배우라"는 것이다.

주방에서의 실수는 당연하다. 하지만 실수를 반복하는 건 문제다. 그래서 나는 실수한 팀원에게 항상 묻는다.

"뭘 잘못했는지 알아?" 그리고 이어서 묻는다. "그걸 고치려면 뭘 해야 할까?" 그들이 답을 모르면 나는 알려주지만, 가능하면 스스로 깨닫게 한다. 왜냐하면 스스로 찾아낸 교훈은 오래 기억되기 때문이다.

한 번은 소스 담당 셰프가 소금과 설탕을 착각해 완전히 망가진 소스를 내놓은 적이 있었다. 나는 그 소스를 한 입 먹고는 바로 물을 마시며 말했다.

"야, 이거 디저트로 내놓으면 되겠다."

그는 머쓱하게 웃으며 고개를 숙였다. 하지만 나는 그 순간을 놓치지 않았다.

"다시 만들어. 이번엔 레시피가 아니라 네 감각을 믿어봐."

두 번째 시도에서 그는 훨씬 나아진 소스를 만들었다. 그날의 실수는 그를 더 단단하게 만들어주었고, 그 이후로 그는 소스에 관해서는 누구보다 뛰어난 감각을 갖게 되었다.

주방은 마치 작은 사회 같다. 각자의 역할이 있고, 서로의 기여가 없다면 한 접시는 완성될 수 없다. 좋은 리더는 혼자 빛나는 별이 아니라 주변 사람들을 밝히는 태양이어야 한다. 주방에서도 마찬가지다. 팀원들이 빛나야 그 요리도 빛난다.

좋은 셰프는 자신이 최고라는 걸 증명하지 않고

팀이 최고라는 걸 증명한다.

한 번은 신입 셰프가 플레이팅을 엉망으로 해서 한 접시를

망쳤다. 접시 위에 올린 소스가 마치 도로 위에 쏟아진 수프

같았다. 나는 잠깐 웃음을 참은 뒤 말했다.

"이건 먹을 수 있는 게 아니라 범죄야."

그날 이후 나는 그와 매일 10분씩 플레이팅 연습을 했다.

시간이 지나자 그의 손끝에서 나오는 접시는

예술 작품처럼 정교해졌다.

그런 점에서 최고의 레시피는 사람을 키우는 것이다.

한 명의 훌륭한 셰프가 되기까지 시간이 필요하다. 아무리

훌륭한 셰프라도 초보 시절이 있다. 자주 태우고 때로는 짜고,

때로는 싱겁게 만들 것이다. 하지만 그 과정을 거쳐 진짜 깊은

맛을 내는 셰프가 되어간다. 중요한 건 레시피를 얼마나 잘

지키느냐가 아니라, 그 레시피를 창의적으로 바꿀 줄 아는

사람을 얼마나 키우느냐에 달려 있다. 요리는 함께하는 것이고,

요리를 완성하는 것은 그 과정에서 성장한 사람들이다.

레시피는 바뀔 수 있지만, 사람은 바뀌는 레시피의 중심에 있다.

사 람 을 키 우 는 것 이 곧 최 고 의 요 리 다 .

그 것 이 바 로 주 방 의 진 짜 레 시 피 다 .

뉴욕에서
셰프로 살아남기 。

뉴욕의 주방은
끊임없이 움직인다

;

새벽 배송 트럭이 주차장에 도착하는 순간부터 심야에 마지막 불이 꺼질 때까지, 뉴욕 레스토랑의 주방은 쉬지 않는 심장처럼 뛴다. 가장 먼저 도착하는 건 신선한 채소, 생선, 고기다. 그 재료들은 주방의 첫 번째 시험대에 오른다. "신선한가?" "오늘의 버섯은 어제와 다른가?" 그 판단이 몇 초 안에 끝나야 한다. 여기서 망설이면, 그날의 흐름은 삐걱거릴 것이다.

시간은 적고 할 일은 많다. 여유롭게 재료를 손질하거나 커피 한 잔 마실 시간은 없다. 뉴욕의 주방은 '지금 당장' 움직여야만 돌아간다. 설령 메뉴가 미리 계획되어 있다고 해도 예상치 못한

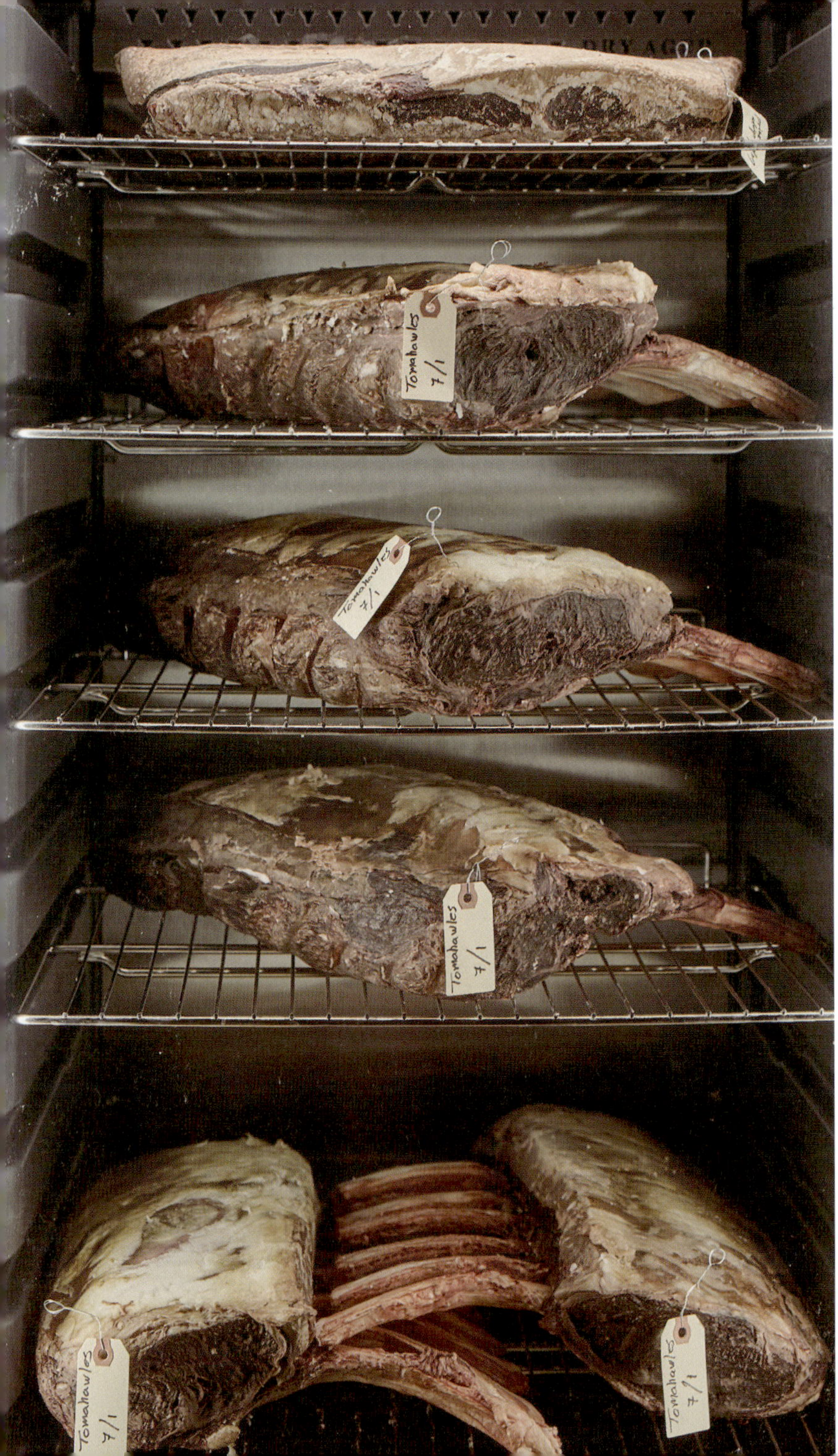
Tomahawks 7/1
Tomahawks 7/1
Tomahawks 7/1
Tomahawks 7/1
Tomahawks 7/1

변수는 끊임없이 발생한다. 갑자기 주문이 몰려오는 순간도
있고, 재료가 부족해 대체할 방법을 찾아야 하는 일도 있다.
계획한 요리를 변경해야 하는 위기 상황도 생긴다.
50명의 디너 파티를 준비하는 날이었다. 주방과 홀은
유기적으로 움직이기에 단 1분의 시간이 지연되는 일이 생겨도
자칫하면 큰일로 번질 수 있었다. 첫 테이블부터 2분 간격으로
12개의 테이블이 연속으로 움직여야 했다. 그날의 메인은
오리고기였고 준비한 대로 오븐에 넣어둔 상태였다. 오리고기가
오븐에서 나오는 순간의 공기 온도까지 계산하기 마련인데,
오븐에서 꺼내기도 전에 뭔가 잘못되었다는 것을 직감했다.
냄새가 이상했다. 조금의 망설임도 없이 바로 오븐을 열었다.
오버쿡overcook이었다. 겉은 과하게 익은 데다 지방층이 타서
단단했다. 그런데 문제는 그것만이 아니었다.
"셰프, 소스에⋯ 문제가 생겼습니다."
고개를 돌리자, 바닥 위로 흘러내린 자줏빛 자국이 보였다.
복분자 리덕션 베이스가 담긴 용기가 깨져 있었다. 오리도,
소스도 둘 다 사라진 것이다!

| 과도하게 조리된 상태. 식감과 맛이 손상될 때가 많다.

그러나 시계는 멈추지 않았다. 홀에서는 이미 첫 코스의 마지막 와인이 나가고 있었다. 이제 와서 갑자기 메인 요리를 바꿀 수도 없었다. 리셋할 수 있는 틈도 없었다. 분명한 사고였다.

“덕 주스[duckjus] 남은 거 어딨어?”

“하프 컨테이너에 있습니다.”

“그걸로 간다. 플란차[2] 달궈. 버터는 많이, 리듀스 강하게[3]!”

주방의 공기가 달라졌다. 누군가는 팬을 데우고, 누군가는 스테이크용 오리를 다시 꺼냈다. 기존에 쓰던 시어링 팬 대신 플란차를 선택한 이유는 시어링 팬은 깊고 집중된 열로 겉면을 바삭하게 굽는 데 유리했지만 플란차를 쓰면 열이 균열하고 표면적이 넓어 수분을 유지하며 균일하게 구워낼 수 있는 장점이 있었기 때문이다. 강하고 넓은 열을 활용해서 오리의 표면을 완벽하게 익히기 위한 선택이었다. 지금은 무엇보다 타이밍이 우선이었다.

“남아 있는 덕 주스 전부 가져와! 복분자 리큐르 병도.”

50인분의 메인을 살릴 수 있는 건 풍미의 깊이뿐이었다. 한두 스푼이 아니라, 팬 두 개 분량이 필요했다.

불 위에서 알코올이 터지고 복분자의 과실 향이 기름과 섞이며 공중에 퍼졌다.

“버터와 리큐르 더 넣어!”

주방은 다시 살아났다. 리덕션이 반으로 줄자, 소스는 어둡고
진해졌다. 복분자의 단맛이 버터를 감싸며 즉석에서 만들어낸
새로운 균형이 완성됐다. 한쪽에서는 새로 준비한 오리고기가
빠르게 구워지고 있었다. 팬 위의 지방이 녹으며 반짝였다.
육즙이 빠져나가지 않게 빠르게 시어링[4]했다.
남은 시간 동안 최선의 결과를 만든 덕분에 서비스의 리듬이
돌아왔다. 처음 계획한 대로는 아니었지만, 즉흥적으로 바꾼
요리는 성공적이었다. 소스의 향은 오묘했고, 색은 깊었으며,
맛은 놀랍게 집중되어 있었다. 비록 완벽하지 않았을지는
모르지만, 분명 맛은 살아 있었다.
"누가 진짜 셰프인지 알고 싶으면 위기 상황에서 보라."
셰프의 일은 언제나 예측 불가능하다. 완벽한 준비는 존재하지
않는다. 언제든 무너질 수 있다. 그 순간 얼마나 빠르게 다시
불을 붙일 수 있느냐가 모든 것을 결정한다.
뉴욕의 주방은 천천히 성장할 여유를 주지 않는다.

1 오리의 육즙을 농축해 만든 소스
2 두껍고 넓은 철판
3 소스나 육수를 센 불에서 오래 졸여서 농도를 강하게 줄이는 것
4 겉면을 단시간에 고온으로 익혀 맛과 향을 극대화하는 요리 기법

그날의 위기를 해결하고 나서야 비로소 다음 날의 새로운
도전에 나설 자격이 생긴다. 이 도시는 그런 식으로 사람을
걸러내고, 강한 사람만이 다음 단계로 나아간다.

뉴욕에서 살아남으려면 절대 기억해야 할 법칙이 있다. "어제의
성공은 오늘의 안전을 보장하지 않는다"라는 점이다. 어제
아무리 완벽한 요리를 만들었어도 오늘은 완전히 새로운
날이다. 고객은 늘 새로움을 기대하고, 주방은 그 기대를 채우기
위해 매일 새롭게 도전해야 한다. 이곳에서는 과거의 영광에
취할 시간이 없다.

퍼 세에서 일할 때의 일이다. "완벽하다"라는 칭찬을 들은
훌륭한 메뉴가 나왔지만, 다음 날엔 다른 메뉴로 교체되었다.
단 하루도 같은 것을 내놓지 않는다는 것이 퍼 세의 원칙이었다.
메뉴는 변형되고 발전되어야 한다. 메인디쉬는 물론 소스,
가니쉬, 플레이팅에도 예외는 없다. 뉴욕 최고의 레스토랑이
가장 싫어하는 것이 있다면 어제의 '완벽'을 오늘의 '진부함'으로
만드는 것이다.

뉴욕의 주방이 끊임없이 움직이는 이유는 도시의 성격 자체
때문이다. 이 도시는 정지된 것을 용납하지 않는다. 거리에
나가면 택시가 끊임없이 경적을 울리고, 길거리 음식이 손에서
손으로 넘어가며, 지하철은 1초도 쉬지 않고 달린다. 뉴욕의

주방은 그 에너지의 작은 축소판이다.

그래서 이곳에서 살아남으려면 멈추지 않는 몸과 유연한
정신이 필요하다. 변수를 싫어하는 사람은 주방에서 살아남지
못한다. 재료가 바뀌면 요리를 바꾸고, 상황이 바뀌면 접근
방식을 바꾸는 사람만이 끝까지 남는다. 뉴욕의 주방은
끊임없이 움직이는 생명체이고, 그 안에서 자신을 증명하는
것이 셰프의 숙명이다.

결국, 뉴욕에서의 생존은 단순한 기술의 문제가 아니다.
끊임없이 변화하는 상황 속에서 언제든 적응할 준비가 되어
있는지의 문제다. 주문이 빗발치는 와중에도 냉정을 잃지
않는 사람, 어제의 실패를 오늘의 교훈으로 삼을 줄 아는 사람,
그리고 무엇보다도 끝까지 움직이는 사람만이 뉴욕의 주방에서
살아남는다. 뉴욕의 주방이 우리에게 매일 던지는 질문은
간단하다.

"오늘도 준비됐어?"
그에 대한 대답은 단 하나뿐이다.
"예스!"

칼질보다

먼저 배워야 할 것

;

뉴욕의 주방에서 살아남으려면 칼질보다 먼저 배워야 할 것이
있다. 바로 태도다. 칼을 아무리 날렵하게 다루고, 불 조절을
정교하게 해도 태도가 엉망이면 그 사람은 오래 버티지 못한다.
뉴욕의 레스토랑은 기술만으로 굴러가는 것이 아니라,
사람과 사람 사이의 신뢰, 협력, 그리고 분위기가 그 핵심이다.
주방은 팀이 제대로 돌아갈 때만 성공할 수 있는 곳이다.
주방의 법칙은 간단하다. 요리를 아무리 잘해도, '함께 일할
만한 가치'가 없으면 아무도 원하지 않는다. 기술은 배울
수 있지만, 태도는 가르치기 어렵다. 오너 셰프로 자신의
레스토랑을 세 개 운영하고 있는 지인에게 들은 이야기이다.
새로 들어온 신입 셰프 한 명이 있었다. 이탈리아에서
요리학교를 수석으로 졸업하고, 미쉐린 스타 레스토랑에서
파트 장을 한 경력이 있었다. 당연히 기대가 컸다. 하지만
몇 주가 지나고 나자 문제가 하나둘씩 드러났다. 그는 다른
팀원이 무언가를 부탁하면 "그건 제 일이 아닙니다"라는 말을
입버릇처럼 했다. 서비스가 바쁜 와중에도 소스를 떨어뜨린
팀원에게 도와줄 생각은커녕 눈길 한 번 주지 않았다.

수 셰프가 그를 불러 물었다.

"너는 주방을 어떻게 생각하니?"

그는 자신만만하게 말했다.

"저는 실력만 있으면 된다고 생각합니다."

이 이야기를 들은 순간 깨달은 것이 있었다. 그는 뉴욕의 주방에서 오래 버티지 못할 것이다. 주방에서는 개인의 실력보다 팀워크가 더 중요하다. 아무리 훌륭한 셰프라도 혼자서는 한 접시도 완벽하게 만들 수 없다. 불 조절, 소스 준비, 플레이팅 등 모든 과정에서 다른 팀원과 협력해야 한다. 실력은 가르칠 수 있지만, 남을 배려하는 태도는 쉽게 바꿀 수 없다. 결국, 그는 얼마 가지 못해 떠나고 말았다고 한다.

주방의 가장 중요한 순간은 누군가 실수를 했을 때 어떻게 반응하는지에서 드러난다. 예를 들어 소스가 탈 때가 있다. 소스를 담당한 셰프가 당황해서 오히려 더 실수를 범하기도 한다. 그때 옆에 있는 사람의 태도가 주방의 분위기를 좌우한다. 비난하거나 소리 지르는 대신 조용히 소스를 함께 바로잡아줄 수 있는 사람이 진짜 팀에 필요한 존재다.

"누군가가 너를 도와주길 바랄 때 넌 뭘 할 거니?"라는 질문에 대한 대답은 간단해야 한다.

"내가 먼저 돕겠다."

프렌치 레스토랑에서 아르바이트를 하던 때의 일이다. 바쁜 금요일 저녁, 파스타 담당 셰프가 재료를 넘겨받는 걸 깜빡했다. 그는 눈에 띄게 당황하며 냄비를 연신 뒤적거렸다. 옆에 있던 소스 담당 셰프는 아무 말 없이 가니쉬를 가져와 빠르게 상황을 정리해줬다. 나중에 물어봤더니 이렇게 대답했다.

"우리 모두 바쁘니까, 도와줘야죠. 그게 안 되면 다 망해요."

그날 우리는 시간 안에 모든 주문을 소화했고, 주방의 팀워크는 더 단단해졌다. 그때 확신했다. 진짜 셰프는 기술로 평가되는 게 아니라 태도로 평가된다고. 뉴욕의 주방은 시계처럼 정확히 돌아가야 한다고들 한다. 주문이 들어오고, 재료가 준비되며, 요리가 완성되는 과정은 마치 잘 짜인 기계 같아야 한다.

하지만 진실은 다르다. 주방은 기계가 아니라 사람이 움직이는 곳이다. 기계는 고장 나면 부품만 교체하면 되지만, 사람은 다르다. 사람은 기분이 있고, 피로를 느끼고, 실수도 한다. 그래서 뉴욕의 주방에서 살아남으려면 실수를 용납하고 함께 해결할 수 있는 분위기가 필요하다. 불안과 스트레스가 쌓이면 아무리 뛰어난 셰프도 실수를 저지른다. 하지만 옆에 있는 동료가 "괜찮아, 다시 하면 돼"라고 말해주는 순간, 그 실수는 성장의 기회로 바뀐다. 이 작은 한마디가 주방의 성공과 실패를 나누는 결정적인 요소다.

물론 뉴욕의 주방은 철저히 경쟁적이다. 하지만 그 경쟁은
개인 대 개인이 아니라 팀 대 팀의 경쟁이다. 팀워크가 잘
맞는 주방은 단지 요리를 빠르게 내보내는 것을 넘어서 항상
개선하고 발전한다. 서로의 약점을 보완하고, 서로의 장점을
극대화하기 때문이다. 뉴욕의 어떤 레스토랑 주방에서 일하든
한 가지는 반드시 기억하고 있어야 한다.
"여기는 혼자 빛나는 게 목표인 곳이 아니다.
팀과 함께 빛나야 한다."
뉴욕의 주방은 뛰어난 실력을 가진 셰프라도 개인 플레이를
허락하지 않는다. 함께 움직이지 않으면 아무리 뛰어난 셰프도
이 도시에서 오래 버틸 수 없다. 주방은 사람과 사람이 만든
결과물이다. 아무리 기술이 뛰어나도 배려 없는 태도는 주방의
균형을 깨뜨린다. 뉴욕에서 셰프로 살아남고 싶다면 이렇게
물어야 한다.
"당신은 좋은 동료인가?"
이 질문에 자신 있게 "그렇다"라고 답할 수 있는 사람만이
뉴욕의 주방에서 살아남는다.

굶주린 셰프는

나쁜 셰프다

;

뉴욕 주방에서 가장 흔하게 하는 실수가 있다.

"정신없이 일하면 저절로 성공할 거야."

하지만 그건 큰 착각이다. 잘 먹지 못하고, 잠을 줄이고, 무작정
일만 하다 보면 결국 무너진다. 뉴욕의 주방은 체력과 정신력의
싸움이다. 레시피보다 중요한 건 체력 관리라는 우스갯소리도
괜한 말이 아니다. 굶주린 셰프는 나쁜 셰프가 된다.

막바지에 몰려 미친 듯이 바쁘던 날이었다. 점심 식사도 거르고,
커피만 두 잔 들이켜며 버텼다. 저녁 서비스가 시작될 무렵,
머리는 멍하고, 손은 떨리기 시작했다. 내가 직접 준비하던
생선 요리는 익히기도 전에 팬에서 타버렸고, 그걸 수습하려다
소스를 넘치게 했다. 그 순간 옆에 있던 동료가 내 어깨를
툭 치며 말했다.

"너, 점심 안 먹었지?"

그 말에 웃음이 터질 뻔했다. 그는 내 상태를 소스가 넘치는
것만 보고도 단번에 알아챘다. 그날의 교훈은 분명했다. 배고픈
셰프는 실수할 확률이 높다. 몸이 제 기능을 하지 않으면
판단도 흐려지고, 손의 미세한 감각도 무뎌진다. 결국 그날은

동료가 만들어준 샌드위치를 먹고 겨우 정신을 차릴 수 있었다. 잘 먹지 않으면, 주방에서는 끝장이다. 뉴욕 주방에서 무시하기 쉬운 진실 중 하나는 바로 이거다.

"좋은 요리를 하려면 잘 먹어야 한다."

굶은 상태에서 최고 수준의 요리를 기대하는 건, 마라톤 선수가 물 한 모금 없이 뛰겠다는 것과 같다. 잠을 줄인 셰프의 위험한 손끝이란, 직접 경험하지 않으면 모른다. 뉴욕의 주방에서는 종종 이런 광경을 볼 수 있다. 전날 밤늦게까지 일하고도 아침 일찍 출근한 셰프가 눈이 반쯤 감긴 채로 칼질을 하고 있다. 그는 자기가 괜찮다고 생각할지 몰라도, 주방은 거짓말을 받아들이지 않는다. 잘못 자른 고기 한 덩어리, 소금 대신 설탕을 넣는 작은 실수도 모두 피로에서 시작된다.

한 번은 피로에 절어 제대로 자지 못한 팀원이 리소토를 준비하다가 간을 확인하지 않고 고객에게 내보낸 적이 있었다. 그 결과는 참담했다. 소금이 너무 많이 들어가 맛이 엉망이었고, 그날 서비스는 엉망진창이었다. 주방에서 가장 위험한 무기는 날카로운 칼이 아니라, 잠을 못 잔 셰프, 굶주린 셰프다. 그러니 이 말을 기억하자.

"잘 자는 것도 일의 일부다.
제대로 자지 않으면 요리에 집중할 수 없다."

몸이 피곤하면 창의성도 사라진다. 요리는 단순히 기계적인
작업이 아니라 감각과 직관이 필요한 예술이다. 그리고
이 감각은 충분한 휴식과 에너지에서 나온다. 뉴욕의 셰프들은
흔히 "체력이 창의성이다"라는 농담을 한다. 그 의미는 깊다.
체력이 없으면 문제를 해결할 창의적인 아이디어도 나오지
않는다. 새로운 소스를 개발하거나 플레이팅에 변화를 줄 때,
체력적으로 지쳐 있으면 최적의 판단을 내리지 못한다.
잘 쉬지 않으면 주방이 정글처럼 느껴지기 시작한다.
새로운 메뉴를 개발하려고 며칠 밤을 고민하던 시기가 있었다.
레시피 노트를 몇 번이나 뒤적였지만 특별한 아이디어가
떠오르지 않았다. 그러다 결국 모든 걸 내려놓고 일찍 집에
가서 푹 잤다. 다음 날 아침, 커피 한 잔을 마시면서 갑자기
머릿속이 맑아졌고, 오랜 시간 찾지 못했던 아이디어가
떠올랐다.
"전복이지만 전복 같지 않은 전복은 어떨까?"
그 간단한 발상이 바로 특별 메뉴로 탄생했고, 큰 호응을
얻었다. 창의성은 번뜩이는 순간에 오는 게 아니라,
충분한 에너지가 있을 때 자연스럽게 솟아난다.
요리사는 몸이 최고의 컨디션일 때만 진짜로 빛난다.
뉴욕의 주방은 마라톤이다, 스프린트가 아니다. 물론 주문은

폭풍처럼 몰아치고, 레스토랑 평가는 순식간에 내려진다.
하지만 그 안에서 셰프로 살아남는 건 단기 승부가 아니라
장기전이다. 무조건 많이 일하고, 더 빠르게 일하는 것이 답이
아니다. 체력과 정신력을 관리하는 셰프만이 장기적으로
성장할 수 있다. 지금은 몸을 혹사하는 게 가능할지 몰라도,
5년, 10년 후에도 가능하다고 생각하면 커다란 착각에
불과하다.
나에게 최고의 셰프는 요리 기술뿐만 아니라 자기 관리가
철저한 사람이다. 그들은 바쁜 하루를 마치고도 균형 잡힌
식사를 하고, 푹 자고, 다시 새 아침에 최상의 컨디션으로
돌아온다. 결국, 자신을 돌보는 것이 요리를 돌보는 것이다.
잘 먹고, 잘 자고, 자신을 돌보는 것은 단순한 사치가 아니다.
뉴욕의 주방에서 기술은 필요하지만, 체력과 태도는 생존을
결정짓는다.

**뉴욕에서
함께 일할
셰프를
찾습니다**

불 앞의 요리,
빛 뒤의 이야기.

전쟁터의 전사가 되는 것만으로는
부족하다
;

넷플릭스에서 방영된 프로그램 '흑백요리사'는 전 세계의
시청자를 단숨에 사로잡았다. 대조적인 요리 스타일과 철학을
가진 셰프들이 치열한 경쟁을 펼치는 포맷이었다.
경쟁 구도를 보이는 요리 프로그램은 늘 인기가 있었지만,
흑백요리사가 유난히 상상을 초월할 정도의 인기를 끌었던
이유는 단순히 요리쇼를 보여준 게 아니라 셰프들의 고민과
협력, 창의적 해법, 그리고 그 과정에서 생기는 날것 그대로의
스토리를 담아냈기 때문일 것이다.
흑백요리사는 현대 셰프의 성공은 더 이상 맛있는 음식을

만드는 일만으로 결정되지 않는다는 걸 알려준다.

하나의 요리가 탄생하기까지 어떤 과정을 거쳤고, 어떤 인생을 살아왔는지 고객과 대중에게 어떻게 전달하느냐가 중요해진 것이다. 각 셰프가 어떤 생각과 철학을 바탕으로 그 요리를 완성했는지를 심도 있게 다루는 방식에서 시청자들은 그들이 만든 음식을 보고 맛을 상상하는 데서 그치지 않았다.

셰프가 재료를 선택하는 순간부터 요리가 완성되기까지의 모든 과정이 하나의 드라마처럼 소비되었다.

셰프는 이제 주방의 불 앞에서 요리하는 일을 넘어, 카메라의 조명 아래에서 자신의 이야기를 전하는 스토리텔러로 진화해야 한다. 그것이 전부냐고 묻는다면, 결코 아니다.

불이 꺼진 뒤에도 계속되는 이야기가 남아 있다.

그리고 그 이야기야말로 진짜 이야기다.

불과 몇십 년 전만 해도 셰프는 주방 뒤편에 숨은 장인이었다.

칼과 불을 자유자재로 다루는 기술만 있으면 충분했다.

고객들은 요리가 어떻게 만들어졌는지, 누가 만들었는지에는 관심이 없었다. 오로지 맛만 평가받던 시대였다.

셰프는 철저히 주방의 벽 안에서만 존재하는 직업이었다.

하지만 뉴욕의 미식 혁명은 이 패러다임을 바꿨다.

1970~1980년대, 뉴욕의 미식 문화가 폭발적으로 확장되면서

셰프들이 전면에 등장하기 시작했다. 고객들은 단지 맛을 느끼는 것만으로 만족하지 않았다. 그들은 그 요리가 어떤 과정과 철학을 거쳐 탄생했는지에 대한 이야기를 원했다. 이 변화가 오늘날 셰프와 미디어의 필연적 관계를 만들어낸 출발점이다.

오늘날 뉴욕의 셰프는 단순히 주방의 요리사로 머물지 않는다. 그들은 브랜드의 얼굴이자, 요리를 통해 메시지를 전달하는 이야기꾼이다. 고객은 맛있는 음식을 먹으러 오지만 동시에 그 요리 뒤에 숨겨진 철학과 가치를 경험하고 공유하고 싶어 한다. 이런 변화는 요리계의 아카데미상으로 불리는 제임스 비어 어워드의 수상자 에릭 리퍼트 Eric Ripert 같은 스타 셰프들이 성공할 수 있었던 이유와 맞닿아 있다. 리퍼트는 단순히 해산물 요리의 장인이 아니다. 그의 요리에는 바다와 자연에 대한 존중과 지속 가능성이라는 철학이 담겨 있다. 이 철학은 '르 버나딘'을 넘어, 인터뷰와 미디어를 통해 전 세계에 전파되었다.

또 다른 사례로 토마스 켈러를 들 수 있다. 그는 프렌치 클래식 요리를 단순히 계승한 것이 아니라, 자신이 세운 레스토랑을 통해 '한 손님 한 손님을 위한 경험'이라는 철학을 전면에 내세웠다. 그는 "훌륭한 식사는 음식과 와인으로만 완성되지

않는다. 진정한 식사는 감정적 경험이다"라고 말하며, 요리를
통해 인간의 감각과 마음이 연결되는 순간을 추구했다.

이런 점에서 나 역시 켈러에게 깊이 공감한다. 나에게도 요리는
단순히 재료를 다루는 기술이 아니라, 사람의 마음을 다루는
일이다. 불은 재료를 익히지만, 마음은 이야기를 익힌다. 내가
완성하고 싶은 것은 한 접시의 완벽함이 아니라, 그 한 접시를
통해 전해지는 진심이다. 손님이 음식을 통해 미소 짓는 순간,
나의 하루도 완성된다. 그래서 나는 오늘도 다시 불 앞에 선다.
어제보다 더 정성스럽게, 어제보다 더 따뜻하게. 요리는 내게
끝없는 길이지만, 그 길의 끝에는 언제나 같은 진실이 있다.
요리는 결국 나 자신을 표현하는 언어이며, 사람과 사람을
이어주는 가장 따뜻한 대화인 셈이다.

이제 셰프들은 요리 장인에 머물지 않고 문화적 영향력과
메시지를 전달하는 강력한 인플루언서로 자리 잡았다.
뉴욕의 미식 시장에서 살아남기 위해 미디어와 브랜딩은
더 이상 선택이 아니라 필수가 된 것이다.

뉴욕의 경쟁적 환경에서 셰프가 자신의 브랜드를 제대로
구축하지 못하면 쉽게 잊힐 수 있다. 브랜딩은 단지 유명해지기
위한 것이 아니라, 자신의 요리 철학과 가치를 세상에 전달하는
도구라고 생각한다. 소셜 미디어에 올린 한 장의 사진,

요리 프로그램에서의 짧은 인터뷰, 요리책에 담긴 이야기,
이 모든 것이 셰프의 브랜드를 형성하는 것이다.
현대 뉴욕의 셰프는 주방이라는 전쟁터에서 격렬하게 싸우는
전사가 되는 것만으로는 부족하다. 불 위에서 요리를 완성하는
기술자이자, 조명 앞에서 그 요리를 이야기로 풀어낼 수 있는
스토리텔러이며, 빛이 꺼진 뒤에도 묵묵히 자신의 레시피를
쌓아가는 창조자. 그게 바로 셰프의 새로운 정의일 것이다.

셰프의 이야기는
접시 위에만 머물지 않는다

;

하나의 요리가 접시 위에만 머물지 않고 세상 속으로 스며들어
고객과 대화하기 시작할 때, 셰프는 그 자체로 강력한 브랜드가
된다. 대중들은 셰프의 정체성, 철학, 그리고 이야기를 강렬하게
원한다. 셰프라는 개인 브랜드는 단순한 명성이 아니라
철학과 이야기를 통해 구축된다. 고객은 그 브랜드를 통해
셰프가 누구인지, 어떤 가치를 추구하는지 알게 되고, 이는
곧 충성도로 이어진다. 음식과 문화적 정체성을 연결 짓는
스토리텔링을 통해 현대 미식 문화를 이끄는 인물이 된 것이다.

셰프의 브랜드가 탄생하는 가장 강력한 도구 중 하나는 소셜 미디어다. 인스타그램에 올린 한 장의 플레이팅 사진이 전 세계로 퍼져 나가고, 유튜브 영상 하나가 셰프를 대중적 스타로 만들어 준다. 고객들은 단지 레스토랑에서만 요리 경험을 얻는 것이 아니라, 소셜 미디어를 통해 셰프의 일상과 철학에 접근한다.

또한, 유튜브는 셰프들이 요리 과정을 공유하고 요리에 담긴 의미를 시청자들에게 전하는 중요한 플랫폼이다. 요리법을 단순히 알려주는 것을 넘어, 셰프의 경험과 창의적 고민까지 함께 공유하는 것이다. 유명 셰프인 고든 램지는 그의 유튜브 채널에서 단지 레시피를 소개하는 데서 끝나지 않고, 각 요리의 배경과 그가 배웠던 순간들을 함께 나눈다. 이 과정은 고든 램지라는 브랜드가 레스토랑에만 국한되지 않고 디지털 공간에서도 확장되는 원동력이 된다.

브랜딩의 목적은 단순히 대중에게 얼굴을 알리는 것이 아니다. 브랜딩은 고객이 셰프의 철학과 가치를 기억하게 만드는 도구다. 고객은 음식의 맛을 기억하는 것은 물론, 그 요리에 담긴 이야기를 떠올리며 셰프와 정서적으로 연결된다. 디저트를 테이블에 그림처럼 그리는 퍼포먼스나, 초콜릿 풍선을 입으로 터뜨려 먹는 경험 등은 고객에게 미각 이상의 예술적 충격을 남긴다. 이 모든 경험은 미디어와 소셜 네트워크를 통해 전파되며, 셰프의 브랜드 가치는 점점 더 확장된다.

또한, 브랜딩은 실패를 극복하는 데 있어서도 중요한 역할을 한다. 뉴욕의 유명 셰프 중 한 명은 초반에 기대했던 요리가 고객의 혹평을 받으면서 위기에 직면했지만, 미디어를 통해 고객의 피드백을 적극 반영하고 새로운 시도를 시도했다. "실수도 브랜드의 일부로 만들라"는 그의 원칙은 이후 브랜드 충성도를 더욱 강화하는 결과를 낳았다.

브랜딩과 미디어는 더 이상 보조 수단이 아니다. 셰프의 철학을 고객에게 전달하는 필수적 연결고리다. 셰프의 요리는 한 끼 식사로 끝나는 것이 아니라, 대중의 마음속에 남는 기억으로 완성된다. 그리고 그 기억은 소셜 미디어와 디지털 공간을 통해 계속해서 살아 숨 쉬며 브랜드를 강화한다. 뉴욕의 셰프들이 세계적으로 성공할 수 있는 이유는 바로 이 연결고리를 잘 활용했기 때문이다.

필요한 만큼만

'빛'을 이용하라

;

어떤 셰프들은 적극적으로 카메라 앞에 서며 스포트라이트 받는 것을 즐긴다. 그들이 먹고 마시는 것뿐만 아니라 패션, 여행, 자동차 등 라이프 스타일 자체가 미디어에 노출되고 이슈가 된다.

그 반대편에는 오로지 요리의 본질에만 집중하고 싶어 하는 셰프들이 있다. 그들은 세계적인 명성을 가지고 있음에도 불구하고 모든 미디어를 허용하지는 않는다. 인터뷰 요청이 들어와도 자신이 철저히 통제할 수 있는 매체에서만 공개적으로 소통한다.

뉴욕의 한 전통 레스토랑 셰프는 주방 안에 있는 시간 외에는 외부 세계와의 접촉을 철저히 차단한다. 그의 철학은 단순하면서도 강렬하다.

"내 요리는 나와 내 주방에서 끝나야 한다."

이런 철학 덕분에 일부 고객들은 '이곳은 미디어의 허영으로 더럽혀지지 않은 진짜 요리를 맛볼 수 있는 곳'이라며 충성도를 보인다. 그들은 레스토랑을 하나의 '숨겨진 보물'처럼 생각하며, 그 고요함 속에서 오롯이 맛에만 집중하는 것을 즐긴다.

하지만 미디어 시대에 과연 대중과 단절된 채로 오래 버틸 수 있을까? 미디어는 단지 대중을 끌어들이는 도구가 아니라, 레스토랑이 생존할 수 있는 생명선이기도 하다.

특히 젊은 세대의 고객들은 소셜 미디어와 디지털 리뷰를 통해 새로운 맛집을 발견하기 때문에, 미디어와의 단절은 곧 새로운 고객과의 단절을 의미할 수 있다.

뉴욕처럼 경쟁이 치열한 도시에서는 맛이 뛰어나도 사람들의 관심에서 사라지는 순간 생존의 위기를 맞이하기 쉽다.

아무리 훌륭한 요리도 고객의 기억 속에 남지 않으면 금세 잊히기 때문이다. 실제 사례들을 보면, 완전히 거리를 두는 전략은 한계가 분명하다.

미쉐린 스타를 받은 뉴욕의 한 유명 레스토랑 셰프도 인터뷰를 거부하고 소셜 미디어를 무시하는 보수적인 전략을 유지했지만 결국 몇 년 후에 문을 닫고 말았다. '손님이 줄어든 이유는 요리 때문이 아니라 관심에서 멀어진 탓'이라는 분석이 나왔다.

그렇다고 모든 셰프가 소셜 미디어나 미디어 인터뷰에 적극 나서야 한다는 뜻은 아니다. 성공한 셰프들은 미디어와의 절충점을 찾는다. "필요한 만큼만 빛을 이용하라"는 원칙을 세우고, 모든 미디어에 노출되는 것이 아니라 자신의 철학과 맞는 매체만 선택하는 것이다. 어떤 전략을 선택하느냐에는

본인의 선택이겠지만 뉴욕의 치열한 미식 경쟁 속에서 미디어와
거리를 두는 전통적 셰프들이 마주하는 한계는
분명히 있을 것이다.

모든 셰프가 미디어 스타가 될 필요는 없을 것이다. 하지만
미디어와 완전히 등을 돌리는 것은 뉴욕 같은 경쟁적 환경에서
위험한 도전이 될 수 있다. 셰프의 본질은 여전히 불 위에서
요리를 완성하는 데 있지만, 그 요리가 대중에게 기억되기
위해서는 빛 앞에 서는 순간뿐만 아니라 빛이 꺼진 뒤에도
자신의 무기를 갈고 닦는 근성이 필요하다.

대중문화의 중심에 선
셰프의 미래

이제 셰프는 대중문화의 중심에 선 아이콘이 되었다. 그들은
단지 레스토랑에서 요리를 만드는 것에 그치지 않고, 책을
출판하고, 텔레비전에 출연하며, 넷플릭스 다큐멘터리에서
세계를 돌아다니고, 소셜 미디어에서 수백만 명의 팔로워와
소통한다. 셰프라는 직업은 더 이상 뒤에서 일하는 장인이
아니라, 세상과 이야기하는 예술가이자 문화적 메신저로

진화했다. 요리를 먹는 것에서 그치지 않고 셰프가 전달하는
메시지를 체험하고 소비하는 시대가 된 것이다.

셰프가 대중의 사랑을 받고 문화적 아이콘으로 자리 잡으려면
단순히 요리를 잘하는 것만으로는 부족하다. '이야기를 요리'할
몇 가지 조건이 필요하다. 모든 문화 아이콘이 그렇듯, 셰프도
대중에게 강렬한 인상을 남기려면 자신만의 정체성과 철학이
명확해야 한다. 단지 맛있는 요리를 만드는 것이 아니라,
왜 그 요리를 하는지에 대한 철학적 스토리가 필요해진 것이다.
자신의 이야기를 세상과 연결하는 플랫폼을 가져야 한다.

유튜브, 소셜 미디어, 넷플릭스, 요리 서적 등 다양한 매체를
통해 대중과 소통하는 것은 필수다. 그러나 미디어에 과도하게
노출되면 브랜드의 정체성이 희석될 위험이 있다.

결국, 중요한 건 자신만의 균형감일 것이다. 나도 균형감각을
갖기 위해 노력한다.

나는 브랜딩을 단순한 마케팅 도구로만 생각하지는 않는다.
나의 요리 철학과 한국적인 뿌리를 브랜드의 중심에 두는
일이 훨씬 더 중요하기 때문이다. 예를 들어, 코치의 메뉴는
한국 길거리 음식에서 영감을 받았지만, 내가 전하고자 하는
메시지는 '한국 음식을 현대적으로 재해석'하는 데 그치지
않는다. 그래서 요리를 담은 접시마다 어린 시절 한국에서의

기억, 이민자로서의 경험, 그리고 끊임없는 도전을 담기 위한
새로운 시도를 하고 있다.

주방의 불이 셰프의 시작이라면, 미디어의 빛은
셰프의 이.야.기.를 완성하는 무대가 아닐까.

셰프의 철학과 감정은 불 위에서 익어가지만,
그 온기는 미디어를 통해 세상에 전달된다.

미래의 셰프는 맛을 창조하는 사람인 동시에 사람들의 마음에
기억될 이야기를 창조하는 사람이 될 것이다.

**뉴욕에서
함께 일할
셰프를
찾습니다**

레시피는 기본,
창의성이 진짜 무기다。

;

뉴욕은 물처럼 흐르고 불처럼 끓어오르는 도시다. 끊임없이
변화하고 넘치는 에너지로 세계 요리의 판도를 뒤집는
곳이다. 이곳에서 셰프로 인정받고 살아남으려면 단지 잘하는
것만으로는 부족하다. 모든 레시피가 유행처럼 빠르게 소비되고
사라지는 이곳에서는 새로움이 무기다. 전통을 존중하되 그
틀을 깨고 자신만의 스타일로 재해석하는 노력이 필요하다.
남들과 다르지 않으면 금세 잊히고 만다.
뉴욕에서는 하루가 다르게 새로운 레스토랑이 생기고
또 사라진다. 한 해에 수백 개의 레스토랑이 문을 열고,

그중 대부분은 1년도 못 버틴다. 이런 생존 경쟁 속에서 요리의
혁신은 선택이 아니라 필수다. 고객은 항상 새로운 맛을
기대한다. 어제 먹은 음식보다 오늘 먹는 것이 더 특별해야
하고, 새로운 경험을 선사하지 못하면 그 자리는 금세 다른
셰프가 차지한다. 뉴욕의 한 요리 평론가는 이렇게 말했다.
"뉴욕에서 셰프가 하는 일은 단지 맛을 내는 것이 아니다.
그들은 고객에게 매번 새로운 기억을 선물해야 한다."
뉴욕은 다양한 문화가 융합된 도시다. 각국의 전통 요리가
공존하며 충돌하고, 그 충돌에서 창의적인 요리가 탄생한다.
예를 들어, 전통적인 일본식 사시미에 멕시코의 향신료를
결합하거나, 한국 고추장 소스를 프랑스식 소스와 결합하는
식이다. 뉴욕의 고객들은 이런 새로운 조합을 두려워하지
않는다. 오히려 일상적이지 않은 시도가 그들을 끌어당긴다.
이곳에서 성공한 셰프들은 재료의 낯선 결합이나 독특한
조리법으로 고객을 놀라게 하는 능력을 지녔다. 기존의 틀을
고수하기보다는 그 틀을 과감히 부수고 새로운 스타일을
제시하는 데 익숙하다. 그랜트 애커츠가 던진 "어떻게 하면
접시를 벗어난 요리를 만들 수 있을까?"라는 질문은 지금도
여전히 유용하다. 단순히 음식을 접시에 담아주는 게 아니라,
테이블 위에 직접 디저트를 그리며 미각과 시각, 감각의 모든

경험을 동시에 하게 하거나 전통적으로 플레이팅되던 요리를
예술적 오브제로 변형해 접시 위에 올리는 도전도 필요하다.
레시피는 단지 가이드일 뿐, 그것을 어떻게 비틀고 새롭게
조합하느냐가 뉴욕 셰프의 진짜 경쟁력이다.
뉴욕은 익숙함을 거부하고, 대담함과 실험정신을 환영한다.
실패는 큰 문제가 아니다. 실패에서 얻는 교훈을 다음 요리에
반영하는 셰프만이 결국 살아남는다. 뉴욕은 "그 다음은
뭐지?"라는 질문을 끝없이 던지는 도시이기 때문이다.

평범한 재료,
비범한 요리

；

비범한 요리는 드물고 값비싼 재료에서 나오는 것이 아니다.
평범한 재료를 새롭게 해석할 때 탄생한다. 나에게 창의성은
낯선 재료를 찾는 모험이 아니라, 익숙한 재료를 새롭게
바라보는 시선에서 시작된다. 같은 재료라도 어떤 시각으로
접근하느냐에 따라 요리의 운명은 완전히 달라진다.
재료는 항상 거기 있지만, 문제는 내가 그것을 보는 방식이다.
한 번은 시장에서 가장 흔한 재료인 당근을 손에 들고 한참

동안 생각한 적이 있다. 보통 당근은 수프나 볶음 요리에
들어가는 평범한 부재료로만 여겨진다.

하지만 그날은 당근을 다르게 보고 싶었다.

당근을 주인공으로 만든다면 어떤 요리가 나올까?

주방으로 돌아온 나는 당근을 단순히 삶거나 볶는 대신,
세 가지 조리법으로 분리해서 각각 다른 텍스처와 풍미를
만들어내기로 했다. 일부는 오랜 시간 오븐에 구워 단맛을
극대화하고, 일부는 식초에 절여 산미를 살리고, 나머지는
신선한 상태로 플레이팅에 올렸다. 그 결과 입안에서 터지는
여러 가지 텍스처와 맛이 공존하는 당근 요리가 탄생했다.
평범한 재료로도 창의적 요리를 만들 수 있다는 것을
증명한 순간이었다.

각각의 재료는 자신만의 가능성을 숨기고 있다. 나는 종종
주방에서 재료를 손으로 만지며 그들의 이야기를 듣는다.

이 재료는 본래 어떤 맛을 가지고 있고, 어떻게 하면 그 맛을
극대화할 수 있을까? 이 질문은 요리할 때마다 나를 새로운
시도로 이끈다. 예를 들어, 한 번은 레몬 껍질을 버리지 않고
어떤 새로운 용도로 사용할 수 있을지 고민했다.

레몬의 껍질에서 나는 향긋한 오일이 소스에 어떤 풍미를
더할 수 있을까?

그렇게 해서 만들어진 요리가 레몬 껍질을 갈아 넣은 고추장 소스였다. 전통적으로 사용되던 고추장의 무거운 느낌을 레몬의 상큼한 오일로 가볍게 만들었다. 기존의 재료에 숨어 있던 가능성을 발견하는 것은 언제나 설레는 일이다. 같은 재료도 다르게 다루면 전혀 새로운 요리가 된다.

예를 들어, 감자를 주인공으로 삼아보자. 일부는 아주 낮은 온도에서 오랜 시간 익혀 감자의 크리미한 질감을 극대화하고, 일부는 고온에서 튀겨 바삭한 식감을 더하고, 나머지는 스팀을 활용해 촉촉한 상태로 유지할 수 있을 것이다. 같은 감자인데도 입안에서 완전히 다른 식감과 풍미가 느껴지는 요리가 된다.

나는 요리에서 가장 중요한 목표 중 하나가 고객이 예상하지 못한 경험을 선사하는 것이라고 생각한다. 평범한 재료라도 그 안에 숨겨진 잠재력을 찾아내고, 고객이 "이 재료에서 이런 맛이 날 줄 몰랐다"라고 말하게 할 수 있다. 뉴욕의 고객들은 이미 수많은 미식을 경험했기 때문에, 재료 그 자체를 새롭게 정의하지 않으면 쉽게 잊힌다. 셰프로서의 창의성은 특별한 재료가 아니라, 재료를 해석하는 방식에서 나온다.

나는 매일 주방에서 평범한 재료를 새로운 시각으로 바라보며 '어"어떻게 하면 이 재료를 비범하게 만들 수 있을까?"라는 질문을 스스로 던진다. 창의적 요리는 대단한 무언가를 찾는 것이 아니라, 당연해 보이는 것을 다르게 해석할 때 탄생한다.
뉴욕의 주방에서 살아남기 위해 필요한 것은 비싼 식재료가
아니라, 평범한 재료도 특별하게 보이게 만드는
셰프의 시선이다.

**뉴욕의 박물관과 미술관을
내 집처럼 드나들다**

;

뉴욕은 날마다 새로운 트렌드가 탄생하는 도시다. 여기서는
고객의 기대를 단순히 충족하는 것만으로는 부족하다.
그 기대를 뛰어넘어야만 내 요리가 살아남는다. 시장의 흐름을
이해하고 트렌드에 민감하게 반응하는 능력은 필수지만, 그보다
중요한 것은 트렌드를 주도할 줄 아는 창의성이다. 그렇다면,
창의성은 어디에서 오는 걸까?
나는 새로운 요리를 고민할 때 먼저 시장을 읽는다. 뉴욕의
미식 세계는 변덕스럽다. 한동안 비건 요리가 인기더니, 지금은
지속 가능한 해산물이나 지역 농산물의 가치가 더 주목받고
있다. 무엇이 유행인지 파악하는 것만큼 중요한 것은 그 유행
뒤에 숨은 고객의 진짜 욕구를 이해하는 것이다. 사람들은 단지

유행을 좇아가는 것이 아니라 그 유행 속에서 정서적 연결과 새로운 경험을 원한다.

하지만 나는 시장의 트렌드만 따라가려 하지 않는다. 트렌드를 읽되, 그 위에 나만의 해석을 더하는 것이 중요하다. 고객이 "나도 이 정도는 만들 수 있겠다"라는 생각을 한다면 더 이상 내 가게를 찾아오지 않을 것이다. 그렇기에 고객의 기대를 예상하면서도 그 기대의 허점을 파고드는 창의적인 방식을 늘 고민한다. 그 창의성은 어디서 나오는 걸까? 나는 주방에서만 답을 찾지 않는다.

새로운 요리에 대한 아이디어가 떠오르지 않을 때면 모마MoMA[1]나 메트Met[2]로 향한다. 거기서 몇 시간이고 앉아 색감, 형태, 텍스처를 관찰한다. 미술관은 단지 예쁜 그림을 보러 가는 곳이 아니다. 그곳은 나의 두 번째 주방이다.

한 번은 모마에서 마주한 초현실주의 작품이 있었다. 그림 속에 있는 선과 색은 마치 서로 충돌하는 것 같으면서도 하나의 균형을 이루고 있었다. 그 순간 플레이팅 아이디어가 떠올랐다.

[1] The Museum of Modern Art. 뉴욕 맨해튼에 있는 현대미술관
[2] The Metropolitan Museum of Art. 뉴욕 맨해튼에 있는 메트로폴리탄 미술관

'재료들이 서로 독립적인 개성을 유지하면서도 접시 위에서는 조화롭게 어우러지는 요리를 만들 수 있지 않을까?'
곧장 주방으로 돌아와 서로 어울리지 않을 것 같은 재료들을 일부러 결합해 실험을 시작했다. 처음엔 이게 과연 가능할까 싶었지만, 플레이팅을 완성하고 나니 그 충돌이 오히려 시각적으로는 예술적 긴장감을 주고, 맛에서는 놀라운 조화를 이뤘다. 이렇게 탄생한 메뉴는 수없이 많다.

나는 종종 조각품에서도 영감을 받는다. 조각품의 곡선과 표면의 질감은 요리에 새로운 텍스처를 추가하는 데 큰 힌트를 준다. 한 번은 메트로폴리탄 미술관에서 브론즈 조각의 부드러우면서도 단단한 표면을 보고 '이런 질감의 요리는 어떤 맛일까?'라는 생각이 들었다. 그날 이후로 부드러운 크림과 바삭한 튀김을 결합해 상반된 질감이 입안에서 공존하는 디저트를 개발했다.

요리란 단지 맛의 예술이 아니다. 시각적 구성과 텍스처, 형태를 모두 고려해야 한다. 나는 박물관을 드나들며 얻은 작은 깨달음들을 하나씩 내 요리에 녹여왔다.

그 결과 내 요리는 단순히 혀에서 끝나는 것이 아니라, 눈과 감정으로도 기억되는 음식이 된다.

뉴욕에서 셰프로 살아남으려면 시장의 흐름에 귀를 기울이되,

그저 반응만 해서는 안 된다. 고객이 원하는 것을 이해하는 동시에 그 기대를 깨고 놀라움을 주는 것에도 도전하는 마음을 가져야 한다. 창의적 셰프란 시장의 요구와 자신의 해석을 교차시켜 하나의 예술로 만들어내는 사람이다. 그들의 기대를 넘는 한 끗 차이를 만들기 위해서는, 주방뿐 아니라 뉴욕, 아니 지구를 넘어 우주까지 바라봐야 하지 않을까.
그럼에도 한 가지 확실한 사실이 있다. 뉴욕의 주방은 언제나 열려 있다는 것이다. 요리라는 멋진 세상을 경험하고 싶다면, 훌륭한 동료와 함께 일하고 싶다면, 자신의 세계를 확장하고 싶다면, 일생에 한 번은 뉴욕의 주방에 도전하길 바란다.

"뉴욕에서 함께 일할 셰프들을 찾습니다!"

나의 레쥬메는 아직 끝.나.지. 않았다。

새벽 다섯 시의 주방은 조용하다.
기름도, 연기도, 소리도 없다.
어제의 온기만 희미하게 남아 있다.
나는 그 정적 위에 또 하루를 얹는다.
고기를 자르고, 소스를 데우고, 온도를 맞춘다.
누구도 보지 않는 시간.
셰프는 그때 가장 셰프답다.

내가 만든 음식은 잠깐 머문다.

그러나 그 한 접시에

오늘의 마음과 기술과 태도가

모두 담긴다.

레쥬메는 종이에 쓰는 게 아니다.

불 앞에서 쌓이는 것이다.

손님이 돌아간 뒤
홀을 가만히 바라본다.
의자, 잔, 식기, 음식 부스러기까지.
그 어떤 것도 저절로 되지 않는다.
그날의 결과는 매번 처음처럼,
그리고 매번 마지막처럼 만들어진다.

반복이 아니라 누적이다.
숙련이 아니라 각성이다.

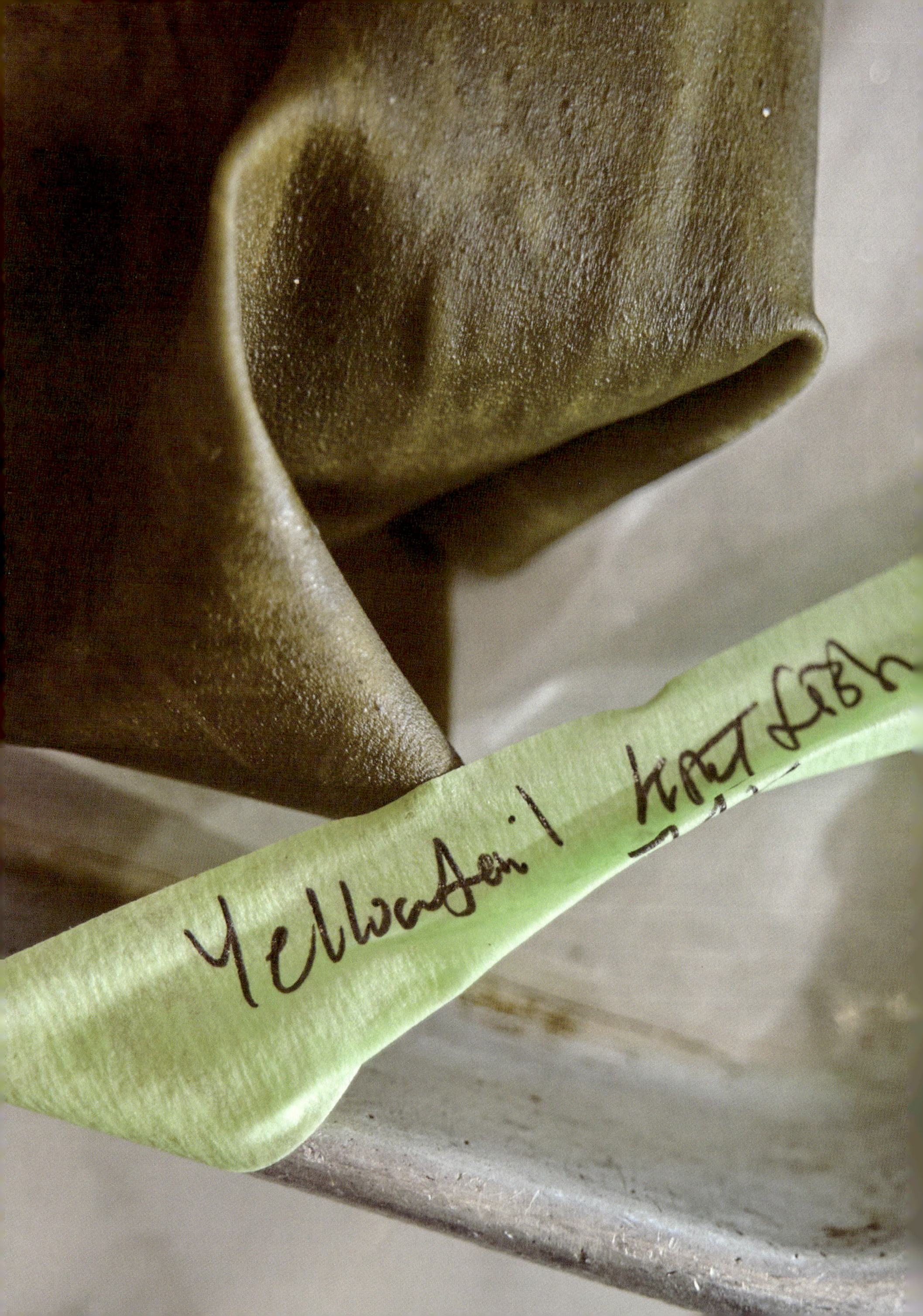

Yellowtail

내 칼은 낡았다。
하지만 매일 갈린다。
반짝이지 않아도 잘 든다。
나도 그렇다。

화려하지 않지만 정확하고 싶다。
지치지 않게 오래 가고 싶다。
그래서 나는 오늘도,
나를 새로 연습한다。

레쥬메에는 실수를 쓰지 않는다.
그러나 인생은 실수로 자란다.
넘어지고, 돌아가고, 놓치고,
다시 시작한다.

나는 셰프가 되기 위해 살아왔고,
이제는 셰프로 살아가기 위해
다시 시작한다.

오늘도 가게 문을 열었다.
바뀐 건 없다.
똑같은 불, 똑같은 주방, 똑같은 루틴.

하지만 나만은 안다.
이 하루도 내 레쥬메의 한 줄이 된다는 것을.

나는 여전히 준비 중이다.
이루었다고 말하는 순간,
나는 멈출 것이다.
그래서 나는 말하지 않는다.

아직 나의 레쥬메는 끝나지 않았다.
그리고 그것은, 내가 지금도 살아 있다는
가장 분명한 증거다.

레 스 토 랑 을   오 픈 한 다 는   것

레스토랑을 오픈한다는 것은 화려한 시작 뒤에 숨어 있는
현실을 직시하고, 아무도 자세히 말해주지 않는 오픈의 고통을
감내하는 일이다. 많은 사람들이 레스토랑 오픈을 이야기할
때 가장 먼저 떠올리는 것은 메뉴, 인테리어, 콘셉트, 브랜드,
분위기, 투자금 같은 것들이다. 어떤 요리를 할지, 어떤 공간을
만들지, 어떤 손님을 부를지, 어떤 스토리를 담을지에 대한
이야기는 분명 중요하다. 실제로 손님이 처음 마주하는 것도
그런 부분들이다.

하지만 레스토랑을 직접 준비해본 사람, 특히 뉴욕 같은
도시에서 직접 자본을 마련하고 책임을 지며 오픈을 밀어붙여
본 사람이라면 진짜 싸움은 그런 화려한 부분보다 훨씬
이전에 시작된다는 것을 알 것이다. 레스토랑 오픈은 단순히
공간 하나를 만드는 일이 아니기 때문이다. 그것은 시간과의
싸움이고, 돈과의 싸움이며, 체력과의 싸움이고, 사람과의
싸움이다. 동시에 자기 자존심과 멘탈을 지키는 일이다.
가족의 일상과 안정을 흔들지 않으면서 끝까지 버텨내야 하는

긴 전쟁이기도 하다. 밖에서 보면 새로 오픈하는 레스토랑은
기대와 설렘의 대상이지만, 안에 있는 사람에게 오픈은 종종
불면과 압박, 불확실성과 공포의 다른 이름이 된다.

누군가는 레스토랑을 오픈하면 드디어 꿈이 시작된다고
말한다. 틀린 말은 아니다. 하지만 내 경험상 오픈은 꿈의
시작인 동시에, 현실적인 고통의 시작이기도 하다.

오히려 오픈 직전과 오픈 직후의 시간은 레스토랑을 하며 가장
아름답고 가장 잔인한 시간이 겹쳐 있는 순간이라고 생각한다.
직접 투자하고, 직접 대출을 끌어오고, 직접 팀을 꾸리고,
직접 직원 월급과 렌트를 감당해야 하는 오너 셰프라면
그 무게는 상상 이상이다.

나는 뉴욕에서 여러 레스토랑을 준비하고 운영하면서 많은
것을 배웠다. 잘된 순간도 있었고, 기대보다 훨씬 좋은 결과를
만든 경우도 있었다. 하지만 모든 게 끝장난 듯 무너질 것 같던
시간도 있었다. 공사가 끝나지 않는데 렌트는 계속 나가고,
오픈 날짜는 기한 없이 밀리고, 허가와 인스펙션은 생각대로
되지 않고, 직원은 이미 뽑아놨는데 매출은 없고, 자금은
바닥을 보이는데 주변 사람들은 쉽게 "언제 오픈해요?"라고
묻는다. 하지만 정작 그 속에 있는 당사자는 하루하루 마음이
타들어가고, 점점 표정이 굳고, 잠이 줄고, 생각이 무거워진다.

그래서 이 글은 단순한 조언이 아니다. 누군가 레스토랑을
열기 전에 꼭 한 번은 읽었으면 하는, 그리고 가능하다면 같은
실수를 조금이라도 덜 했으면 하는 마음으로 남기는 기록이다.
나는 이 글을 "이렇게 하면 성공한다"라는 가벼운 공식처럼
쓰고 싶지는 않았다. 오히려 레스토랑 오픈이 얼마나 복잡하고,
얼마나 많은 것들을 동시에 요구하며, 얼마나 쉽게 사람을
지치게 만드는지를 가능한 한 솔직하게 적고 싶었다. 그래야만
오픈을 준비하는 누군가가 조금 더 현실적으로 계산할 수
있고, 조금 더 단단하게 준비할 수 있고, 무엇보다 자신이 겪게
될 고통을 '나만 겪는 이상한 일'이라고 착각하지 않을 수 있기
때문이다. 내 경험이 한국은 물론 해외에서 레스토랑 창업을
꿈꾸고 있는 사람에게 도움이 되길 바란다.

레스토랑 오픈은 창업이 아니라
'허가와 인스펙션의 미로'를 통과하는 일이다

레스토랑을 오픈하려고 할 때 많은 사람들이 가장 먼저 공사와
디자인을 떠올린다. 하지만 실제로 가장 먼저, 그리고 가장
오래 사람을 지치게 만드는 것은 허가와 인스펙션이다. 메뉴를

개발하고, 가구를 고르고, 접시를 고르는 일은 오히려 즐거운
축에 속한다. 진짜 현실은 그 이전과 이후에 기다리고 있다.

뉴욕에서 레스토랑을 연다는 것은 단순히 주방과 홀을 만드는
것이 아니라, 수많은 규정과 승인 절차를 통과해야 한다는
뜻이다. Department of Buildings, Department of Health,
FDNY, 가스 관련 검사, 전기 검사, 화재 알람 승인, 소화 설비
검사 같은 것들은 이름만 들어도 복잡해 보이지만, 실제로는
그보다 훨씬 더 복잡하다. 문제는 각각이 독립적으로 존재하지
않고, 서로 엮여 있다는 점이다.

하나가 막히면 나머지도 줄줄이 멈춘다.

예를 들어 후드 시스템에 작은 문제가 발견되면 소방 관련
승인에 차질이 생길 수 있다. 소방 승인이 밀리면 가스 관련
절차가 늦어진다. 가스가 늦어지면 장비 테스트를 할 수 없고,
장비 테스트가 안 되면 주방팀이 실제 서비스 리허설을 돌릴 수
없다. 그러면 메뉴 테스트도 지연되고, 소프트 오프닝 일정도
미뤄진다. 겉으로 보면 아주 작은 문제처럼 보여도 실제로는
오픈 전체가 밀리는 구조가 된다.

더 힘든 것은 이 절차들이 절대 내 계획표대로 움직이지
않는다는 사실이다. 현장에서는 "이번 주에 끝날 것 같다"라는
말이 너무 쉽게 나온다. 하지만 실제로는 그 주가 지나고, 또

다음 주가 지나고, 그다음 주가 돼도 해결되지 않는 경우가
많다. 인스펙션 예약은 생각보다 오래 걸리고, 한 번 통과하지
못하면 다시 잡는 데 또 시간이 걸린다. 관련 업체는 서로 자기
책임이 아니라고 말하고, 건물 쪽은 예상 밖의 요구를 하며,
오너는 그 모든 말을 들으면서도 결국 가장 마지막 책임을 져야
한다.

나는 이 과정에서 아주 분명하게 느꼈다. 뉴욕에서 레스토랑을
오픈한다는 것은 단순히 요리를 시작하는 일이 아니라, 허가와
인스펙션이라는 아주 현실적인 문턱을 하나씩 넘는 일이라는
것을 말이다. 그리고 그 문턱은 생각보다 훨씬 높고, 훨씬 예측
불가능하다. 그래서 오픈 준비를 할 때 가장 위험한 실수 중
하나는 "공사만 끝나면 거의 다 됐다"라고 생각하는 것이다.
그렇지 않다. 공사가 끝나는 날은 오픈 날짜가 아니다. 어쩌면
그때부터가 진짜 시작일 수도 있다. 공사 후에도 수많은 확인과
승인, 수정과 재점검이 이어질 수 있기 때문이다. 이 차이를
이해하지 못하면 오픈 일정은 늘 무너진다.

오픈 날짜를 잡을 때도 같은 문제가 있다. 사람들은 날짜를
정하고 싶어 한다. 투자자도, 직원도, 주변 사람도 "언제
여는지"를 듣고 싶어 한다. 하지만 오픈 날짜는 희망 사항이
아니라 보수적으로 계산한 생존 전략이어야 한다. 잘 되면 그

날짜보다 빨라질 수는 있어도, 그 반대가 훨씬 흔하다. 그래서 나는 누군가가 뉴욕에서 레스토랑을 오픈하려고 한다면 가장 먼저 이렇게 말하고 싶다. 당신이 생각하는 오픈 준비의 절반은 아마도 허가와 인스펙션에서 다시 쓰게 될 것이라고. 이 현실을 먼저 인정해야 마음이 덜 무너진다.

**건물은 단순한 공간이 아니라,
레스토랑의 운명을 좌우하는 시스템이다**

레스토랑을 준비할 때 많은 사람들이 공간의 미학에 먼저 마음을 빼앗긴다. 천장이 높고, 위치가 좋고, 창이 크고, 외관이 멋지면 그 공간 안에서 멋진 그림을 그리게 된다. 나 역시 좋은 공간을 보면 상상이 먼저 움직인다. 이 자리에 어떤 바를 두고, 어떤 조명을 달고, 손님이 어떤 기분으로 들어올지를 생각하게 된다. 하지만 뉴욕에서 여러 번 공간을 다뤄보며 알게 된 것은, 레스토랑 공간은 감각의 문제가 아니라 구조와 시스템의 문제라는 것이다.

레스토랑은 일반적인 상업 공간과 다르다. 주방이 있고, 가스가 필요하고, 강한 환기와 배기가 필요하며, 전력 사용량이 많고,

물과 배수의 부담이 크다. 손님이 먹고 마시는 공간인 동시에 뜨거운 열과 냄새, 소음, 쓰레기, 물류가 끊임없이 오가는 장소다. 그래서 건물의 시스템이 레스토랑을 받아줄 준비가 되어 있지 않다면, 아무리 멋진 공간처럼 보여도 실제로는 독이 될 수 있다.

예를 들어 후드 덕트를 충분히 올릴 수 있는 구조인지, 가스 용량이 원하는 콘셉트를 감당할 수 있는지, 전기 용량이 장비 전체를 돌릴 수 있는지, 냄새와 배기 문제가 다른 세입자와 충돌하지 않는지, 쓰레기 처리 동선이 있는지, 건물 규정이 레스토랑 운영을 얼마나 허용하는지 같은 것들은 계약 전에 반드시 확인해야 한다. 하지만 경험이 적으면 이런 질문을 놓치기 쉽다. 그리고 그 대가는 계약 후에 찾아온다.

나 또한 실제로 공간을 계약한 뒤 예상하지 못한 문제들이 튀어나오는 상황을 겪었다. 이전에도 음식점이 있었던 자리라고 해서 무조건 쉬운 것도 아니었다. 어떤 자리는 기존 설비가 낡아 다시 손을 봐야 했고, 어떤 자리는 건물 구조상 덕트나 배기 작업이 훨씬 복잡해졌다. 어떤 경우에는 건물 측 요구가 추가되면서 공사 범위가 커졌고, 그만큼 비용과 시간이 늘어났다. 이럴 때 가장 힘든 것은, 이미 계약했기 때문에 뒤로 물러서기가 어렵다는 점이다. 결국 울며 겨자 먹기로 비용을 더

들이거나, 계획을 수정하거나, 시간을 더 써야 한다.

그래서 나는 이제 공간을 볼 때 예쁜지 아닌지를 먼저 보지 않는다. 이 자리가 '레스토랑이 가능한 자리인가?'를 먼저 본다. 가스, 전기, 후드, 배기, 배수, 쓰레기, 소음, 건물 규정, 랜드로드의 태도, 이전 업종의 이력, 인근 세입자와의 관계까지 다 본다. 겉으로 보기엔 이런 질문들이 디자인보다 덜 흥미롭다. 하지만 레스토랑은 결국 이런 문제들 때문에 무너질 수도 있고, 반대로 살아남을 수도 있다.

랜드로드 역시 큰 변수다. 어떤 건물주는 문제를 함께 풀려 하고, 어떤 건물주는 끝까지 자기 책임이 아니라고 선을 긋는다. 어떤 건물은 유연하게 움직이고, 어떤 건물은 사소한 변경 하나에도 시간이 오래 걸린다. 이 차이는 오픈 일정과 비용에 엄청난 영향을 준다. 그래서 좋은 위치만 볼 게 아니라, 그 자리를 운영이 가능한 조건으로 만들어줄 수 있는 건물과 건물주인지도 같이 봐야 한다. 좋은 위치는 분명 중요하다. 하지만 좋은 위치가 곧 좋은 공간이라는 뜻은 아니다. 뉴욕에서는 특히 그렇다. 레스토랑을 열기 좋은 자리는 단순히 유동 인구가 많은 자리가 아니라, 실제로 시스템이 돌아가고, 운영이 가능하고, 계속 버틸 수 있는 자리다.

공사 예산은 계획표가 아니라

생존선. 그리고 반드시 무너지기 마련이다

레스토랑을 준비할 때 대부분의 사람은 예산표를 만든다.
당연한 일이다. 공사비, 설계비, 장비비, 허가비, 가구비,
소모품비 등을 정리하면서 "이 정도면 가능하겠다"라는 숫자를
잡는다. 하지만 실제로 현장에 들어가 보면 그 숫자는 거의
언제나 흔들린다. 내가 경험한 뉴욕의 레스토랑 공사는 대체로
'예산 안에서 끝나는 일'이 아니라, 예산이 어디까지 버틸 수
있는지를 시험하는 과정에 더 가까웠다.
뉴욕은 공사비가 기본적으로 높은 도시다. 노동비가 높고,
자재비가 높고, 규정이 많고, 예상하지 못한 구조 변경이 자주
생긴다. 특히 레스토랑은 일반 상업 공간보다 공사 난도가 높다.
단순히 벽을 세우고 바닥을 까는 문제가 아니라 가스, 배기,
전기, 소방, 배수, 방화, 장비 설치까지 복합적으로 엮여 있기
때문이다. 그리고 이 복합성은 항상 추가 비용의 가능성을 품고
있다.
문제는 추가 비용이 보통 처음부터 크게 보이지 않는다는
점이다. 현장에서는 "이건 추가 공사입니다"라는 말이 반복된다.
처음에는 몇천 불, 몇만 불 단위처럼 들린다. 별것 아닌 것처럼

느껴질 수도 있다. 하지만 그런 항목들이 계속 쌓이면 어느 순간 큰 금액이 되어 있다. 덕트 연장, 전기 업그레이드, 바닥 레벨 수정, 배수 조정, 추가 방화 보강, 장비 설치 변경, 건물 측 요구사항 반영 같은 것들은 하나하나 따로 보면 사소해 보여도, 전체적으로는 공사비를 크게 흔든다.

더 위험한 것은, 공사비가 늘어나는 순간 일정도 같이 흔들린다는 점이다. 비용 증가와 일정 지연은 거의 항상 함께 온다. 그러면 렌트는 계속 나가고, 대출 이자는 쌓이고, 팀 채용 일정도 흔들린다. 결국 공사비 초과는 단순히 돈 몇 푼 더 드는 문제가 아니라, 전체 프로젝트의 심리를 무너뜨리는 기점이 될 수 있다. 그래서 나는 공사 예산을 잡을 때 '딱 필요한 금액'만 보는 방식은 매우 위험하다고 생각한다. 최소한 20~30퍼센트는 추가 비용을 위한 버퍼로 생각해야 한다. 어떤 경우에는 그보다 더 필요할 수도 있다. 이 버퍼가 없으면 공사 중간에 선택지가 사라진다. 돈이 막히는 순간부터는 좋은 결정보다 급한 결정이 많아지고, 급한 결정은 나중에 더 큰 문제를 부르는 경우가 많다.

레스토랑 오픈을 준비하는 사람들에게 꼭 말하고 싶은 것이 있다. 공사 예산은 디자인의 범위를 정하는 숫자가 아니라 이 프로젝트를 끝까지 끌고 갈 수 있는가를 결정하는

생존선이라는 점이다. 멋진 공간을 만드는 일보다 중요한
것은, 끝까지 완성할 수 있는 구조를 만드는 것이라는 것을 꼭
기억하자.

오픈 전에도 돈은 계속 들어간다

레스토랑을 오픈하지 않은 상태에서는 아직 돈이 덜 나갈 것
같다는 착각을 하기 쉽다. 하지만 오픈 전이야말로 돈이 가장
빠르게, 그리고 가장 무섭게 새어나가는 시기일 수 있다. 세계
어느 곳에서 오픈을 하든 임대료가 높고, 유틸리티와 보험, 법률
및 회계 관련 비용, 공사와 허가 관련 유지비용이 계속 발생하기
때문이다.
가장 무서운 것은 '매출 없는 고정비'다. 그중에서도 가장
사람을 짓누르는 것은 렌트다. 손님 한 명도 받지 않았고,
매출 1달러도 나오지 않았는데 렌트는 시작된다. 이 사실을
몸으로 체감하는 순간 레스토랑 오픈은 더 이상 낭만적인
프로젝트가 아니라 냉정한 재무 문제로 바뀐다. 오픈 일정이 한
달만 밀려도 그 한 달의 렌트가 추가된다. 두 달이 밀리면 두 달
치다. 여기에 관리비, 유틸리티, 보험, 장비 리스, 이자 비용까지

더해지면 고정비는 생각보다 훨씬 빨리 커진다.

문제는 이 시기에 비용이 렌트만 있는 것이 아니라는 점이다. 이미 채용한 핵심 인력이 있으면 급여도 나간다. 오픈 준비를 위해 사무 인력이나 매니저가 움직이고 있다면 그 인건비도 발생한다. 프렙 테스트나 장비 점검을 위해 사소한 비용도 계속 쌓인다. 그러다 보면 오픈 전 몇 주, 몇 달이 단순한 준비 기간이 아니라 매출 없는 운영 기간처럼 느껴지기 시작한다.

이 시간이 길어지면 사람은 점점 예민해진다. 밖에서 보면 단지 오픈이 조금 늦어지는 것처럼 보일 수 있다. 하지만 안에 있는 오너는 매일 통장에서 빠져나가는 돈을 보며 버텨야 한다. 매출은 없는데 지출은 지속되고, 주변에서는 "곧 열겠지"라고 말하지만, 당사자는 하루하루 압박 속에서 산다. 실제로 이 구간이 길어질수록 사람의 판단력과 멘탈은 빠르게 흔들린다. 그래서 자금 계획을 세울 때 절대 '오픈까지 필요한 금액'만 보면 안 된다. 반드시 오픈 지연에 대비한 비용, 그리고 오픈 후 적자 운영을 버틸 수 있는 자금까지 포함해야 한다. 오픈은 돈이 들어오기 시작하는 날이기도 하지만, 동시에 진짜 운영비가 본격적으로 체감되기 시작하는 날이기도 하다. 오픈만 하면 해결될 것 같다는 낙관은 위험하다. 레스토랑 오픈을 준비할 때 가장 먼저 계산해야 하는 것은 희망 매출이 아니라 '매출이

없을 때 내가 얼마나 오래 버틸 수 있는가'다. 이 질문에 대한
대답이 준비되어 있어야 한다.

공사가 끝나도 레스토랑은 아직 시작조차 못 했을 수 있다

많은 사람들이 인테리어가 마무리되고 주방 장비가 들어오면
'이제 거의 다 끝났다'라고 생각한다. 공간이 눈에 보이기
시작하면 사람들은 안심한다. 하지만 실제로는 그 시점부터
오히려 더 세밀하고 더 피곤한 문제들이 시작되는 경우가 많다.
레스토랑 오픈에서 가장 위험한 착각 중 하나는 보이는 것이
갖춰졌으니 운영도 가능할 것이라고 믿는 것이다.
실제 운영 가능한 상태는 단순히 공간이 완성된 상태와 다르다.
장비가 제자리에 있다고 해서 모두 정상적으로 작동하는 것이
아니고, 조명이 들어온다고 해서 전기 사용량이 안전한 것도
아니며, 후드가 달려 있다고 해서 열과 연기를 충분히 처리할
수 있다는 보장도 없다. 현장은 늘 마지막에 의외의 문제를
드러낸다. 예를 들어 냉장고 위치가 실제 서비스 동선에 맞지
않을 수 있다. 배수 경사가 조금만 잘못돼도 물이 고이거나

문제가 생길 수 있다. 피크타임에 장비를 동시에 켰을 때 예상치 못한 전력 문제가 생길 수도 있다. 가스 압력이 충분하지 않거나, 후드의 흡입 성능이 기대에 못 미치거나, 열 배출이 부족해 주방이 비정상적으로 뜨거워질 수도 있다. 소방과 알람 시스템도 작은 디테일 하나가 인스펙션을 막을 수 있다.

그리고 이 문제들은 대개 누구 하나가 순순히 책임지지 않는다. 계약자는 설비업체 탓을 하고, 설비업체는 전기팀 탓을 하고, 전기팀은 도면 탓을 한다. 건물 측은 원래 구조의 문제라고 말할 수 있고, 설계팀은 현장 시공 탓이라 할 수도 있다. 하지만 결국 레스토랑 오픈을 기다리는 손님은 그 누구도 기다려주지 않는다. 결국 문제를 해결하고 일정을 다시 조정하고 비용을 추가로 감당하는 것은 오너다.

그래서 나는 이제 "공사가 끝났다"라는 말을 쉽게 믿지 않는다. 그보다 중요한 것은 실제 서비스 상황을 상정했을 때 이 공간이 문제없이 돌아가는가다. 주방팀이 동시에 움직였을 때 부딪히는 부분은 없는지, 프렙 공간이 실제로 충분한지, 냉장·냉동 동선이 효율적인지, 배달이나 쓰레기 반출 동선은 겹치지 않는지, 바와 홀의 연결은 자연스러운지, 피크타임에 시스템이 버텨낼 수 있는지까지 봐야 한다.

레스토랑 오픈에서 '멋있고 예쁜 공간'은 중요하다. 하지만

오픈 직전에는 그것보다 훨씬 더 중요한 것이 있다. 문제없이
돌아가는 공간이다. 멋있고 예쁜 공간은 사진을 남기지만,
효율적인 시스템은 레스토랑을 살린다.

오픈 전 인건비는 조용히, 하지만 치명적으로 당신을 압박한다

오픈을 준비할 때 돈이 많이 드는 것은 다들 안다. 하지만
많은 사람들이 놓치는 것은, 매출이 없는 상태에서 인건비가
먼저 시작된다는 점이다. 특히 서비스를 중요하게 생각하는
레스토랑일수록 팀을 미리 준비해야 하고, 그 과정에서 인건비
압박은 생각보다 훨씬 빨리 시작된다. 레스토랑을 오픈하려면
결국 사람이 필요하다.
셰프, 수셰프, 매니저, 서버, 바텐더, 포터, 디시워셔, 프렙
인력, 리셉션, 바백 등 운영에 필요한 인원은 적지 않다.
문제는 이 사람들이 손님이 들어오기 시작한 뒤에만 필요한
것이 아니라는 점이다. 교육도 해야 하고, 메뉴 숙지도 시켜야
하고, 서비스 동선 훈련도 해야 하며, 시스템 리허설과 소프트
오프닝도 돌려야 한다. 즉, 레스토랑이 실제 매출을 만들기

전부터 인건비는 현실이 된다.

이때 오너의 마음은 굉장히 복잡해진다. 좋은 사람을 먼저 확보하고 싶고, 팀을 안정적으로 꾸리고 싶고, 오픈할 때부터 좋은 인상을 만들고 싶다. 하지만 오픈 일정이 밀리는 순간 그 팀은 곧 비용이 된다. 게다가 이미 합류한 직원들에게는 어느 정도 안정감과 약속을 보여줘야 한다. 겉으로는 괜찮은 척하지만 속으로는 매일 숫자를 계산하게 된다.

나는 이 구간이 오너를 심리적으로 아주 강하게 압박한다고 생각한다. 직원은 기다리고, 일정은 불확실하고, 돈은 나간다. 좋은 사람을 잃고 싶지 않지만, 붙잡아두는 것도 비용이다. 늦어지는 오픈 속에서 팀의 사기까지 관리해야 한다면 그 부담은 더 커진다. 그래서 채용은 무조건 빨리하는 것이 능사가 아니다. 핵심 인력과 일반 인력의 타이밍을 나누는 것이 중요하다. 운영의 뼈대를 잡을 사람들은 먼저 들어와도 되지만, 전체 팀은 실제 오픈 가능성이 어느 정도 보일 때 맞춰야 한다. 좋은 사람을 놓칠까 두려워서 너무 이른 시점에 풀팀을 만들면, 오픈이 늦어질수록 그 손실은 기하급수적으로 커진다.

레스토랑 오픈에서는 늘 이상보다 현실이 먼저다. 좋은 팀을 꾸리는 일도 중요하지만, 그 팀을 버틸 수 있는 구조를 갖추는 일은 더욱더 중요한 일이다. 팀은 레스토랑의 심장이라고 할 수 있다. 그러나 심장도 몸이 버텨야 뛸 수 있다.

오픈 초기 메뉴는 예술 작품이 아니라,
시스템을 지탱하는 구조물이어야 한다

오너 셰프에게 메뉴는 자존심이고 정체성이다. 자신이 어떤
사람인지, 어떤 음식을 하고 싶은지, 어떤 감각을 갖고 있는지를
보여주는 가장 직접적인 표현이다. 그래서 오픈을 앞두고
메뉴를 준비할 때 욕심이 생기는 것은 너무 자연스럽다. 오랜
시간 준비해온 공간에서 내 세계를 단번에 보여주고 싶고,
손님에게 강한 인상을 남기고 싶을 것이다. 그럼에도 오픈 초기
메뉴는 멋있는 것보다 버틸 수 있는 것이어야 한다. 오픈 직후의
레스토랑은 아직 안정된 기계가 아니다. 팀은 아직 완전히
맞물리지 않았고, 서비스는 예상보다 흔들릴 수 있으며, 손님
반응도 아직 모른다. 이런 상태에서 손이 많이 가고, 숙련도가
높아야 하며, 서비스 타이밍을 어렵게 만드는 메뉴가 많으면
레스토랑은 금방 지친다.
오픈 초기 메뉴는 적어도 몇 가지 조건을 충족해야 한다.

첫째, 재현성이 있어야 한다. 누가 만들어도 최소한의 퀄리티가
유지되어야 한다.

둘째, 원가가 통제 가능해야 한다. 처음부터 너무 원가가 높은
메뉴로 승부하면 매출이 올라와도 남는 것이 없다.

셋째, 서비스 속도를 무너뜨리지 않아야 한다. 손님은 기대와
긴장 속에 오픈한 레스토랑을 찾지만, 기다림이 길어지면 금방
실망한다.

넷째, 손님이 이해하기 쉬워야 한다. 오픈 초기에는 메뉴의
메시지도 명확해야 한다.

다섯째, 리뷰에 좋은 첫인상을 남길 수 있어야 한다.

처음부터 너무 많은 것을 보여주고 싶어 하면 오히려 핵심이
흐려진다. 셰프 입장에서는 하나하나 다 이유가 있고 다
보여주고 싶은 메뉴겠지만, 오픈 초기의 현장은 불안정한
상태라는 것을 염두에 둬야 한다. 이 시기는 메뉴가 셰프의
욕망을 증명하는 무대가 아니라, 레스토랑이 무너지지 않도록
떠받치는 구조물이어야 한다. 나는 오픈 초기에 메뉴를 볼 때
"이 메뉴가 얼마나 멋있나"보다 "이 메뉴를 매일 흔들림 없이 낼
수 있나"를 먼저 봐야 한다고 생각한다. 멋진 메뉴는 나중에
얼마든지 추가할 수 있다. 하지만 오픈 초기에 운영이 무너지면,

그 인상을 다시 뒤집는 것은 생각보다 훨씬 어렵다.

**좋은 상권은 자동 성공을 보장하는 곳이 아니라,
더 정밀한 전략을 요구하는 전쟁터다**

좋은 위치에 대한 환상은 강하다. 유동 인구가 많고, 관광객이
많고, 잘 알려진 거리라면 손님이 그냥 들어올 것처럼
보인다. 하지만 실제 운영을 해보면 알게 된다. 좋은 상권은
축복이기도 하지만, 동시에 더 큰 비용과 더 높은 기대치를
동반하는 무대라는 것을 말이다. 사람이 많은 것과 손님이
많은 것은 전혀 다른 이야기다. 길을 지나는 사람 수가 많다고
해서 그들이 모두 내 손님이 되지는 않는다. 그 지역에 오는
사람들의 목적이 무엇인지, 그들이 어떤 가격대에 반응하는지,
즉흥적으로 들어오는지 예약 중심인지, 관광객 비율이 높은지
오피스 수요가 중심인지, 공연 전후 손님이 많은지 같은 것들을
봐야 한다.
특히 유동 인구가 많은 지역일수록 메시지의 명확성이
중요하다. 지나가는 사람이 3초 안에 "여기는 어떤 곳이고,
왜 들어가야 하는지"를 이해하지 못하면 그냥 지나간다. 좋은

위치에서는 오히려 애매한 콘셉트가 더 빨리 무너진다. 사람은 많지만, 관심은 짧기 때문이다.

좋은 위치는 임대료도 높고, 인건비 부담도 크며, 경쟁도 치열하다. 그런 자리에서는 단순히 '좋은 음식'만으로는 부족하다. 왜 여기를 와야 하는지, 이 지역에서 우리는 어떤 이유로 선택받을 수 있는지, 가격은 어떻게 보여야 하는지, 점심과 저녁의 흐름은 어떻게 다른지, 평일과 주말 손님 구성이 어떻게 다른지까지 계산해야 한다.

좋은 자리의 요건으로 여러 가지를 손꼽을 수 있지만 가장 중요한 것은 "이곳의 사람들에게 우리가 어떤 이유로 선택받을 수 있나?"에 대한 것이다. 좋은 상권은 자동으로 성공을 주는 자리가 아니다. 오히려 더 섬세하고 더 현실적인 전략을 요구하는 자리다. 좋은 자리는 축복이지만, 그 축복을 감당할 준비가 되어 있지 않으면 오히려 더 빨리 무너질 수 있다.

**투자와 대출은 구원의 손이 아니라,
잘못 잡으면 목을 조르는 구조가 된다**

레스토랑 오픈에 필요한 자금은 생각보다 크다. 그리고 대부분자기 자본만으로는 부족하다. 그래서 사람들은 투자자를 찾거나 대출을 받는다. 이 자체는 현실적인 선택이다.

문제는 돈이 들어오는 순간이 아니라, 그 돈이 들어온 뒤 어떤 구조가 만들어지는가다.

많은 사람들이 자금이 급하면 일단 돈부터 받고 싶어 한다. 나 역시 그 절박함이 어떤 것인지 잘 안다. 공사는 밀리고, 비용은 늘어나고, 렌트는 나가고, 사람은 기다리고 있다. 그럴 때는 조건보다 생존이 먼저로 느껴질 수 있다. 하지만 그럴수록 더 조심해야 한다. 레스토랑 자금은 단순한 현금 유입이 아니라, 앞으로 몇 년간의 삶과 관계, 통제권을 결정하는 구조가 될 수 있기 때문이다.

대출은 매달 갚아야 한다. 투자자는 기대를 갖고 있다. 공사는 예정대로 안 끝날 수 있고, 매출은 예상보다 천천히 올라올 수 있다. 이때 가장 위험한 생각은 "오픈만 하면 다 해결된다"라는 것이다. 하지만 오픈은 모든 문제의 해결이 아니라, 또 다른 현실의 시작이다. 오픈하는 순간부터 렌트, 인건비, 식자재, 카드 수수료, 보험, 유지 비용이 본격적으로 숫자로 체감된다.

그래서 자금을 준비할 때는 단순히 '오픈까지 필요한 돈'만 보면 안 된다. 반드시 오픈 후 몇 개월간 적자를 버틸 수 있는 자금, 오픈 지연에 대응할 수 있는 자금, 예상보다 느린 매출에도 버틸 수 있는 자금까지 포함해야 한다. 그렇지 않으면 오픈 직후에 다시 돈 문제로 흔들리게 된다.

투자도 마찬가지다. 지분 구조, 의사결정 권한, 배당 방식, 추가 자금 조달 시 책임, Exit 구조가 명확하지 않으면 나중에 더 큰 갈등이 생긴다. 특히 오너 셰프라면 더 조심해야 한다. 내가 레스토랑의 얼굴이고 중심이라고 생각해도, 구조가 잘못되어 있으면 실제 결정권은 약해질 수 있다. 돈이 급하면 사람은 판단이 흐려진다. 하지만 레스토랑은 한 번 구조가 잘못 잡히면 나중에 바로잡기가 훨씬 어렵다. 투자를 받을 때는 어떤 조건으로 받는지가 더 중요할 수 있으니 다양하게 검토해야 한다.

레스토랑 오픈에는 반드시 사람 문제가 터진다

레스토랑은 사람이 만드는 일이다. 그리고 오픈 과정은 그 사실을 아주 잔인하게 보여준다. 직원 문제, 파트너 문제, 계약자 문제, 투자자 문제, 외부 협력업체 문제까지, 오픈 준비의 거의 모든 단계에는 사람이 개입된다. 그리고 사람이 개입되는 곳에는 반드시 변수도 생긴다. 누군가는 약속한 날짜를 지키지

못한다. 누군가는 문제 앞에서 책임을 회피한다. 누군가는
오픈 직전에 다른 제안을 받고 떠난다. 오래 함께하자고 말했던
사람이 결정적인 순간에 사라진다. 이런 일을 몇 번 겪고 나면
사람에 대한 실망은 생각보다 깊게 남는다.

좋은 팀을 만들고 싶고, 같이 오래 가고 싶고, 믿고 맡기고
싶었던 만큼, 배신이나 무책임을 겪으면 단순한 실무 문제를
넘어 감정적인 상처로 남는다. 하지만 냉정하게 말하면,
오픈 과정에서는 이런 일이 꽤 자주 생긴다. 사람을 믿지
말라는 뜻이 아니다. 오히려 사람을 믿더라도 구조 없이 믿으면
안 된다는 뜻이다. 일정은 반드시 문서화해야 하고, 견적과
납기, 책임 범위를 명확히 남겨야 하며, 구두 약속보다 서면
확인을 우선해야 한다. 핵심 인력은 대체 가능성까지 고려해야
하고, 특정한 한 사람에게 너무 많은 것이 걸리지 않도록
해야 한다. 오픈 과정에서는 감정 소모가 너무 크다. 그래서
더더욱 '좋은 관계'만으로 버티려 하면 안 된다. 좋은 관계는
중요하지만, 레스토랑을 지키는 것은 결국 체크리스트와
기록과 시스템이다.

자기 관리가 곧 경영이다

오픈 준비를 하는 동안 오너는 늘 가장 많은 일을 한다.
공사 현장을 보고, 설비를 확인하고, 메뉴를 정하고, 장비를
체크하고, 회의에 들어가고, 직원도 챙기고, 투자자와
이야기하고, 돈 계산도 해야 한다. 밖에서 보면 '열심히 하는
사람'처럼 보이지만, 그 안에서는 점점 더 많은 결정과 걱정이
쌓인다.
이 시기가 길어질수록 사람은 이상한 방식으로 무너진다.
몸보다 먼저 멘탈이 흔들린다. 잠을 자도 잔 것 같지 않고,
아침에 눈을 떠도 마음이 무겁고, 전화벨이 울리면 또 무슨
문제가 생겼나 긴장하게 된다. 머릿속은 늘 다음 문제를
생각하고 있고, 어떤 날은 아무것도 하기 싫은데도 계속
움직여야 한다. 이런 상황이 오너에게 위험한 이유는 스스로를
마지막으로 미루기 쉽기 때문이다. 직원은 챙기고, 투자자는
응대하고, 손님을 생각하고, 가족에게도 괜찮은 척하면서 정작
자기 자신은 계속 뒤로 밀린다. 하지만 오너가 무너지면 현장은
더 빨리 무너진다. 팀은 중심을 잃고, 결정은 흔들리고, 현장의
긴장도 커진다.
나는 오너의 자기 관리도 경영의 일부라고 생각한다.

모든 문제를 혼자 다 해결하려고 하지 말아야 하고,
하루 중 잠깐이라도 머리를 식히는 시간을 의식적으로
만들어야 하며, 믿을 수 있는 사람에게 중간 역할을 분산해야
한다. 결정 피로가 심할 때는 우선순위를 줄여야 하고,
무조건 참는 방식으로만 버티려 해서는 안 된다. 레스토랑
오픈은 체력전이기도 하지만 그보다 더 정확히 말하면 지구력
싸움이다. 잠깐 불태우는 힘보다, 오래 버티는 힘이 중요하다.
오너는 가장 늦게 자고 가장 먼저 무너질 수 있다. 그 사실을
인정하는 순간부터 비로소 자신을 관리하기 시작할 수 있다.

가족은 사업계획서에 없지만, 가장 먼저 흔들리는 존재들이다

이 부분은 레스토랑 오픈 이야기에서 자주 생략된다.
하지만 나는 꼭 말하고 싶다. 레스토랑 오픈의 고통은 오너
한 사람만의 고통이 아니다. 그 주변 사람들, 특히 가족이
함께 영향을 받는다. 가족은 오너가 예민해지는 것을 견뎌야
한다. 시간이 줄어드는 것도 이해해야 한다. 경제적인 불안도
함께 감당해야 한다. 특히 개인 보증, 대출, 투자금, 오픈 지연

같은 문제는 단순한 비즈니스 이슈가 아니라 가족의 삶 전체에
그림자를 드리운다.

밖에서는 성공한 레스토랑만 본다. 사람들은 멋진 공간,
좋은 리뷰, 화려한 사진을 본다. 하지만 그 뒤에는 집에 늦게
들어가고, 식탁에 앉아 있어도 마음은 다른 곳에 가 있고,
늘 걱정이 얼굴에 걸쳐 있는 시간이 있다. 가족은 그 시간을
같이 견딘다. 그래서 오너는 나중에 어느 순간 가족에게
미안함을 느끼게 된다. 내가 선택한 일이지만, 그 무게를 가족도
함께 짊어졌기 때문이다.

그래서 레스토랑을 준비할 때는 사업 계획만 세우지 말고,
이 과정이 가족에게 어떤 영향을 미칠지도 함께 생각해야 한다.
가족이 이 시간을 어떻게 버틸지, 어떤 불안을 느낄지,
내가 어느 정도까지 설명하고 소통할지 고민해야 한다.
이 부분을 무시하면 레스토랑이 살아남아도 가족과의 관계에
금이 갈 수 있다. 레스토랑은 개인의 꿈이지만, 가족이 있는
오너라면 더 책임감 있는 설계를 해야 할 것이다.

끝까지 남는 질문
왜 이 레스토랑을 해야 하는가?

오픈이 길어지고, 돈이 빠져나가고, 문제가 반복되고, 사람에게
실망하고, 몸이 지치고, 마음이 약해질 때 끝까지 남는 질문은
하나다.
"왜 이걸 하려고 했는가?"
트렌드 때문인지, 멋있어 보여서인지, 남들에게 인정받고
싶어서인지, 아니면 정말 내가 이 공간을 만들어야 할 이유가
있어서인지, 이 질문에 대한 답이 분명하지 않으면 어려운
순간이 왔을 때 버티기 어렵다. 레스토랑 오픈은 생각보다 훨씬
외롭고, 훨씬 불확실하며, 훨씬 오래 사람을 시험하기 때문이다.
반대로 그 이유가 분명하면 무너질 것 같은 순간에도 다시
일어설 힘이 생긴다. 나는 좋은 레스토랑이 단지 음식이 맛있는
곳이라고 생각하지 않는다. 그 공간을 만든 사람이 왜 이 일을
해야 했는지가 느껴지는 곳, 그 절실함과 진심이 결국 공간의
결을 만든다고 생각한다. 그런 공간은 시간이 지나도 사람의
마음에 남는다. 그래서 레스토랑을 열고 싶은 사람이라면 가장
먼저, 그리고 가장 오래 붙들어야 할 질문은 이것이다.
"나는 왜 이 공간을 만들고 싶은가?"

이 질문이 단단해야 다른 것들도 버텨낼 수 있다.

마지막으로 하고 싶은 이야기를 끝으로 이 글을 마무리하려고
한다. 레스토랑 오픈은 아름다운 일이다. 하지만 절대 가볍게
보면 안 된다. 그것은 누군가의 꿈이 현실이 되는 과정이지만,
동시에 누군가의 체력, 멘탈, 인간관계, 자금 구조, 가족의
안정까지 모두 시험받는 시간이다. 멋진 메뉴, 좋은 인테리어,
좋은 위치는 분명 중요하다. 하지만 그보다 더 중요한 것은
문제가 생겼을 때 무너지지 않는 구조, 예상보다 늦어질 때 버틸
수 있는 자금, 사람 문제를 관리할 수 있는 준비, 그리고 끝까지
중심을 잃지 않는 마음이다. 오픈은 시작이지만, 동시에 생존의
출발선이다. 그래서 레스토랑을 열고 싶은 사람이라면 먼저
스스로에게 물어야 한다.

"나는 이 공간을 정말 왜 열고 싶은가? 그리고 어디까지 감당할
준비가 되어 있는가?"

이 질문에 끝까지 솔직할 수 있다면, 비로소 레스토랑 오픈은
단순한 도전이 아니라 자기 삶을 담아내는 진짜 일이 될 것이다.

[스테이지 인터뷰와 트레일 인터뷰]

스테이지Stage 인터뷰와 트레일Trail 인터뷰는 보통 레스토랑이나 호텔, 특히 미쉐린급 키친에서 셰프를 채용할 때 진행하는 실무 평가 과정입니다. 둘 다 면접이지만, 일반 기업의 면접과는 완전히 다른 방식으로 진행됩니다.

스테이지 인터뷰 Stage Interview

셰프가 되기 전 무급으로 일정 기간 주방에 참여하는 실습·평가 과정으로, 지원자가 실제 주방에서 일하며 기술, 태도, 팀워크, 위생 습관 등을 평가받습니다. 단순히 면접 보는 날 하루가 아니라, 하루~일주일 정도의 실전 테스트로 진행되는 경우가 많습니다. 정해진 메뉴의 재료를 손질하거나 셰프의 지시에 따라 소스, 가니시 등을 준비하면서 "이 사람이 팀 안에서 함께 일할 수 있는 사람인가"를 봅니다. 즉, '현장에서의 태도'가 핵심 평가 기준입니다.

트레일 인터뷰 Trail Interview

스테이지보다 짧고 공식적인 채용 인터뷰에 가깝습니다. 대개 하루 혹은 반나절 동안 실제 근무처럼 일해보는 '트라이얼Trial 형태의 인터뷰'입니다. 주방뿐 아니라 홀 서비스, 바리스타, 서버 포지션에서도 활용되며, 목적은 업장 분위기와 팀워크에 얼마나 잘 어울리는지를 확인하는 것입니다.

[브리가드 시스템의 기본 구성]

요리 현장에서 쓰이는 브리가드Brigade는 조직화된 주방 시스템, 즉 주방의 계급 구조를 말합니다. 이것은 프랑스 요리의 아버지라고 불리는 오귀스트 에스코피에Auguste Escoffier가 19세기 후반에 만든 것입니다. 레스토랑 규모에 따라 달라지지만, 전통적인 구성은 다음과 같습니다.

총괄 셰프 Executive Chef	여러 개의 업장을 총괄. 브랜드 방향성을 설정하고 전략을 세움
헤드 셰프 Head Chef	주방 전체 총괄. 메뉴 개발, 퀄리티 관리, 인력 운영
수 셰프 Sous Chef	총주방장 보좌, 주방 운영 실무 담당
라인 셰프 Chef de Partie	고기, 생선, 소스 등 각 파트를 담당하는 셰프
조리 보조 Commis	각 파트 셰프 보조, 기본 손질 및 준비
견습 셰프 Stagiaire/Apprentice	교육 과정 중인 인턴 셰프
파스트리 셰프 Pâtissier	디저트, 빵, 페이스트리 담당
소스 셰프 Saucier	소스 및 스튜 담당. 브리가드에서 가장 기술적으로 인정받는 포지션 중 하나

[셰프의 말]

주방은 작은 사회입니다. 그 안에는 셰프들만 아는 언어가 있지요.
짧은 단어들이 오가며 하나의 오케스트라처럼 움직입니다. 주방의 말은
짧지만, 그 안에는 질서와 존중, 그리고 생존의 기술이 담겨 있습니다.
셰프의 말, 주방의 암호 같은 언어들을 소개합니다.

미장 플라스 Mise en place
프랑스어로 "모든 것을 제자리에"라는 뜻입니다. 조리 전에 모든 재료, 도구, 마음가짐까지 완벽하게 준비된 상태를 뜻하지요. 미장 플라스가 잘 된 주방은 소리부터 다릅니다.

위 셰프 Oui Chef
프랑스어로 "예, 셰프!"라는 뜻으로 지시를 확인하는 동시에 존중을 표하는 말입니다. 주방에서는 "네"보다 "Oui Chef"가 빠르고 단단하게 들립니다. 모두가 한 목소리로 말하는 이 말에는 상급자에 대한 무조건적인 복종이 아니라 무한한 신뢰가 담겨 있습니다.

파이어 Fire
"조리 시작!"을 뜻하는 말입니다. 예를 들어 "table 7 Fire!"라면 7번 테이블의 요리를 시작한다는 뜻이지요. 이 말이 떨어지는 순간, 각 스테이션이 동시에 움직입니다.

드롭 Drop
조리를 시작하라는 신호 중 하나입니다. 예를 들어 "Drop the pasta!"라고 하면 "파스타 면 들어갑니다!"라는 뜻이죠. 각 타이밍이 맞물려야 완벽한 온도에 맞춰 한 접시가 완성됩니다.

온 더 플라이 On the fly
'즉석 주문' 또는 '긴급 추가'라는 뜻입니다. 누군가 리조토 주문을 빼먹었거나 손님 요청이 바뀌면 "On the fly, one risotto!"라고 외칩니다. 모든 주방이 이 한마디에 긴장하기 마련입니다.

올 데이 All day

지금까지 들어온 주문의 총합을 의미합니다. "All day five scallops!"라고 말한다면 현재 총 다섯 접시의 가리비 주문이 있다는 뜻입니다. 이 말 하나로 주방의 흐름이 정리됩니다.

패스 Pass

주방과 홀을 잇는 좁은 경계선으로 셰프가 마지막으로 음식을 확인하는 곳입니다. 온도, 소스의 점도, 접시의 방향까지 모든 것이 이 위에서 완성됩니다. 패스를 통과하지 않은 요리는 손님에게 나갈 수 없으니, 그야말로 패스가 되어야 하는 곳입니다.

데드 플레이트 Dead plate

'서비스 타이밍을 놓친 접시'라는 의미입니다. 음식이 식거나 오래된 상태, 또는 문제가 생겨서 손님에게 나갈 수 없을 때 씁니다. "Dead plate on 4!"라는 말은 4번 테이블 접시 다시 만들어야 한다는 뜻이기도 합니다.

픽업 Pick up

조리가 끝난 접시를 패스pass 위로 올리라는 신호입니다. 주문표를 확인하고 파트별 조리 타이밍을 맞춰 음식이 완성되면 마지막으로 퀄리티를 체크합니다. "Pick up, table 6!"은 6번 테이블의 요리를 완성했으니 서버가 가져가라는 뜻이죠. 이때부터 음식은 셰프의 손을 떠나 손님의 세상으로 갑니다.

에이티식스 86

품절 또는 제외를 의미합니다. 예를 들어, "86 Wagyu!"라고 외친다면 와규 품절이라는 뜻이죠. 이 말에 대한 유래는 다양합니다. 금주법 시대 바텐더들이 "그 술은 없다"라는 뜻으로 "Whiskey 86!"를 외친 데서 왔다는 설, 뉴욕 86번가의 술집에서 "단속이다, 사람들 빼!"라는 암호로 쓰인 데서 나왔다는 설도 있지요. 주방에서는 "오늘은 여기까지"라는 뜻으로 통합니다.

레쥬메,
셰프의 자격

1판 1쇄 펴낸날 2026년 4월 14일

지은이 심성철

펴낸이 나성원
펴낸곳 나비의활주로

기획 이진아콘텐츠컬렉션
책임편집 김정웅
디자인 이윤

전자우편 butterflyrun@naver.com
출판등록 제2010-000138호
상표등록 제40-1362154호
ISBN 979-11-24401-09-5 03810